レムリアの女神
La Diosa Del Lemuria
大橋崇行
Takayuki Ohashi
未知谷
Publisher Michitani

レムリアの女神　目次

1　N.V. 651　博物館　3
2　N.V. 148　夕暮れ　10
3　N.V. 651　写本　16
4　N.V. 148　幽霊塔　23
5　N.V. 651　競売　35
6　N.V. 148　図書館　53
7　N.V. 651　社交会　62
8　N.V. 148　商人　75
9　N.V. 651　風景画　87
10　N.V. 148　水晶宮　102
11　N.V. 651　緑水晶　114
12　N.V. 148　撥条　124
13　N.V. 651　空賊　137
14　N.V. 148　診療録　156
15　N.V. 651　襲撃　167
16　N.V. 148　犯人　180
17　N.V. 651　神像　190
18　N.V. 148　迷路　202
19　N.V. 651　廃墟　211
20　N.V. 148　逃亡　224
21　N.V. 651　末裔　237
22　N.V. 148　決意　252
23　N.V. 651　地下帝国　266
24　N.V. 651／N.V. 148　女神　275

N. V. 暦651年（奇数の章）主要登場人物

リョウイチ・カミムラ（リョウ）　大学生、博物館で学芸員見習アルバイトをしている。
リナ（イリーナ・コトフ）　オーストラフ市立博物館の学芸員。
ヴィーナ　ヴィクトリア座の女優、リョウとは兄妹のような関係。
ヴィクトリア　ヴィクトリア座を主宰する女性。かつては女優をしていた。
アラム・フィロワ　博物館准教授、リナの上司にあたる。
ユーリ・ベロワ　ヴィクトリア座の座付作者。
エリス　かつて男性役のトップ女優、今は座の事務員をしている。
アルビルダ　空賊。かつてヴィーナを競売会に出したのだが……。
エルランド　空賊アルビルダの部下。
マティ　アルビルダの部下。

N. V. 暦148年（偶数の章）主要登場人物

ナタル・アルタミラーノ　王室画家として雇われ、レムリア新王国にやってきた。
サラス・レムリア　レムリア新王国の王女。絵画展を主催し、ナタルを王室に招き入れた。
ナナ　サラスの使用人。
リウ・ミンファ　娼館を経営する一方、図書館も営む。
神官　レムリア北の街におり、王室と並ぶ権力を持つ。

1
N.V. 651
博物館

操縦桿《かん》を握る手には、汗が滲《にじ》みはじめていた。

スラストレバーを前方に倒し、桿を手前に引く。

エンジンの推力が上がり、機体は一気に上昇していく。

実際には、水平線に対して十五度程度の臨界角にすぎない。けれども、操縦しているリョウには、まるで垂直に上昇しているかのように感じられた。

エンジンの轟音が響く。軽量プロペラ機の脆弱《ぜいじゃく》な機体がバラバラになってしまうのではないかと思えるほどの震動が伝わってくる。翼の薄い装甲が、撓《たわ》むように蠢いている。鉛のようなという比喩がふさわしいほどの重力で、リョウの全身は座席に押しつけられる。

やがて機体は、雲を抜けた。

眼下には一面に、蒼々とした木々が生い茂っていた。はるか西の方角には、青い海も見えている。けれどもリョウには、下に広がる光景を見渡すような余裕さえなかった。忙しなく、左右、前方、下方、上方に視線を送る。そうして、先ほどすぐ背後にまで迫っていた銀色の機体を探した。おそらく空賊、いや、その若手予備軍ともいうべきクレームの連中が操縦しているものだろう。

売春、強盗、拉致監禁、人身売買、麻薬密売……。たしかに空賊は、さまざまな犯罪に手を染める。だが、彼らには誇りがある。民間の飛行機、ましてや個人が操縦する小型機など、相手にすらしないはずなのだ。

そういえば……と、リョウは三日ほど前に、アルバイト先であるオーストラフ市立博物館の図書室で読んだ新聞の記事を思い出した。

ここ数カ月ほど、クレームのグループどうしで抗争が起きている。そのため、民間の飛行機を対抗勢力の機体と誤認し、襲撃する事件が、立て続けに起きているのだという。

次の瞬間、リョウの心臓はドキリと高鳴った。

「いた！」

いつの間に上昇したのか、リョウが操縦するカプロー二号の上空およそ三〇〇フィート、三時の方角に、銀色の機体が浮かんでいた。性能では、圧倒的に向こうのほうが上なのだ。

「くそっ、仕方ないか」

リョウは軽く舌打ちし、右手でゴーグルの位置を少しだけ直すと、今度は操縦桿を右に回しながらぐっと押し込んだ。錐揉み状態にならないよう、慎重に右足のラダーペダルを踏み込む。すると機体は大きく右に旋回しながら降下をはじめ、地面に向かって突進するかのように速度を増していく。

背後からは、喧《けたた》ましい機関砲の音が響いてきた。

リョウはそれに構わず、ふたたび機体を雲の中に飛び込ませた。

「……疲れた」

オーストラフ市立博物館の事務棟二階にある修復室に着くなり、リョウは深く息を吐きながら、革製のソファに身を横たえた。

博物館は、旧人類がヨーロッパと呼んでいた地域の街並みを模した石畳と煉瓦造りの建物が並ぶ周囲の風景に合わせて、石造りで建てられたものだ。展示棟の内装は大理石に覆われているが、事務棟のほうは、石がほとんど剥き出しの状態になっている。それでも、屋外からの熱は十分に遮断されているために、中に入った瞬間には冷気がひんやりと肌を刺すような感覚がある。博物館から三〇〇ヤードほど離れたところにあるオーストラフ市南部地区簡易飛行場から体を引きずるようにして歩いてきたリョウにとって、その感覚はとても心地が良かった。

「この御時世に個人用飛行機なんかに乗っていたら、そりゃあ空賊に狙われることもあるわよ」

不意に頭の上のほうから、快活な少女の声が聞こえてきた。リョウが頭だけを動かして見上げると、黒い髪を後ろでまとめ、白いチュニックの上に袖のない緋色の上衣を重ねて着たヴィーナが、こちらを見下ろすようにして立っていた。

ヴィーナは手にしているグラスをリョウの額にトンと押しつけてから、

「ほら、冷たいお茶。感謝しなさい。あたしみたいな可愛い女の子が、リョウのために心をこめて淹れてあげたんだから」と、いって、ソファのかたわらにある小さなテーブルの上に置いた。

「……自分で自分のことを可愛いっていうのは、どうかと思う」

リョウはどっと疲れたような表情になって苦笑した。

「気にしない、気にしない。飲んだら、さっさとお仕事しないとダメだからね」

「わかってるよ。ヴィーナのほうは？」

「ん？　あたし？」

「うん」

「あたしは、お休み。この一週間はお稽古《プローベ》もないって、このあいだいわなかったっけ？」

「聞いてないけど……」

「じゃあ、今、いったから」

リョウの反応も見ないまま、ヴィーナはくるりと身を翻し、まるでダンスでもするかのような軽やかな足取りで、部屋の奥へと歩いていった。

ヴィーナが所属しているヴィクトリア座は、博物館から歩いて十分ほどの繁華街の中にある。そういえば、今週から六週間は、次回公演に向けて準備をするための休演期間だったはずだ。次期首席舞姫《テンツェリン》と目されている人気女優の彼女にとっては、比較的自由に時間を使える貴重な時期なのかもしれない。

そのままヴィーナは部屋の奥へと進み、リョウの上司に当たる学芸員のリナが進めている仕事をじっと覗き込んだ。黒い髪を短く切り、白衣を身に纏ったリナは、画架《イーゼル》に立てかけた横二十インチ、縦十六インチほどの風景画の上に綿棒を走らせていた。

「……なにしてるんですか？」

赤ん坊が寝ている部屋で会話でもするかのように、ヴィーナは声を潜めて訊ねた。

「今、溶剤で、油彩画のクリーニングしているのよ」リナは淡々とした口調で答えて、続けた。「オーストラフは湿度が高いから。温度と湿度を一定に保っている保管室にでも置いていないと、油彩画がどうしても傷みやすいわ。だからこうして、新しく所蔵することになった絵画は、一度直してから保管したり、展示したりすることが多くなるの」

「学芸員の人って、こんなこともするんですね」

ヴィーナは感心したように、喉を鳴らした。

「そういうわけではないわよ。私は修復士の資格も持っているから、たまたま」

「なるほど。そういえば前にリョウが、学芸員の仕事は雑芸員だっていってました……」

「ちょっと、ヴィーナ！」

リョウは慌てて、ヴィーナの言葉を遮った。

雑芸員とは、学芸員たちがしばしば、自分たちの仕事を指していうときの言葉である。博物館の収蔵品に関する事務的な処理やデータ管理、他館や個人所蔵者との交渉、館外への営業や広報などさまざまな仕事をしなければならないために、本来の業務である博物館の収蔵品の調査収集、研究になかなか手が付けられないことを自虐的に表現したものだ。しかし、自分たちでいうのならともかく、他人からいわれて気分の良い言葉ではない。しかも、リョウはまだ、市立ΣΟΦΙΑ《ソフィア》ユニヴァーシティの文学部学芸員課程に通っている学芸員の見習いアルバイトにすぎないのだ。

けれどもリナは、

「そうね。だから、修復士の免許を持っているおかげで、他の仕事を減らしてもらえているのよ」と、ヴィーナの言葉を気に留めていない様子で、涼しい笑みを浮かべた。

「特殊技能があるって、強いですね。ウチの劇場でも、メイクさんや照明さんって、替えがきかないです」

ヴィーナはいいながら、リナの脇にある机に置かれている小さなガラス瓶を手に取って覗き込んだ。中には透明な液体が入っている。どうやらこれが、油彩に浮いた汚れを落とすための溶剤であるらしかった。

「まあ、私ひとりしか修復士がいないおかげで、これはこれで忙しいかな。全部外注できるほどのお金もないし。でも、来月からはじまる展示の前に、この絵の他にもうひとつ直してしまわないと」

「次の展示ですか?」

「ええ、そう」

リナはヴィーナに返事をしながら、ちらりと右のほうに目を向けた。彼女の視線の先にある壁には、一枚のポスターが貼られている。金色の縁取りに水晶と王冠の写真をあしらったデザインで、『レムリア王国の女神展』と印字されている。

そのまま、リナは続けた。

「だから優秀な助手クンには、できるだけ早くキャプションの校正をしてもらえると助かるかな」

「す、すみませんっ!」

リナの言葉に返事をしたのは、リョウだった。慌ててソファから起き上がると、椅子に腰掛け、部屋の壁沿いに設置された机に向かう。そこには、数百枚の紙が束になった状態で置かれている。

すると、「なあに、キャプションって?」と、ヴィーナがふたたびリョウのところにやってきて、机の上を覗き込んだ。

「博物館や美術館で、展示品の脇に説明を書いたパネルが掲示してあるでしょ?」

「ああ……なるほど。あれか」

ヴィーナは記憶を辿るように、上のほうをぼんやりと見上げた。

「今度の展示がはじまるまでにパネルを展示室に掲示するのが間に合わなくなるから、今週中に校正を全部終わらせないと」

リョウは説明をしながら紙の束の上にあった硝子製の文鎮を下ろし、いちばん上に裏返しに乗せられていた紙を一枚手に取った。キャプションのパネルに使う原稿が、活字の状態で印刷されたゲラである。もし間違いがあった場合には、ここに朱で書き込みを入れなくてはならない。

リョウとリナがふたりとも仕事をはじめると、ヴィーナは部屋の西側の壁沿いに設置された書架の前にふらふらと歩を進めた。その中から古びた革表紙の本を手に取り、ソファに腰掛けて読みはじめた。

静かな時間が流れる。壁に掛けられた時計の秒針だけが、コツコツコツ……と、規則的な音を立てている。あとは、空調の音と、リョウやヴィーナが紙を捲る音だけが、ときおり室内に響いているばかりだ。この修復室には窓もない。だから、ひとつのことに集中していると、いつの間にか時間が経ってしまうことも少なくない。

四十分ほど経った頃、リナがようやく作業の手を止めた。溶剤の入った小さな瓶の蓋を閉め、フウと大きく息を吐く。そして、

「……そういえば、翻訳のほうは進んでいる？」

と、声だけをリョウに向けた。

リョウは顔をあげ、

「あ、はい。思ったより苦労していますが、なんとか間に合わせます」と、いった。

「翻訳って、このあいだからリョウがやってる本？　ロシア語で書かれた手書きの本とかいう」

リョウの言葉に答えたのは、ヴィーナだった。

「うん。N・V・暦《ニルヴァーナ》一四八年に書かれたものだよ。それを英語に訳しているんだ」

「ああ……」ヴィーナは苦笑して、「あたし、ちょっと見ただけで絶対やりたくないって思ったわ。ほとんど殴り書きだから、なんの文字だかわからないんだもの」と、いった。

ヴィーナが心底嫌そうに顔を歪めると、リナはクスクス笑った。

「だから私も、リョウ君に投げたのよ」

「たぶんそういうことだろうと思ってました……」

リョウは、ぐったりと肩を落とした。

するとリナは、すぐにいつものクールな表情を取り戻し、リョウに向かって話しかけた。

「フィロワ先生も、できれば『レムリア王国の女神展』に展示したいといっているのだけれど……だったら、一年くらい前にはいってほしかったわよね」

「女性が書いたみたいですが、たしかにクセがある字ですよね。いちおう、同じ文字はなんとなく似た形になっているから、慣れてきてパターンさえわかればけっこうすらすら読めるんですが」

「翻訳したもの、今、持ってる？」

「あ、はい。鞄の中に」

「じゃあ、ちょっと見せてくれないかな」

「いいですよ」

リョウは足下に置かれていた鞄の中を探り、ごわごわと厚みを帯びた一冊のノートを取り出した。すると、

「あたしが持っていってあげるわ」と、手にしていた本をソファに置いて立ち上がったヴィーナが、リョウからそのノートを預かり、リナに手渡した。

「ありがとう」

リナは短く礼をいうと、受け取ったノートを開いた。左側の頁《ページ》にはロシア語の手記をコピーした紙が貼り付けられており、右側の頁に英語の訳が書き込まれている。彼女は少しだけいつもより目を細めて、リョウの手で書かれた文字を読みはじめた。

2

N.V. 148

夕暮れ

雨季になると、レムリア新王国の黄昏は、文字通り空が黄金色《こがねいろ》に染まるようになる。これは、昼間のうちに雲を霧散させる薬を積んだ飛行体を発射し、空に撒《ま》き散らしているためらしい。その薬が空に漂い、沈み行く太陽の光に乱反射するため、このように見えるということだ。

　そのおかげでレムリアでは、周囲にある各都市で見られるような豪雨《スコール》が降らない。その代わり、街を取り囲むようにして天高く聳《そび》えている石造りの城壁の外側では、夕方になると激しい雨が降っている。それが森をさらに育み、レムリア新王国はいっそう

他の都市からの独立性を強めている。もしかすると、独立というよりも、孤立といったほうが正確なのかもしれない。

　それでもこの都市国家が成り立つのは、レムリアの民だけが持っている、水晶の加工技術があるからだろう。少なくともこの街の人々の生活は、ぼくがここにやってくる前に住んでいたマハーの街の人々の暮らしよりも、ずっと豊かに見える。

　もちろん、マハーの美術学校を卒業してから貧困《ゴー》地区《ラト》に住んで、毎日の食料を得ることにも苦労していたときにぼくの周辺に住んでいた人たちと、今、こうして王室専属画家として不自由なく暮らすことができている今のぼくの周囲にいる人たちとを、そう簡単に較べることはできない。それでも、やはり街全体に活気があり、人々の顔つきも生気に溢れている。治安も良く、盗難や暴漢に襲われるようなこともない。だからこうして夕暮れどきに、なんの警戒心も抱かずに繁華街を歩き回ることができる。マ

ハーの貧困地区《ゴーラト》では、なかなかこうはいかない。

「それで、今日はどこに連れて行ってくださるのですか？」

不意に背後から声がかけられた。振り返ると、白麻で作られた丈の長い下着《シェーンズ》の上に、絹でできたエメラルドグリーンのワンピースを羽織り、ベレー帽をかぶったサラス王女が、ぼくのすぐ近くにまで迫っていた。腰を屈めて下から覗き込むようにこちらを見上げたので、幼い子どものような顔立ちと大きな黒い瞳とが、ぼくの視界に飛び込んできた。

「連れて行くって……王女が勝手に付いてきたんですよね？」

ぼくは立ち止まり、肩を落とした。きっとぼくが王城を出るときに、こっそりと後をつけてきたに違いない。

「サラスです！　王女と呼ぶのはやめてくださるようにと、先日あれほど申し上げたではありませんか」

王女——サラスは不機嫌そうに口をへの字に曲げて、目を細めた。

「……ああ、すみません」

ぼくは、頭を掻いた。ここでサラスと口論をしても、聡明な彼女に勝てるはずなどないのだ。するとサラスは急に上機嫌になって、

「わかってくださると、嬉しいですわ。きちんとそれを守れたら、今度こそわたしの裸体画《ヌード》を描かせてさしあげます」と、声を弾ませた。

「そんなものを描いたりしたら、ぼくは王に処刑されますよ！」

ぼくは思わず、声を荒らげた。王族の女性が裸体画のモデルになるなど、聞いたことがない。けれどもサラスは、まったく気にしない素振りで口を開いた。

「だって、マハーの美術学校にいらしたときは、何度も描いてきたのでしょう？　女性の裸体こそが美の極致であり、絵画の基本なのですよね？」

「それはそうですが……」

「でしたら、今さら遠慮する必要などありません。旧人類の画家には、とある貴族の女性をモデルにした裸体画を描いた人もあったといいますし。わたしが脱いだところで誰も咎める者はおりませんわ。それに――」

サラスはそこまでいいかけて、言葉を止めた。まだなにかをいいたそうにしていたが、右手を顎に当ててじっと考え込むように俯くと、自分自身を納得させるように二度頷いて、

「まあ、これはやめておきましょう」と、呟いた。

いいかけてやめたということは、それほど重要なことではなかったのだろう。ぼくはそんなことを考えてから、盗むように周囲を見渡した。

このように小さな都市国家で、仮にも王族である彼女がこうして市井の男と街中で会話をしているというのは、けっして好ましいこととは思えない。たとえば王族に反抗する勢力があったりしたら、彼女の命が狙われるようなことだってあるかもしれないのだ。

しかし、サラスがあまりに街に馴染んでいるせいだろうか、あるいは、王族の顔を知っている者がいないのだろうか。誰もぼくたちのことを気にかけることもなく、足早に通り過ぎていく。

ぼくはホッとして、ほとんど無意識のうちに全身を強張らせていた力を抜いた。けれども、安堵することができたのは、その一瞬だけだった。

「では、さっきわたしのことを王女と呼んだ罰として、これからどこかへ食事に連れて行ってください」

サラスの言葉に、ぼくはぎょっとする。

「夜に勝手に出歩いたりしたら、また王に怒られますよ。またサラスが、体調を崩すことがあるかもしれないですし」

けれどもサラスは、

「平気です。父上と母上には今日は食事を自室で

とると伝えてあります。それに料理長にも、今日の夕食はいらないと伝えてありますから」と、自信たっぷりに胸を張った。

はじめからぼくに食事を奢《おご》らせるつもりで、計画的に城を抜け出してきたということか。もちろん、王室画家として雇われているぼくには、それを断ることができないということも十分に承知しているのだろう。

「……わかりました。でも、城にいるときみたいに豪華なものは食べられませんよ」

ぼくがいうと、サラスは、

「お城の食事は準備に手間がかかるので、いつも冷たいんですもの。わたしは、温かいもののほうが好きなのですよ」と、不満と、嬉しさとが入り交じったような表情で、スキップを踏むようにぼくの傍に近寄った。

ぼくが子どもの頃から住んでいたマハーの街から、このレムリアの街に移ってきたのは、半年ほど前のことだった。

去年の秋に公募されていた王室画家募集の展覧会に自分の絵を送ったところ、急に、レムリア新王国に移住するように通達があり、事務的な手続きをするために必要な書類が送られてきた。マハーの美術学校を卒業してから、貧困地区《ゴーラト》にある自分の部屋で売れもしない絵を描きながらその日暮らしの生活をしていたぼくには、その通達を断る理由もなかった。その日のうちにすぐに書類を記入して送り返し、レムリアに移り住んだ。

その結果、王城の東隣にある官僚の居住地にアトリエつきの一軒家を与えられ、月に五〇〇〇ノウンの固定給をもらうことができている。何点の絵を描くようにという通達はないものの、それぞれの季節ごとに一枚ずつ、年に少なくとも四枚の絵を描くことを自分に課した。これまで二枚の絵——レムリアの南側にある街の風景画と女王の肖像画とを献上したけれど、幸いなことにまだ職を解かれることもなく、王国に留まることを許されている。

それでも、ぼくはまだなかなかこの街に慣れることができていなかった。

ぼくが住んでいるレムリアの東部地区は、官僚の集住地域の他に、学校と、そこで働く教師たちが住む地域があり、その周辺を取り囲むように飲食店が建ち並んでいる。街の南側にある商店街ほどではないけれど、比較的栄えている地区だから、通りを歩いている人の数も少なくない。

もちろん、かつて住んでいたマハーの街にある繁華街よりは店の数も少ないいし、全体にこぢんまりとしている。だからはじめのうちは、この街でなら落ち着いた生活ができるのではないかと思っていた。けれども、ぼくはこうして街を歩くだけで、ひどく気疲れをしてしまう。

それには、理由があった。すれ違う人がいちいち、挨拶をしてくる。しかも、頭を下げて、ペロリと小

さく舌を出すのだ。これをされると、ぼくも同じように、舌を出して応じなくてはならない。

サラスにちらりと目を向けると、さすがに彼女は慣れたものだった。挨拶をしてきた相手に表情を崩して笑いかけ、舌先をほんの少し下唇の上に差し出す。その様子は、まるで幼い女の子がちょっとした悪戯をして、それを誤魔化そうとしているようにも見える。

――これは、レムリアの風習なのです。レムリア旧王国のものというわけではないのですが……かつてインドと呼ばれた国の奥地で人々が潜伏していた頃に、どこかの民族から伝えられたものかもしれません。こうして舌を出すことで、相手に対する警戒心を持っていないことを示して、相手の幸福を祈っているのです。

以前、サラスはぼくに向かって、そう説明をしてくれたことがある。だから、ぼくもなんとかこの国の風習に合わせようとしてみるのだけれど、どうし

ても顔が強張ってしまう。そのたびにサラスは、

「ごめんなさい。なんだかナタルって、すれ違った人を睨み付けているように見えるんですもの」と、謝罪の言葉とは裏腹に、笑いを堪えることができないという様子でいる。

「……早く自然にできるようになるよう、がんばります」

ぼくは誤魔化すようにいいながらも、実際には自信が持てずにいた。このレムリアの国では、日常生活のさまざまなことが、事細かに決められているのだ。

女性が外に出るときは帽子をかぶって髪を隠さなくてはならない。女性は肩から二の腕にかけての肌を露出させてはいけない。女性は胸元が強調される衣服を身につけてはいけない。煙草を吸ってはいけない。陽が沈む前に酒を飲んではいけない。豚と兎の肉を食べてはいけない。自分より位が高い者よりも、高い位置にある場所に住んではいけない……。

それらの決まりを破ったからといって、なにか制裁を受けるようなことがあるとも思えないのだが、それはぼくの勝手な解釈にすぎないのかもしれない。これらの規則を破っている人間を、ぼくはまだ誰一人として見たことがないのだ。

「ほら、早く行きましょう」

サラスは背後から微笑みかけてぼくを促した。男女がふたりで歩くとき、女性はけっして男性より前を歩いてはいけない。これも、レムリアで守られている風習のひとつなのだ。

3

N.V. 651

写本

修復室での仕事を終えたリョウは、フィロワ准教授の研究室を訪れていた。

　オーストラフ市立博物館の事務棟は、四階と五階とが、博物館に所属する研究員の研究室になっている。もともとこの館は市立ΣΟΦΙΑ《ソフィア》ユニヴァーシティの附属施設であるため、大学と同じように教授、准教授、講師、助教を、決められた人数だけ置かなくてはならない。所属する研究員はそれぞれの職位を与えられ、個人研究室を持って、助手として学芸員を雇うというのが慣わしとなっている。

　そしてこのことが、オーストラフ市立博物館の学芸員たちが、みずからを自虐的に雑芸員と称する由来のひとつともなっている。通常の博物館や美術館であれば、学芸員も研究の業務をこなすことが少なくない。これに対してオーストラフ市立博物館ではどうしても、上級研究員の補助的な業務を担うことになってしまうのだ。

　けれどもリナやリョウの場合は、他の学芸員たちに較べれば、まだ仕事が少ないほうだった。それは、フィロワがふたりの直接の上司に当たっていたためである。彼は多くの事務仕事を自分でこなしてしまう。だから、リナたちに割り振られる仕事の量が比較的少なく、その分だけ自分たちのやりたいことができていた。

　フィロワは、リョウが渡したノートに書かれた文字を目で追っていた。つい先ほどまでリナが読んでいた、レムリア新王国の青年画家が記した手記の翻訳である。リナは途中まで読んで、自分では少し自信がないからフィロワのところに持っていってコメントをもらうよう、リョウに指示をしたのだった。

緊張した面持ちで、リョウはフィロワをみつめた。三十代半ばの男性である。痩せているように見えて、意外に骨格がしっかりとしている。黒縁の眼鏡をかけた細面の顔は、きれいに髭が剃られている。けれどもそれ以外の容姿については、あまり気に留めていないようだ。ワイシャツはアイロンがけをしていないらしくかなり皺が目立っており、生まれつきウェーブのかかった髪が、不揃いに伸びはじめている。

リョウはごくりと唾を呑み込み、返事を懇願するようにフィロワをみつめた。けっして翻訳が良くできているとは思えなかった。リナはあまりコメントをしなかったものの、フィロワはきっと、自分が作った訳文の間違いを次々と指摘するに違いない。そう思うと、いつの間にか体に力が入っていた。

フィロワは、椅子に坐って脚を組み、まだじっとノートに視線を落としている。いっこうに口を開く気配はない。

リョウは緊張感に堪えかねたように、ちらりと周囲に視線を動かした。

部屋は、二〇フィート四方ほどの広さである。左右の壁には書架が設置されている。その書架や、入口から入ったところにある机、椅子は、古い本で埋め尽くされている。おそらく、旧人類の時代に書かれたものも含まれているだろう。

やがてリョウは、自分が坐っているソファの前に置かれている小さなテーブルに積まれた本のいちばん上に、革表紙の本があることに気が付いた。リョウは、テーブルの上にできた本の山を崩さないよう、慎重に手に取った。

それは、今まさに自分が翻訳している手記の原本だった。リョウは数日前、リナを介して、この本の複写《コピー》をまるごと渡されたのだ。

本は、縦九インチ、横五・五インチほどの大きさである。糸で綴じた本の背を布《クロス》で固定し、革表紙を内側から紙で貼り付けるようにして作られている。

本製本と呼ばれる作りのものだ。表紙には赤や青や緑といった原色に近い色による彩色を施した黒髪の女性の絵が描かれているから、その中でも特に装飾写本と呼ばれるものに当たる。本文が書かれている紙はもともと白い紙だったらしい。もしかすると、日記帳かなにかに使うために作られたものなのかもしれない。左開きに表紙を開くと、見返しの遊び紙を挟んで、扉がある。そこには『LA DIOSA DEL LEMURIA《レムリアの女神》』というタイトルが青いインクによるペン書きのスペイン語で書かれ、その下にロシア語で同じタイトルが併記してある。

扉の下のほうにある署名は、「Natal Altamirano《ナタル・アルタミラーノ》」とあった。本文でサラス王女が「ナタル」と呼んでいたから、これが書き手の名前であることがわかる。

書き手であるナタル・アルタミラーノはマハーの街の出身だが、今でもマハーでは市民のおよそ一〇パーセントがスペイン語を使っており、特にそういう市民は貧困地区《ゴーラト》に多くいるといわれている。おそらくこの地域の出身だったのだろう。

それにしても、ロシア語で書かれているということには違和感があった。レムリアの公用語はタミル語で、マハーの公用語は英語だ。ロシア語を話す者がいたという記録はない。その点については、フィロワもかなり気にしているようだった。

——レムリア新王国の公用語はタミル語です。この王国は、旧人類の古代と呼ばれる時代に存在していたというレムリア大陸にあった旧王国が大陸の沈没によって滅亡した後、その住人が旧人類のインドという国家の南部に隠れ住んでいたことに由来していると考えられていますからね。その子孫が、N.《ニルヴ》V.《アーナ》暦四年に突然、四方を壁に囲まれた都市国家を中部大陸に建設して、レムリア新王国の建国を宣言しました。そのとき、かつてのレムリア旧王国で使われていたとされるタミル語を公用語にしたんです。そう考えると、ロシア語で残っている経緯がわかれば、この本がどういうものであるのかについて、もう少し詳しくわかるかもしれませんね。

その話を思い出し、リョウはじっと考え込んだ。ナタル・アルタミラーノはレムリアに移り住んでからタミル語で会話をしていたはずだから、タミル語なら文章を書くこともできたのかもしれない。しかし、ロシア語で残されており、さらに筆跡がどうも女性らしいことを考えると、誰か別の人間がナタル・アルタミラーノの手記を手に入れ、翻訳したと考えるべきだろう。問題は、ひとりの青年画家の手記などを、誰がわざわざ翻訳したのかということだろうか。

「うん、良く書けていると思いますよ」

リョウの思考は、不意に聞こえてきたフィロワの声によって遮られた。その言葉に、リョウはほとんど反射的に、「ありがとうございます」と、返事をした。

「そうですね、あえてひとつ指摘するなら」

フィロワは右手で顎を撫でている。これは考えごとをするときに、彼がしばしば見せるしぐさだった。

リョウは身を固くして、次の言葉を待った。すると、フィロワはおもむろに口を開き、

「サラス王女ははたして、こんな口調で会話をしていたでしょうか？」と、笑った。

「……えっと、そこですか？」

リョウは苦笑して、訊き返した。フィロワの指摘は、あまりに予想外のものだった。

「この王女は、もう少し人懐っこくて、明るい性格の女性だと思うのですが」

「それはわかりますが、いちおう王族ですから。あまりフランクな口調で翻訳をしたら、イメージが崩れてしまうんじゃないかと思います」

フィロワは「リョウは思ったより、頭が固いですね」といって、続けた。「リョウに頼んでよかったと思っています。僕ではロシア語ができないので、一語ずつ辞書を引きながら訳していくことになってしまいますから」

「そうなんですか⁉」

リョウはフィロワの言葉を、意外に思った。この本の翻訳を頼まれたとき、

――全部読むことができれば、もしかしたら、レムリア新王国の秘密がわかるかも知れませんよ。

と、いわれていた。だから、その内容についてはすでにおおよそ読めていて、その上で、母親が日本人系移民とロシア人系移民のハーフであるためにロシア語が読める自分に、より正確な翻訳を頼んできたものだと思い込んでいたのだ。

「忙しいところすみませんが、翻訳料はちゃんと出しますから、がんばってくださいね」

フィロワはリョウに向かって、にこやかに笑いかけた。リョウは、魚の小骨が喉につかえているときのような気持ちのまま、

「……わかりました」と、短く返事をすることしかできなかった。

リョウが博物館の建物を出たとき、陽はすでに大きく西に傾いていた。

正面出入口の裏手にある職員用玄関から左に折れ、建物に沿ってまっすぐに進む。その先に細い私道があり、それがリョウの飛行機――カプローニ号が駐めてある簡易飛行場への近道になっている。本来であれば抜けられない通りなのだが、土地の持ち主である老婦人が博物館にしばしばやってくる常連で顔見知りの客であるため、館の職員たちはここに入ることが許されていた。

土が剥き出しになった、舗装さえも施していない道である。左右は林に囲まれており、夕方になると薄暗く、足下は覚束ない。それでもリョウが難なく歩くことができるのは、ほとんど毎日のようにここを通り抜けているからだった。凹凸や坂になっている部分、泥濘。そのほとんどすべてを把握していた。

三分ほど進んだところで、リョウは不意に目を細めた。木々の枝が行方を遮るように生い茂った狭い

空間から急に目の前が開けて、西日をまともに受けてしまったのだ。

リョウはしばらくのあいだ視力を失い、立ち止まった。

ようやく目が慣れてきて、しだいに周囲の光景が認識できるようになっていった。そのとき、リョウはじっと動けなくなった。

ヴィーナが踊っていた。

紅の夕陽がちょうど照明となって、彼女を照らし出している。背光を受け、まるで影のようにその姿が視界に入ってきた。腕を高く掲げ、天を仰いでいる。ステップを踏み、ターンをし、ふわりと宙を舞い、しなやかに腰を動かす。その様子は、いつもリョウが目にしている歳のわりに子どもじみた少女とは、まったく別人のように見えた。

静寂の中、ヴィーナの息遣いが響いてくる。かなり長い時間、こうして踊っていたのだろう。けれども、彼女は胸を上下させたり、体の芯を崩したりすることはない。むしろ、踊りを続ければ続けるほど、動きが洗練されていく。

ようやく、ヴィーナが踊りを終えた。彼女は操り人形の糸がぷつりと切れたように肩の力を抜くと、大きく息を吐いて下を向いた。

「なによ、もう。声をかけてくれればよかったのに」

ヴィーナは肩を上下させながら、不満そうに口先を尖らせた。もうすっかり、いつもの彼女に戻っていた。

「……ごめん」リョウは表情を固めたまま漏らすように声を出し、「邪魔しちゃ悪いと思ったから」と、付け加えた。

「別にいいわよ。丸一日踊らないでいるとなんだか鈍《なま》っちゃいそうだから、流していただけだもの」

「今ので⁉」

リョウは目を見開いた。ヴィーナが踊っているあいだ、ずっと彼女の踊りの素晴らしさに見蕩れていたのだ。これが軽く体を動かしただけだというのなら、舞台で踊っているいつもの彼女はどれほどのものなのだろう。

リョウは、一カ月ほど前に観に行ったヴィクトリア座の公演を思い起こした。そういえば、いつも二階にある招待席で見ているため、舞台までの距離が遠い。だから、これほど間近で彼女が踊っているところを目にしたのは、初めてのように思えた。けれどもあのときでさえ、ヴィーナの舞台を観ていた自分の肌にはざわざわと鳥肌が立ち、脇の下からは汗が滲んでいたのだ。

次回の公演ではチケットを買って、前のほうで観てみようか。リョウがそんなことを考えていると、ヴィーナがニッと笑いながら、

「そうね。お客さんがひとりいることに気付いてからは、ちょっとだけスイッチが入ったかな」と、右の掌を上に向けた状態で、リョウのほうに手を差し出した。


「どうしたの?」

リョウが訊ねる。

「決まってるじゃない。おひねりよ、おひねり」

「お金取るの?」

「あはは、冗談だって」ヴィーナはケラケラ笑いながら、「でも、帰りに飛行機で送ってくれるくらいしても、罰は当たらないでしょ?」と、ほんの少しだけ首を傾げて、リョウを下から覗き込むようにみつめた。

「だって、ヴィーナが住んでいるの、ヴィクトリア座の寮だよね? ここから歩いて十分くらいの」

「もう、わかんないかなあ。こういうときは、女の子を飛行機に乗せて、ぐるっと空を回ってからお家まで送るものでしょ? そんなんだから、リョウは女の子と縁がないのよ」

ヴィーナはやれやれといった様子で肩を竦めてから、「しょうがない。今日は夕ごはんをオゴってくれたら、それで許してあげるわ」と、いってニヤリ

と笑う。

「……そのほうが、どう考えても高い気がするんだけど」

「気にしない、気にしない。ほら、行くよ」

ヴィーナはぴょんと跳ねるようにしてリョウに近づき、彼の腕に自分の腕を絡ませた。だいぶ汗をかいているらしい。熱く火照ったヴィーナの体からは、蒸発する汗に混じってほんのりと石鹸のような匂いが漂い、リョウの鼻腔をくすぐっていた。

4

N.V. 148

幽霊塔

「北の街、ですか？」

ぼくが次に描く絵の題材について王城の応接室で話をすると、サラス王女はテーブルに両手をついて、こちらのほうに身を乗り出した。やがてサラスはなにもいわずに立ち上がったかと思うと、そのまま部屋を出て行ってしまった。

北の街を描くことに、なにか問題があるのだろうか。そういえば、以前同じ提案を王室の執事や使用人《メイド》、官僚たちにしたことがあった。そのときは、誰もが同じように言葉を濁していたような気がする。

ぼくは天鵞絨《ベルベット》で覆われた椅子の背凭れに体を預け、

大きく息を吐いた。王城にある応接室としては、あまりに質素な作りの部屋だ。金や大理石で装飾を行うこともなく、石造りの土台の上に土と漆喰とを塗り固めてある。椅子やテーブルも、布が張られている他にはわずかに木で飾りが彫られているくらいだろうか。あとは、木材に飴色の塗料が塗られているばかりだ。無駄なものを排して機能性を重視した部屋だといえば聞こえが良いけれども、水晶の製造で多くの富を得ている都市国家の王城としては、みすぼらしいといったほうが適当かもしれない。

十分ほど経つと、コツコツという足音に続いて、部屋のドアが勢いよく開かれた。そこには、外出用のつばの広い帽子をかぶって四角い鞄を持ったサラスが、頬を少し上気させて立っていた。

「さあ、行きましょう。早くしないと、日が暮れてしまいます」

どうやらサラスは、北の街を絵に描くことに抵抗があったのではなく、むしろぼくに付いてきたくて

我慢できなかったらしい。

後で聞いたところでは、半径わずか三マイルほどの小さな都市国家であるにもかかわらず、レムリアの人間——特にその王族が北の街を訪れるというのは、非常に珍しいことなのだそうだ。

北の街に初めて足を踏み入れたぼくは、息を呑んだ。街の雰囲気が、レムリアの他の地域とは、まったく違っていたのだ。

ぼくが住んでいる東部地区の官僚街や、南側にある商店街は、そのほとんどが石造りの建物で、それぞれに異なる活気がある。子どもが街を走り回ったり、笑い声が聞こえてきたりすることも少なくない。けれども北の街は、痩せた土地に芋や豆類が植えられており、それら畑のあいだに建物が点在していた。建物とはいっても、木で柱を組んで土壁で塗り固めたり、金属製の板を張り付けたりしただけの粗末な家々で、最初は作業小屋かなにかだろうと思っ

てしまったほどである。

そして、ときおりすれ違う人は、大半が老人だった。何人かは二十代から三十代くらいと見える人も含まれていたものの、どういうわけか一様に青白い顔をして、とぼとぼと歩いている。

「……どういうことなんですか、この街は」

ぼくはサラスに訊ねた。するとサラスは、

「今度、きちんと話します」とだけ短く答えて、足早に歩を進めた。

最初にサラスに案内されたのは、北の街のはずれにある教会だった。

そこは巨大な階段井戸になっており、三十フィートほど地下に、湧き水を溜める大きな水槽がある。四方を取り囲む壁には、やっと人がひとり通れるくらいの通路が十三層作られていて、無数にある階段が幾何学模様を形成していた。

井戸の最上層に当たる縁を渡り歩くようにして北側に向かうと、アーチ状に柱が組まれた神殿がある。扉を開き、礼拝堂に入った。左右に設置された座席を脇目に中央の通路を進むと、いちばん奥に、神像が置かれている。それは、レムリアで信仰を集めている女神だった。十八本の腕を持ち、それぞれの手には矛や槍、水瓶、酒杯といったさまざまな神具が握られている。

サラスはその神像の前で跪き、両手を合わせて軽く握った。そのまま目を瞑り、神像を仰いで、ぼそぼそとなにかを呟いている。

ぼくには、彼女がなにをいっているのか、聞き取ることができなかった。ただ、サラスと同じ姿勢をとり、祈るような素振りをする。これはレムリアに来て以来、サラスからしつこくいわれていることだった。

——わたしたちの神に対して、信仰心を持ってくださいとはいいません。ただ、わたしたちと同じ動作をしてください。

どうやらレムリアで信じられている宗教は、非常に律法主義的な性格を持っているらしい。さまざまに習慣化された儀礼的な振る舞いをすることそれ自体が、神に対する信仰と、忠誠心とを示すことになる。それが、レムリアでの生活のいたるところで行われている。

しばらくして、ようやくサラスが目を開き、立ち上がった。すると、

「ご苦労様でございます。クマリ」と、さっき通ってきた神殿の入口のほうから、初老の男性の声が響いてきた。一枚の布をローブのように巻き付けて腰の帯で留め、手袋を嵌めている。後で聞いた話によると、彼がこの神殿を司る神官だということだった。

「クマリと呼ぶのはやめてくださいといっているでしょう」

サラスは流すような視線で、神官を軽く睨み付けた。

「つい癖になっておりましてな。良いではありませんか。これでもかつてのクマリよりは、選ばれ方も、過ごし方も、ずいぶん寛容になったものです」

「八百年以上も昔の旧人類によって選ばれていたクマリと較べられても、まったく実感が湧きません」

ぼくには、サラスと神官とのあいだで交わされた会話の意味がわからなかった。ただ、サラスが珍しいほど機嫌を損ねていることだけは理解できた。だから神殿を出たあと、あそこに立ち寄る必要はなかったのではないかと訊ねたところ、

「……これもわたしの役割ですから。年に一、二回ほどしか北の街には来ないですし、仕方ありません」と、サラスは肩を落とした。どうやら、神殿に行かなくてはいけないことを我慢してでも、ぼくを連れていきたい場所があったらしい。

その奇妙な建物は、神殿から西のほうに向かって十分ほど歩いたところにある坂を登ると、突然目の前に現れてきた。鬱蒼とした森を背景に聳《そび》える時計

塔である。

煉瓦を積んで作られた建物だが、かなり古いものらしく、ところどころが崩れ落ちてそこから草が生えていた。南側にある二階建ての洋館に続いて北側だけが五階建ての塔になっており、そのいちばん上の部分には丸い時計が据え付けられている。文字盤のすぐ下には、先ほど神殿で目にしたものと同じ神を象ったらしい像が置かれていた。まるでこちらを睨み付けるかのように見下ろしている。一方で時計の針は、八時五十七分を指していた。今は午後二時を少し過ぎたくらいだから、止まっているのだろう。

「どうでしょう？　きっと、素敵な絵になりそうではありませんか？」

サラスは声を弾ませた。

「なんだか、旧人類が書いた幻想《ゴシック》小説にでも出てきそうな建物ですね」

ぼくはいいながら、建物に近寄った。どうにも神像が気になって仕方がなく、文字盤のところを見上げてしまう。その像の目は、まるでぼくたちが塔に入ることを拒否しているように思えてならないのだ。

「このあたりでは、幽霊塔と呼ばれています」

「……たしかに、ここなら何かが出ても、納得してしまいそうですね」

「ちゃんと由来もあるのですよ」

サラスは嬉々として、語りはじめた。

この塔は、かつての王族がレムリア新王国の樹立をこの土地で宣言する以前から、すでにこの場所にあったらしい。つまり、異常気象が続いたために深刻な食糧不足に陥った旧人類が次々と死滅していくなか、その様子を見守っていたことになる。

レムリアに伝わる記録によると、塔を建てたのは、シンという名の商人だということだ。今でこそ時計塔の奥は木々が生い茂っているが、当時はここから北の街の向こう側にある海岸線までが広く見渡せる平地になっており、ランドマークとしての機能もはたしていたのではないかと考えられる。

しかし、この塔の持ち主はその後、頻繁に入れ替わることとなった。というのも、シンという商人の使用人《メイド》として雇われていた若い女性が、この塔のなかで忽然と姿を消したのだそうだ。それ以来、塔にはその女の幽霊が出るという噂が立ち、誰も近寄らなくなったという。

「……ぼくは、本の挿絵は描かないのですが」

あまりにサラスが楽しそうに語るものだから、ぼくはつい皮肉を口にしてしまった。彼女はどうしても、ぼくにこの塔を描かせたがっているようだった。

けれどもサラスはぼくのそんな態度に構わず、

「主人の依頼に応えてこそ、宮廷画家だと思うのです」と、にこやかにいい放った。

「ぼくの主人は王であって、サラス王女ではなかったと思います」

「ええ、書類上はそうですわね」

「書類上？」

ぼくは眉を顰めた。するとサラスは当然のように、

「あら？　お伝えしていなかったかしら。だって、王室画家の公募を出すようにお父さまにお願いしたのも、ナタルの絵を採用したのも、わたしですもの」と、いった。

「えっ……聞いていませんよ！」

「では、今、いいましたから」

サラスは悪戯っぽく笑いながら、「ほら、行きましょう。わたしが勝手にこういうところに入ると怒られてしまいますので、ナタルが誘ったということにしておいてくださいね」と、幽霊塔に向かってすたすた歩きはじめた。

ぼくが呆気にとられていたそのとき、突然、ゴーンゴーンと真上で鐘が鳴り響いた。驚いて見上げると、時計の針がぐるぐると、ものすごい速さで回っていた。鐘は二十回以上も鳴り続け、時計が二時十四分を指したところでようやく止まった。

ぼくと同じように時計をじっとみつめていたサラスは、そのことを確認すると、

「……参りましょう、ナタル」と、目だけでぼくを見てついてくるよう促した。その瞳は、まるで子どもが新しい玩具を手に入れでもしたかのように、キラキラと輝きに満ちていた。

東側にある入口から塔に入ると、薄暗い建物の中には、どこからか饐《す》えたような臭いが漂っている。天井にある小さな窓から射し込む陽光だけが、周囲の様子を窺うための頼りだ。床は板張りになっており、積もった塵で表面がザラザラしていることが、靴越しにも窺われた。歩くたびに板が下のほうに沈み込むような感覚があり、ギィィ……ギィィ……と音がする。もしかすると、土台が腐っているのかもしれない。

母屋がある左のほうは廊下が長く続いており、その左右の壁にはいくつもの扉が並んでいる。窓がなく陽の光も届かないため、奥のほうはほとんど暗闇で、様子を窺うこともできない。洋燈《ランプ》でも持ち込まなければ、先に進むことは難しいように思えた。

右手に目を向けると、時計塔に登るための梯子段がある。大きな蜘蛛の巣が張られており、ところどころにガラスの破片が落ちてはいるものの、足場はぼんやりと黒い光を放っている。これは明らかに、今でも誰かが昇降しているためだろう。

「登ってみませんか?」

サラスはぼくの顔を覗き込み、上目遣いにいった。

ぼくはコクリと頷き、

「先に行きます」と、短く返事をした。

足を乗せてみると、梯子段は思っていたよりも丈夫そうだった。それでも、右の手を壁に添えて、一段一段ゆっくりと登っていく。ときおり下を振り返り、サラスの様子をたしかめた。彼女はハイキングにでも来ているかのようにニコニコとした表情を浮かべながら、スカートの裾が板に触れるのを気にすることもなく、するするとぼくの後についてくる。

この怪しい塔の中にいるにもかかわらず、どこか安心しきっている様子だ。

三階にたどり着くと、梯子段がそこで途絶えており、広い踊り場になっていた。まだ塔の中腹である。きっとなにか、まだ上に登るための方法があるはずだ。そう思って周囲を見回すと、左のほうに扉があった。中が部屋になっているのだろうか。もしかすると、さらに上に行くための方法が、みつかるかもしれない。

ぼくは慎重に歩を進めた。床下は空洞になっているらしく、歩くたびにコツコツと、靴の音が深く響く。それでも、一階の床板よりもはるかに安定感があった。もしかすると、比較的時代を下ってから、板が張り直されたのかもしれない。

扉にたどり着いた。真鍮製のドアノブを握る。ひんやりと、冷たい感覚があった。右のほうに回してぐっと押し込むと、扉は音も立てずにすんなりと開いた。

そこで、ぼくは立ちすくんだ。


部屋のなかに、ひとりの女性がいたのだ。

木製の椅子に坐り、脚を組んでいる。

まったく予期していなかったことだったので、ぼくの心臓はドキリと高鳴った。まばたきもできない。背中から冷たい汗が滲んでくる。ぼくは動揺を抑えようと、肩を上下させて深く呼吸をした。

その様子のおかしさに、背中越しに気が付いたのだろうか。あるいは、部屋の中から人の気配を感じ取ったのだろうか。

サラスが囁くように、

「どうなさいました?」と、声をかけてきた。

すると、室内にいた女性は、ホホホホ……と、声を出して笑った。

「驚かせてしまったみたいですね」

彼女の低い声は狭い部屋に何度も反響し、それらが重なり合うようにしてぼくの耳に届いた。その響きは、まるで人間ではない何者かが話しかけてきていると錯覚しても、おかしくないようなものだった。

「はじめまして。リウ・ミンファと申します。下の名前でミンファとお呼びください。私が、この塔の主《あるじ》をしている幽霊ですわ」

その女性は白い歯を見せて微笑んだ。射し込んでくる陽の光に、肩のあたりまで伸ばした黒い髪と、切れ長で一重瞼の眼、紅く塗った唇が映し出されている。太股のあたりまでスリットの入った袖のない黒のワンピースを身につけており、露出した部分の肌は幽霊だという言葉を信じてしまいたくなるほど青白い。手の甲にある大きな黒子《ほくろ》が、ぼくの目には妙に印象的に映った。

ぼくが動くこともできずに固まっていると、背後からサラスが、

「ちゃんと脚はあるのですね」と声をかけ、ぼくをゆっくりと追い越して前に出た。

「幽霊に脚がないというのは、極東地域に住んでいた旧人類、なかでも、ごく一部の民族だけが唱えていた説ですわ」

いいながら、ミンファは脚を組み替えた。ぼくは咄嗟に、そこから目を逸らした。その様子に気が付いたのか、ミンファはぼくをちらりと見て、蠱惑的に目を細めた。

「あなたの着ているドレスを見る限り、その極東地域にいた旧人類の末裔のようにお見受けしますが」

サラスはまったく動じない様子で、まっすぐにミンファを見ている。

「残念。私は、かつて中国と呼ばれていた国に住んでいた、漢民族の子孫なのです。その国の幽霊は、カランコロンと下駄の音を鳴らしていたのですよ。幽霊に脚がないといっていたのは、もっと東にある島国の人間じゃなかったかしら」

「そうでしたね。……では、こういうのはいかがでしょう。この塔で行方不明になったという使用人《メイド》は、ここにいるナタルと同じく、その極東の島国に住んでいた民族の末裔だったはず。だったら、脚が

ない幽霊になるということもあったのではないかしら？」

「……ふふふ。噂どおり、王女は面白いことをご存じなのですね」

「あら、わたしのことを知っておいでしたか」

ふたりはお互いに、微笑み合った。どうやらこのやりとりで、同族意識らしいものが芽生えたらしかった。

「あの時計を動かしたのは、あなたですね？」

確認をするように、サラスが訊ねた。ミンファは「ええ」と頷いて、部屋の奥にある梯子段に、流し目で視線を送った。

「ずっと時計が止まったままでしたので、何度もこの塔に忍び込んで、なんとかして動かしたいと思っていたのです。なかなかわからなかったのですが、つい二週間ほど前に、あれを登った上の階に、撥条《ぜんまい》を巻くための穴をみつけました」

「あら、それは素敵です。ぜひ教えてくださいな」


「それでもよろしいですが……もっと面白いものを、ご覧になりませんか？」

「面白いもの、ですか？」

サラスが鸚鵡返しに訊ねると、ミンファは「ええ」と頷いた。そして、ぼくたちの返事も聞かないままこちら側に向かって歩きはじめ、

「下の階にあるのです。ご案内しますわ」といいながら、入口のところに置かれていた洋燈《ランプ》を手に取った。

ミンファに誘《いざな》われてやってきたのは、南側にある母屋だった。

時計塔の側とは、空気がまったく違っていた。母屋に足を踏み入れた直後、肌を突き刺すような冷たい空気が腕に触れ、背中がゾクゾクと震えた。そして歩くたびに、塔に入ったときに感じた饐《す》えたような臭いが、強くなっていくように思える。胸騒ぎがする。息が荒くなり、落ち着かない。サラスまでも

が、睨めつけるように周囲に視線を配りながら、歩を進めている。

やがてサラスは、ぼくの左腕の袖を、右手でぎゅっと握りしめた。ぼくはなにもいわず、彼女にされるがままに任せていた。ただひとりミンファだけが、時計塔の上の階にいたときと変わらず、余裕のある微笑を浮かべている。

暗がりのなか洋燈《ランプ》のあかりだけを頼りに、ぼくたちは言葉を交わすこともなく黙々と歩いた。水銀と琥珀とが化学反応して生じる光が、室内を照らしている。三人の靴音と息遣いの音だけが、床や壁に何度も反響している。

ミンファは、右側の壁にある六つ目の扉の前で立ち止まった。

「どうしました?」

ぼくは訊ねた。

「この扉を開けると、中が階段になっていて、地下に入ることができます。……けれども、やめておきましょう」

「どうしてですの?」

サラスは不安そうに、ミンファに顔を向けた。

「七層まである地階は、まるで迷路のように入り組んでいるのです。迂闊に入ると、出られなくなってしまうかもしれません。私が今度、地下に入るための方法を教えてさしあげますわ」

つまりミンファは時計塔だけでなく、母屋の地下にも何度も出入りしているということか。得体の知れない彼女に、ぼくの警戒心は増していた。ずっと動いていなかったという時計を動かし、誰も人が近づきたがらないという建物にひとりで出入りをするこの女性は、いったい何者なのだろう。

そう思いながら見ると、青白い肌に、凄然とした目を持つ彼女が、まるで本当の幽霊であるかのようにぼくには思えてきた。

「ここですわ」

すでに先に進んでいたミンファが、ふたたび足を止めた。

そこは通路のいちばん奥にある扉の前だった。

「この塔の持ち主の書斎だったらしい部屋です。少し扉が重いので、ナタルさん、開けてくださいますか？」

ぼくは短く返事をし、ドアノブに手を掛けた。

厚い一枚板でできた扉である。たしかに、ノブを右に回し、押し込んだだけでは、開きそうになかった。

右肩を扉に押し当て、体重を乗せて押し込む。すると、ギィイィ……と地を這うような深い音がして、やっと人がひとり通れるくらいの隙間が開いた。

そのとき、部屋の中からむわっと、異様な臭気が漏れ出してきた。ゴミ捨て場にある生ゴミの臭いと、人間が排泄する汚物の臭いとを混ぜたのかと思えるような刺激臭で、鼻と肺とに入り込んだ瞬間、まるで全身がそれを受け入れることを拒否するかのように吐き気に襲われた。

「入ってはダメです！　扉から離れてください!!」

ぼくは咄嗟に叫び、「ミンファさん、洋燈《ランプ》を」と、右手を後方に差し出した。

「ええ」

ミンファの返事が聞こえ、洋燈《ランプ》が手渡される。その落ち着いた声は明らかに、部屋のなかで何が起きているのかを知っているという様子だった。

ぼくは左手で口と鼻とを覆った。できるだけ口で息をするようにしながら、洋燈《ランプ》を部屋の中へ差し入れる。右から左へと翳《かざ》し、中を見渡す。

それは、入って左側に置かれているソファの上に横たわっていた。

若い女性の屍体である。

揺らめく洋燈《ランプ》のあかりでは、はっきりとその状況がわからなかった。けれども、胸からは夥《おびただ》しい量の血が流れ出ており、ソファの下にだらりと垂れ下がった脚には、紫がかった斑点ができている。ところどころに白いブツブツが見えるのは、どこからか進入した蠅が産み付けた卵だろうか。おそらく、すでにかなりの数が孵化しているだろう。

「いかがかしら？　なかなかに、楽しい見世物でしょう？」

背中越しにミンファの声が聞こえてきた。その様子は、まるでこの凄惨な状況を楽しんでいるかのように思えた。

5

N.V. 651

競売《オークション》

ヴィーナは、ベッドの飾り板《ヘッドボード》に背中を預けて半身を起こした状態で、ノートを読んでいた。昨晩、リョウが翻訳を終えたところまで頁を捲り、ベッドのかたわらにある椅子に坐っているリョウに顔を向けて、

「ほほう、なかなか面白くなってきましたなあ」

と、冗談めかしていった。

「なんだか、またヴィーナの具合が悪くなりそうな内容だよね」

「ちょっと幻想《ゴシック》の入った探偵小説だと思えば、たいしたことないわよ」

「そうかな……」

「あれ、もしかしてリョウってば、こういうの苦手？」

「そういうわけじゃないんだけれど……画家が書いた手記にしては、ちょっと出来すぎているかなと思って」

リョウは躊躇《ためら》いがちに声を出した。頭の中では、言葉とはまったく別のことを考えていたのだ。

ヴィクトリア座の女主人から、ヴィーナが熱を出したという連絡が入ったのは、今朝のことだった。リョウは大学を休み、そのままヴィクトリア座の寮に向かった。

ヴィーナには、ときどきこういうことがあった。陽に当たりすぎたり、ストレスが溜まったりしたときに、発熱や全身の疲労感、関節炎、紅斑といった症状が出るのだ。医師によれば、薬を常用していればそれほど深刻な状態になることはないだろうという。それでも、症状が出たときには、できるだけ安静にしているようにとのことだった。

「まったく、心配性なのよ。リョウは」

リョウの内心を察したらしく、ヴィーナは眉根を寄せた。そのままベッドにノートを置いてするりと毛布から抜け出し、立ち上がった。

「ほら、元気、元気。もう慣れっこになってるから、これくらいたいしたことないって」

「そう……かな」

返事をしながら、リョウは慌ててヴィーナから目を逸らした。彼女が着ている白いワンピースの寝間《ネグリ》着《ジェ》は布地が薄く、下着がほとんど透けてしまっているのだ。

「じゃあ、僕は、ヴィクトリアさんのところに行ってくるから。明日は社交会もあるんだし、あんまり無理しちゃダメだよ」

リョウは早口にいうと、逃げるように部屋の出口に向かった。

ヴィーナは不満そうに、

「はいはい、わかりましたよー」と、頬を膨らませていた。

ヴィーナの部屋を出たリョウは、そのまま隣にあるヴィクトリア座の建物に向かった。休演期間なので正面入口は鍵がかかっている。だが、裏手にある通用口は、暗証番号を入れれば開けられるようになっている。リョウは5・1・9・2と四桁の数字を押して扉を引き、すぐ左手にある事務所に入った。

木製の事務机が並んだ部屋である。ぐるりと見渡すと、天井近くの壁には数多くの写真が並んでいる。ヴィクトリア座で、代々座長をしてきた女性たちだ。この劇場では、信頼を集めた女優の中から、そのときの座長が次の座長となる者を指名する。そのときにヴィクトリアという名前を引き継ぎ、座長は必ずそう名乗ることになっている。これは、劇場が旧人類の時代にドイツと呼ばれた国にあった頃から、習わしとして続いているものらしい。

リョウは、いちばん手前の事務机のところにいるスーツ姿の女性に目を向けた。鼻が高く端正な顔立ちで、キリッとした大きな目が印象的だ。それもそのはずで、彼女はつい半年前まで男役の女優として舞台にあがっていたエリスという女性である。引退をしてから、今は事務の仕事に就いている。

「座長はいらっしゃいますか?」

リョウが訊ねると、エリスはニヤリと口許を緩め、

「で、どこまでいったの?」と、顔をぐっとリョウのほうに近づけた。

「どこまでって……」

「もう、わかりきっているじゃない。若い男の子が若い女優の部屋に入ったとしたら、やることはひとつしかないでしょ! いやー、ヴィーナはそろそろ男くらい知らないと女優として演技にも幅が出ないから、気になってたのよねー。よかった、よかった」

エリスはリョウの返事も待たず、勝手に捲し立て

ている。

「ただのセクハラですよ、その発言。それに、僕とヴィーナは、そういうんじゃないです」

「うそ、信じらんないっ！」

「なんですか、それは……」

「だって、ヴィーナには他に、男の影がないのよ。次期首席舞姫《テンツェリン》と目される女優が男も知らないなんて、そんなの、ヴィクトリア座の歴史にはあるまじきことだわ！　リョウ君に恩義を感じているから他の男に見向きもしないのはわかるけれど……だったら、リョウ君が責任を持って、彼女を女にしてあげないと。私たちは現実の自由恋愛を乗り越えて、お芝居の中でそのときの心を再現するの。その経験がない女優が演じる恋愛なんて、妄想で作られた絵物語にすぎないもの」

「でも、ヴィクトリア座には男優がいませんよね……男役の女優さんは、どうやって男の気持ちを再現するんですか？」


リョウの疑問は、ふと思いついたことを口にしただけだった。その言葉にエリスは、

「そんなの、妄想するに決まってるじゃない！」

と、力いっぱい答えた。

「いってることおかしいですよね、それ！」

「若いなあ、リョウ君は。学芸員になりたいのなら、もっとお芝居のことを勉強しないとダメだね。そうだな……たしかに女性の観客は、女性の演じ方にはうるさいわ。だって、自分たちのことはわかるから、現実の女性と演技とが違ったらすぐにバレてしまうもの。でも、男のことはわからない。だから、私たちが提供する男役は女性にとっての理想であって、現実の男そのものであってはいけないの」

エリスの意見は、反論をしようと思えばいくらでもできそうなものだった。けれどもリョウは、もしかしたらそういう発想もあるかもしれないと、黙ってそれを聞いていた。

「まあ、男役の娘《こ》は、女の子と恋愛することもあ

るけどね。私が現役だったときもさ……」

そのとき、

「そういえばあんたは、女優五人を食い散らかしたんだったね。こっちとしてはいい迷惑だったよ」

と、エリスの言葉を遮る女性の声が聞こえてきた。

声が聞こえてきた方向を見ると、そこには、ウェーブのかかった栗色の髪を長く伸ばし、赤いドレスを身に纏った背の高い女性が立っていた。歳は中年にさしかかってはいるものの、目鼻立ちには、かつて女優をしていた頃の面影がある。彼女が現在の座長――ヴィクトリアである。

「……あはは、座長。いたんですか」エリスは愛想笑いを浮かべて、「だって私が手を付けたのは、辞めるかどうか迷っていた端役の娘《こ》たちばかりですよ。彼女たちの決意を促しつつ、心も満たしてあげる。そんな、天使のような行いをしていたわけです」

と、早口にいった。

「とんだ堕天使だ、まったく」

「いいじゃないですか。オーストラフは自由恋愛。同性婚だって認められていますし、今はもう私は、ちゃんとローザと幸せにやっているわけですから」

ローザとは、ヴィクトリア座の先代の首席舞姫《テンツェリン》である。当時、男役のトップだったエリスは結局、共演することが多かった女優と結婚し、今では養子を迎えて家庭を持っている。リョウが以前聞いた話では、ローザのほうはこの業界から足を洗い、今では児童施設で働いているらしい。

「ローザか……」

ヴィクトリアは口から煙草を離し、ため息交じりに紫煙を吐いた。紙巻き煙草の吸い口は、濃い紅《ルージュ》に染まっている。彼女はしばらくぼんやりしていたが、すぐに元の剣幕を取り戻した。

「たしかに、ヴィーナはもっと、女優として伸ばしてあげなくちゃあいけない。でも、今あの娘《こ》に抜けられたりしたら、ウチはとんでもないことになるんだから。この子たちに、余計なこと吹き込まないでおくれ」

そのまま、ヴィクトリアは不機嫌そうにリョウのほうに向き直り、

「ここじゃあ、外野がうるさいからね。リョウ、悪いけれど、ちょっと奥の部屋に来ておくれ」といって、踵を返した。そのときのあまりに毅然とした夕ーンは、かつて彼女も女優であったことを彷彿とさせるものだった。

「悪かったね、エリスのアホの相手をしてもらって」

ヴィクトリアは、座長室のいちばん奥にある席に着くと、前にある机に両肘をついてリョウをみつめた。さきほど事務室でエリスに対して見せた険しい表情とはうって変わり、赤ん坊を前にした母親のような顔つきになっている。もしかすると、エリスを叱責していた振る舞いそのものが演技だったのかもしれないと、リョウは思った。


「どうだい？　ヴィーナの様子は」

ヴィクトリアの問いかけに、リョウは部屋の中央に置かれているソファに腰掛けながら答える。

「思ったより元気そうでした。昨日、少し日光に当たりすぎたんだと思います」

「そうか。明日の社交会は、最初に顔だけ出してくれればいいからね。無理はしないように、伝えておいておくれ」

「わかりました。いつもすみません」

リョウが頭を下げると、ヴィクトリアは「なあに、たいしたことじゃない」と笑って、続けた。

「リョウがあの日、ここにヴィーナを連れてきたときから、あの娘《こ》の体のことも承知した上で引き受けたんだ」

「僕が連れてきたというわけではないです。それに、ご迷惑ばかりおかけしていますし」

「ふふふ、それは構わないさ」

ヴィクトリアはニヤリと笑って、「どうだい？

私たちの住んでいる世界なんて、ひどいものだったろう?」と、いい添えた。

――リョウがヴィーナをヴィクトリア座に連れてきたのは、今からおよそ二年前の、雨が降る日のことだった。リョウが大学に入学し、博物館でアルバイトをはじめてから一カ月ほどが経った頃である。

オーストラフ市立博物館は、市立ΣΟΦΙΑ《ソフィア》ユニヴァーシティの附属施設として市と大学とが出資している。しかしそれだけでは、収蔵品の維持や修復、展示のときに他の館から展示品を借りてくるときのお金を十分にまかなうことができない。そのため、市の有力者から寄付金を受け取ることで成り立っている部分が少なくない。とりわけヴィクトリア座から受けている支援は、もっとも大きなものだった。その代わり、博物館でヴィクトリア座のチケットを販売したり、公演の人手が足りなかったりしたときには仕事を終えた館員が手伝いに出向くというのが、数十年にわたる習わしになっていた。持ちつ持たれつの関係である。

その日、リョウがヴィクトリアに呼ばれたときも、きっとモギリの仕事あたりを頼まれるのだろうとばかり思っていた。けれども、一緒にオーストラフ市の南のはずれにある貧困地区《ゴーラト》に向かうよう頼まれたのだ。

「あんたがいちばん、口が堅そうだったからね。まあ、口外されたからといって別に私たちは構わないんだけれど」

ヴィクトリアはそういって、リョウを古びた建物の地下室に連れて行った。

黒ずんだ石が剥き出しになっている階段を下りていくと、暖色の淡いあかりがともった薄暗い部屋は、異様な熱気に包まれていた。

広い会場に、多くの人がごった返している。誰もが高そうな洋服やドレスを着ており、女性は宝石を散りばめたアクセサリを身に付けている。男のほうは、体のあちらこちらに刺青《いれずみ》を入れた者や、水煙草を吹かす者、明らかに目の焦点が合っていない者などがいる。おそらく、違法な薬物に手を染めているのであろうことが、ひと目見ただけでもわかった。

「おお、ヴィクトリアじゃないか。珍しいな」

リョウの前を歩いていたヴィクトリアに、小柄で太った中年男性が話しかけてきた。リョウはこの男に、見覚えがあった。オーストラフ市の市議会選挙でトップ当選をはたした議員である。

「こういうところにはときどき、磨けば光る珠が混ざっているものだからね」

返事をしながら、ヴィクトリアはすうっと議員に近寄った。彼女はハンドバッグから紙巻き煙草を取り出すと、おもむろに口に咥える。

すると議員はすかさず燐寸《マッチ》に火をともし、ヴィクトリアの煙草の先に差し向けながら、

「今日は生娘《きむすめ》を集めたらしいからな。人数が少ないし、倍率が高いかもしれんぞ」といって、ガハハと下品な声を出して笑った。

「まあ、赤字にならない程度にするさ」

「なにをいう。ヴィクトリア座はずいぶんと盛況みたいじゃないか」

「舞台は金がかかるからね。ウチのチケット代でも安いくらいだよ」

「だったらまた、後援会でまとめて買ってやろうか」

「ありがとう。じゃあ今度、日取りを教えておくれ」

ヴィクトリアは議員に向かって婦やかに微笑むと、リョウに向かって「いくよ」と声をかけた。そして、喧噪の中に紛れ込むなり、

「ふん、クソ野郎が。今度の選挙では落としてやる」と、やっとリョウの耳に届くくらいの声で呟いた。

「……いいんですか?」

思わず、リョウは苦笑した。

「なあに、あんな俗物に来られるよりは、博物館の連中をタダで招待したほうが良いさ。リョウも学芸員になりたいのなら、ちゃんと芝居についても勉強しなきゃあいけないよ。もちろん、芝居だけを見て芝居についてグダグダしゃべっているヤツなんて、碌なもんじゃない。知ったつもりになっているだけさ。だから、文学、哲学、歴史、美術。なんでもいい。できるだけ多くの本を読むんだ。そのうちに、同じ芝居を観ていても、ぜんぜん観え方が違うようになってくるからね。世界を美しく見るためには、いろいろな美しい世界を知って、その世界を血肉にすることが必要なのさ」

煙草を咥えたまま、ヴィクトリアは顔だけをリョウに向けて口許を緩めた。そのまま、人と人とのあいだを縫うように進んでいく。リョウはヴィクトリアとはぐれないように、必死に後を追った。

ヴィクトリアがようやく立ち止まったのは、広い部屋のいちばん奥だった。舞台のように一段高くなっており、明るく照らし出されている。

その光景を見て、リョウは言葉を失った。

壇上には、ずらりと少女たちが並んでいた。高価そうなドレスを着飾って化粧をしている者、垢じみたボロボロの服を着せられている者、中には、下着姿の者や全裸の者もいる。そして少女たちは一様に、手と脚とが鎖で繋がれていた。いちばん端にいる少女の足下には、人間の頭と同じくらいの大きさの鉄球が転がっている。

「これから競りに掛けられる子たちだよ。借金のカタに連れてこられた娘に、身寄りのない娘。もしかしたら、空賊がどこかの村から攫ってきた娘も混ざっているかもしれない」

ヴィクトリアがぼそりといった言葉で、リョウはようやくこの会場がどのような場所であるのかを理解した。

拉致監禁。人身売買。オーストラフにいるとときどき、空賊やクレームがこういう犯罪に手を染めているという話を耳にすることがある。けれどもそれは、一市民にすぎないリョウにとって、都市伝説のようなものだった。普通に生活をしていれば、そんな状況に出くわすこともなければ、そうして売られていく少女たちを実際に見ることもないのだ。それが今まさに、目の前で行われようとしている。

ヴィクトリアは続けた。

「この娘たちの運命が、このあと決まる。子どものいない夫婦が、自分たちの娘として買っていくっていうのがいちばんラッキーだろうけれど、そんなのは滅多にいない。まあ、売春宿で仕事をもらえるのなら、良い方だろうね。金持ちの使用人《メイド》として買われる娘に、農家をしている名主の奴隷として買われる娘。そうなったら、もはや自由なんていうものはないだろうよ」

「そんな。警察は……」

リョウは漏らすように声を出した。けれどもヴィクトリアは、

「役に立つわけがない。さっき、議員がいただろう？　今の世の中なんていうのは、こんなもんだ。それに、こういう仕事に手を出す空賊やクレームっていうのは、なかなかに厄介な連中だからね」と、吐き捨てるようにいった。

「それじゃあ、磨けば光る珠が混ざっているっていうのは……」

「変なヤツらに買われるよりは、ウチの女優にでもなったほうがいくらかマシだろう？　それこそ、さっきリョウがしゃべっていた、エリスのような人生を送ることもできる」

「エリスさんが!?」

「あの子は父親がクソみたいなヤツでね。骨牌《トランプ》で山のように借金を拵えて、娘を売りやがった。そんな親の娘でも、あんな良い子に育つもんだ。もっとも、ちょっと女癖は悪いがね」

ヴィクトリアは煙草を口に咥えたまま、鼻で笑った。さきほど劇場の事務室であったやりとりを、思

い出しているのかもしれない。

そのまま、ヴィクトリアは続けた。

「もちろん、警察に通報しても構わない。けれどもそんなことをしたって、ここにいる娘たちを誰も助けてはくれないよ。たとえこの会場の主催者が捕まっても、また別のヤツが競売会《オークション》をやるだろう。私はこれから、女優をひとり買って帰る。責めてもいい。人身売買に荷担して、その金が空賊にわたるわけだからね。けれども、私が買ってあげなければ、その娘を誰か別のヤツが買うだろう。そこでどんな目に遭うのかは、知ったことじゃあない。こういうことが起こらないように社会そのものを変えれば良いなんて、綺麗事をいうのは簡単だよ。けれどもあの娘たちには、そんなことを待っている余裕さえもない。……それでも私が買えば、ひとりだけはいい夢を見せてあげることができるかもしれない。もちろん、女優として成功するかどうかは、その娘しだいだ。偽善といえば、そうだろうね。でも、私の持っている財産では、ときどきこうしてひとりずつ拾ってあげるのが限界なんだ。全員を拾ってやることはできない」

リョウはそれ以上、ヴィクトリアと会話を続けることができなかった。ただ、わずかに口を開き、まばたきもせずに、じっと壇上の少女たちをみつめていた。彼女たちは一様に虚ろな目をして、無表情に、ぼんやりと会場にいる人々を見下ろしていた。

ヴィクトリアの考えは、詭弁にすぎないといえばそうなのだろう。けれどもリョウには、それではこの少女たちをどうしたら救ってあげられるのかわからなかった。少なくとも、彼女たちに対してなにもすることができない自分よりも、この中からひとりずつ女優として拾い上げるという行動を起こしているヴィクトリアのほうが、ヴィクトリア座で活き活きと生活し、活躍している女優たちにとっては、救世主のような存在であるはずなのだ。それに女優たちは皆、ヴィクトリアをとても慕っている。

それにしても……と、リョウは思い直した。なぜヴィクトリアはここに、自分を連れてきたのだろう。彼女はこの会場に入ったとき、口が堅そうだったからといっていた。けれども、リョウにはどうも、それが本心から出た言葉だとは思えなかった。

リョウは盗むようにして、ヴィクトリアを見た。

ハンドバッグから取り出した薄い冊子を開き、壇上にいる少女たちと見比べている。冊子には写真がいくつも並んでいるから、おそらく、この日競売会《オークション》に掛けられる少女たちのリストなのだろう。

するとヴィクトリアは、器用に人と人とのあいだを通り抜け、ステージの下手のほうに向かった。そこにいた二十代半ばくらいの背の高い赤毛の女に向かって、

「今日はこれだけじゃないよね。あとの娘はどこにいる?」と、訊ねた。女は、

「今、壇上は、今日の後半に出される者のお披露目ですわ。前半に出される者と間もなく入れ替わりますが、そちらは、ヴィクトリア様にはあまりお薦めできません」と、答えた。

「どうしてだい?」

ヴィクトリアは左の眉だけを吊り上げ、じっと睨むようにして女を見た。

「前半の者は、体が弱かったり、病気持ちだったり、器量が良くなかったりするの。おそらく安い売春宿にでも買われて、使い潰されるのが関の山でしょうね。値段は安くなると思いますが、そんなものを買われては、ヴィクトリア座の沽券に関わるのではないですか?」

「ウチは見栄を張ったりはしないけれどね」

「壇上で左から四番目の、ドレスを着ている娘はいかがかしら。マハーの街のとある大学で、教授をしていた者の娘。親が学生に手を出して免職になり、借金を重ねたので、その形《かた》に連れてこられました。胸はやや小ぶりですが、器量も良く、楽器や絵も嗜みます」

「ああいう大人しそうなのは、議員の愛人にでもなればいいさ。そうだね……」

ヴィクトリアは目を細めて、軽く握った右手を顎に当てた。

そのとき、急に舞台袖が騒がしくなった。

何人もの男たちが声を張り上げており、「待て!」「早く捕まえろ、バカヤロウ!」という怒号が聞こえてくる。

直後――。

ステージ脇からいきなり、白いワンピースを身につけた少女がひとり飛び出してきた。黒い髪を長く伸ばし、褐色の肌をしている。

「どいて、どいてっ!」

彼女は声を張り上げると、ステージの前にいた客たちがざわざわと動き、半径六〇インチほどの空間ができた。そこに向かって、少女はふわりとステージから飛び上がる。

「……えっ!?」

少女のほうを振り向いたのは、先ほどからステージの前でぼんやりと立っていたリョウだった。

「ちょっと、そこどいてってばあっ……きゃぁっ!」

少女は叫ぶと同時に、ものすごい勢いでリョウにぶつかった。そのまま、少女がリョウを押し倒すようなかたちで床に倒れ込む。

「うわっ!」

リョウは少女の下敷きになり、危うく頭を打つところだった。

「痛ったぁ……。ちょっとキミ、大丈夫?」

少女がリョウを覗き込む。

そのとき、少女とリョウとは、初めてお互いに顔を見合わせた。

そしてリョウは、その少女に目を奪われた。

大きな目。やや厚く艶っぽい唇。褐色の肌にすらりと鼻が伸びた端正な顔立ちは、どこか高貴ささえ感じさせる。その容貌はまるで、絵本から飛び出したヒロインかなにかのように思えた。

「ゴメンねー。……って、ヤバいじゃん、あたし！」

少女は謝罪もそこそこに立ち上がると、そのまま会場の人混みの中に飛び込んでいこうとした。

しかしそんな彼女を、ステージの奥から次々に出てきたスーツ姿の男たちが取り押さえる。

「きゃぁっ！」

少女はふたたび叫んだ。

捻《ひね》るように右腕を掴まれ、床にねじ伏せられている。

「離せぇぇっ……このクソッタレ！」

少女は脚をじたばたさせて声をあげるが、上に乗った男は微動だにしない。

「お騒がせして、ごめんなさい。大丈夫かしら？」

床に尻餅をついたままのリョウに声をかけてきたのは、さっきまでヴィクトリアと話していた女だった。女はそのまま続けた。

「助かったわ……どうやらあの娘、服を着替えるというので鎖を外してやったところで、逃げ出そうとしたらしいの。きちんと処罰するから、許して頂けるとありがたいわ」

「……処罰？」

「ええ。脱走を謀った商品は、拷問にかけることになっているの。もし良かったら、ご希望をお聞きしましょうか……鞭打ち、曝し台、逆さ吊り、焼印、強姦、獣姦、股裂き。生きたまま腹を割くのもいいわね。お詫びにもならないけれど、壇上でやれば、今日の余興くらいにはなると思うわ」

そこまで聞いて、ようやくリョウは冷静さを取り戻した。そして次の瞬間には、

「ま、待ってください！」と、声を張り上げていた。

「どうかなさった？」

「別に、怪我をしたわけではないですから。お詫びなんてけっこうです！」

「そういうわけにはいかないわよ。脱走しようと

した事実は変わらない。あなたに希望がないのであれば、こちらで処理するしかないわね」

「そんな……」

リョウは、チラリと少女を見た。

彼女は、床に押さえつけられたままだった。まだ興奮状態にはあるものの、もはや逃げることは不可能だと観念したのだろうか。じっと目を閉じ、大きく肩を上下させている。

リョウはぎゅっと唇を噛み、立ち上がった。

そのまま、目の前にいる女をキッと見据える。

そしてゴクリと唾液を飲み込み、絞り出すように声を出した。

「……僕が、買います」

「はあ？」

女はリョウの発言を理解しかねたように、ぼんやりと返事をした。

その様子に、リョウはふたたびはっきりといった。

「僕が彼女を買います。それなら、問題ないでしょう？」

会場は、先ほどまでの喧噪が嘘のように、静まり返っている。全員の視線が、リョウと女とに集まっていた。

女はぽかんと口を開き、まるで彼女だけ時間が止まってしまったように動かなくなった。しかし、やがてハハハハハハ……と、狂ったように笑いだした。

「あなた、なにをいっているのかわかっているの？」女はそのまま続ける。「いくら前半に出される娘は安いといっても、あなたのような方が出せるような値段ではないのよ。しかも、オークションにもかけないで……正義のヒーローにでもなったつもりかもしれないけれど、やめておきなさいな。身を滅ぼすだけよ」

女はなかなか笑いを堪えることができず、まだひぃひぃと苦しそうにしている。

そのとき、コツコツ……というヒールの音とともに、すうっとリョウの視界に入ってきた人影があった。それは他ならぬ、ヴィクトリアである。

「じゃあ、私が買おう。五〇〇万ノウン」

リョウには、そのときのヴィクトリアの表情は見えなかった。けれども彼女の声は、数十回に一度、彼女が本当に満足した芝居が終わったあと、女優たちを褒め称えるときと同じように弾んでいた。

ヴィクトリアの姿を認めると、女はハッと目を見開き、

「前半のオークションは、二〇〇万ノウンからだけれど……」と、漏らすようにいった。

「だから、私は五〇〇万出すといっている」

ヴィクトリアは女から視線を外してぐるりと周囲を見渡し、

「この娘にもっと出したいヤツがいたらいっておくれ。このヴィクトリア・ヘルツェンバインが、いくらでも勝負してやろうじゃないか。五〇〇万で不服なら、一〇〇〇万ノウンだ。どうだい、あんたたち？」と、声を張り上げた。部屋の隅々まで届くその話しぶりは、彼女がかつてヴィクトリア座の首席《テンツ》舞姫《エリン》であったことを彷彿とさせるものだった。

手を挙げるものは、誰一人いなかった。

ヴィクトリアはもう一度、睨《ね》めるように会場を見渡す。そして、

「ようし、決まりだ。請求書を出しておくれ。明日には全額、一括で届けさせよう。その代わり、この娘は連れて行くよ」と、朗々とした調子でいい放った。


「あのときのリョウは、なかなか良かったじゃないか。あと十歳若かったら、一晩くらい相手をしてやっていたところだよ……もっとも、あそこでリョウが名乗り出ていなかったら、二度とヴィクトリア座には入れさせなかったがね」

リョウとの会話が二年前のことに及び、ヴィクトリアは愉快そうに声を弾ませた。

「ヴィクトリアさんが出てきてくれなかったら、

今頃僕は、どこかの奴隷にでもなっていたでしょうね」

リョウは苦笑して、ヴィクトリアの前にある机に目を向けた。

そこには、木製の神像が一体置かれている。

これは、競売会《オークション》の日に、少女が持っていた数少ない荷物に入っていたものだ。

自分の名前を持っていないといった少女に、リョウはこの神像が抱えている楽器にちなんで、ヴィーナという名をつけた。その名前を、少女は喜んで受け入れた。

この神像は、ヴィクトリアが払った一〇〇〇万ノウンを、ヴィーナとリョウの毎月の給料から天引きし、返済を終えたその日に彼女に戻すことになっていた。もちろんリョウのけっして多くはない稼ぎから差し引くことをヴィクトリアは拒んでいたが、リョウがどうしてもというので、一割だけ預かることになった。

そして今では、約束の金額はすでに支払われている。それでもこの像がここに置かれたままになっているのは、自分が女優を引退するまで預かっていてほしいという、ヴィーナの申し出によるものだった。

「いいかい、リョウ」ヴィクトリアは穏やかな表情で、リョウに向かって語りかけた。「今のヴィーナと私は、あくまで劇場の経営者と、そこに所属している女優との関係だ。私は、それ以上の私情を挟むつもりはない。……だから、あの娘《こ》が本当に頼りにすることができるのは、リョウだけなんだからね。それだけは、忘れちゃいけない。でも、もしあんたがヴィーナを蔑ろにすることがあったら、私はあの娘の雇用主として容赦しないよ」

「……はい。わかってます」

リョウは正面からヴィクトリアを見据え、はっきりと返事をした。

「よし、良い返事だ」

ヴィクトリアが満足そうな笑みを浮かべると、部屋の外から靴音が響いてきた。

ノックの音があり、ヴィクトリアが返事をするのも待たずに扉が開かれる。そこに立っていたのは、ヴィーナだった。

「あ、やっぱりここにいた。ねえねえ、リョウ。ごはん食べに行こうよ！　あたし、おなかすいたー」

ヴィクトリアとリョウは、やれやれといった顔をして、お互いに顔を見合わせた。ヴィーナがこのようにしていきなり部屋に入ってくるというのには、もうすっかり慣れていた。しかし、これから劇場を支えていく女優として、こうした彼女の振る舞いはいささかの不安をかき立てるものだった。

「……ん？　どうしたの、ふたりとも？」

ヴィーナはきょとんとして、リョウとヴィクトリアとを交互に見ている。

「ヴィーナ、あんた、具合が悪かったんじゃないのかい？」

ヴィクトリアが訊ねた。ヴィーナは平然として、

「だって、ごはんを食べなければ、治るものも治らないですよ」と、笑った。

「……ははは、それはそうだ」

ヴィクトリアは愉快そうに、視線だけをリョウに向ける。

「いいかい？　さっきの話、頼んだよ」

「ええ、がんばります」

リョウはそう答えたものの、

「なあに、ふたりで秘密の話!?　ずるーい！　あたしも仲間に入れてよー！」と声を張り上げるヴィーナを見ていると、さっきまで持っていたはずの自信が、ガタガタと崩れ落ちていくような気がした。

6

N.V. 148

図書館

王室警備隊保安室での取調は、思った以上に短い時間で終わった。

十分ほど取調官と雑談をしたあと、サラスとナタルが幽霊塔に入った経緯と、屍体を発見した状況について五分程度で説明をしただけで、早々に解放されてしまった。ミンファのほうはさすがにぼくよりも長く時間がかかったらしい。それでも五分ほど遅れてすぐに、外に出されたということだった。

「それではクロケットも出して頂けませんね……」

王城にある応接室でその話をぼくから聞いたサラスは、小さなテーブルを挟んでぼくの向かい側に置かれたソファに坐り、残念そうにいった。クロケットは、レムリア王室警備隊が取調を行うときに、容疑者に出す食事として定番とされているものらしい。

一方でぼくは、別のことを考えていた。こうしてすぐに取調が終わったのは、王女が発見者になってしまった事件だからだと思っていたのだ。もしかしたら彼女が、早くぼくを釈放するように要求したのではないかということも、少なからず勘繰っていた。けれどもサラスの反応を見る限り、そういった政治的な介入はなされなかったようだ。ただ、サラスが取調さえも受けることがなかったことからは、やはりこの国において王室はそれなりの権力を保持していることが窺われた。

「それで、ナタルは今回の事件、どう思いますか？」

サラスは両手を両膝において、ぐっと上半身を前に押し出した。おかげで、すぐ一〇インチほど前に、彼女の端正な顔が近づいてきた。間近で目を合わせ

ることの照れくささに、ぼくは思わず彼女から顔を逸らして、

「なにがでしょう?」と、訊ねた。

「決まっています。この事件の犯人について。それから、なぜあの女性が殺されたのかという動機と、なぜ事件が幽霊塔で起こったのかという理由です」

サラスはきっぱりと断言した。

「それは、王室警備隊の捜査部が、ちゃんと調べてくれると思いますが」

「なんてことを! 私たちには第一発見者として、この事件を解決する義務があります。こんなに面白そう……いえ、大変な事態が起きているのに、それを放っておくことなどできません」

「今、面白そうっていいかけましたよね!?」

「……き、気のせいですわ」

サラスは悪戯をした子どもが自分の所業を誤魔化すかのように、横を向いて早口にぼそっと呟いた。

そんな彼女の様子にぼくは、人がひとり亡くなっているんですよ、という言葉をぐっと飲み込んでため息を吐いた。

半年近く行動を共にしていたおかげで、サラスのこうした性格には気が付いていた。彼女は自分が面白そうだと思ったことがあると、どうにも首を突っ込みたがる。それが、王城での退屈な生活を紛らわすためなのか、もともとの彼女の性質によるものなのかはわからない。けれどもぼくの役割のひとつが、こうしたサラスの退屈を紛らわせることにあることは、間違いなさそうだった。なにしろぼくが王室画家になってからというもの、絵を描くときやスケッチに出掛けるときは、ほとんど毎日のようにサラスがついてくるのだ。

もしかするとぼくを王室画家として採用したのも、こうした相手をさせるためだったのかもしれない。

やがて、コンコンと入口のドアをノックする音が聞こえた。「失礼いたします」という声に続いて扉が開き、サラスの専属使用人《メイド》をしているナナが入っ

てくる。彼女は金色の髪をした白色人種で、黒いワンピースの上に白い綿のエプロンドレスを身に纏っている。こうした服装は、サラスが旧人類の資料を調べて、半ば趣味的に着させているものだ。

ナナは右腕で大量の紙の束をサラスに向かって差し出し、

「サラス王女。王室警備隊から資料が届きました。いかがいたしましょうか?」と、訊ねた。その言葉にサラスは、

「ありがとうございます。こちらにお持ちくださぃ」と、声を弾ませた。

「かしこまりました」

ナナは表情ひとつ変えることなく、紙の束をサラスの前にあるテーブルに乗せた。

レムリアでは、王室が警察権を有している。だからその王女が事件について調べたいといえば、こうして資料を提供してもらうことができるらしい。むしろ、王室の仕事に取り組んでいるということで、好意的にみなされるのだそうだ。

それらによれば、幽霊塔で殺害されたのはマルグリット・フロストという二十一歳の女性だった。死亡推定時刻は、ぼくたちが屍体を発見した三日ほど前である。これは、屍斑の状態と、孵化した蠅の幼虫が三齢になっていたことから推測したものだ。死因はアイスピックのような太い鍼状のもので心臓を刺され、それが引き抜かれたことによる失血死。それ以外に外傷はなく、犯人と争った跡のようなものはみつけられなかった。凶器はおそらく、犯人が持ち帰ってしまったのだろう。事件の目撃者はみつかっていない。だから、それ以上はっきりしたことはわからない。

そのほか殺害現場には、被害者が持っていたと思われるバッグの中身が散乱しており、化粧品、香水、アロエ水の小瓶、ハンカチ、神に祈るときに使うお香、筆記具などが入っていた。どれも犯人の指の跡などは付いておらず、レムリアの女性であれば、当

然持っていると思われるものばかりだ。それ以外の手がかりになりそうだと思えたのは現場に残された靴跡だったが、殺された被害者のもの、ぼくやサラスのもの、ミンファのもの以外にも、複数の男女のものが残されていたという。

「顔見知りの犯行でしょうか……？」

ぼくが訊ねると、サラスは、

「いえ、そうとは限りませんわ」と首を振って、資料を捲った。彼女が開いたのは、屍体の二の腕の部分を撮影した写真である。そこには黒みがかった薔薇の形を象った刻印のような刺青が施されており、その下に「ＭＤＸＸＶⅢ」という数字が彫られている。

「一五二八？」

「ええ。そしてこの薔薇の名前は、バルカロール。北の街で管理される娼婦に彫られているものです。下の数字はその登録番号ですね」

どうやら、レムリア新王国には公娼制度があるということらしい。

「つまり、このマルグリットという女性を殺害したのは、客だったという可能性もあるということですね。でもそれなら、娼館で事件が起こるように思うのですが」

「あら、ナタルはこういう場所に行ったことがないのですか」

サラスはクスクス笑って、どういうわけか得意顔で続けた。

「北の街で働く女性は、店の中だけでなく、店の外で逢い引きをしてお客さんの相手をすることもあるのです。つまり、外に連れ出されたという可能性は十分に残されています」

「どうしてあんなところに……」

「廃墟で禁断の肉体関係を持つというのは惹かれませんか？　それなら、複数の男女の靴跡が残されていたというのも、納得ができます」

「それは……」

ぼくが言葉に詰まると、それまでじっと黙っていたナナが口を開いた。

「ナタル様。ご安心なさってください。サラス様の知識はすべて、小説で得たものです。耳年増の具合がちょっと普通の人とは違う次元に達していて、たいそう残念なお姫様になってしまっただけですから」

「ちょっと……ナナ!?」

「いえ、わたくしはけっしてサラス様のことを悪く申し上げたつもりはございません。ただ、今まで誰一人の殿方ともお付き合いしたことがない姫様が、偉そうに男女の性愛を語るんじゃねーよと思っただけでございます」

「なんてこと！　いいでしょう……今日からナナは三日間、おやつ抜きです!!」

　ナナの淡々とした物言いがよほど苛立ちをかき立てるのか、サラスは真っ赤になっていい放った。ぼくは内心でひそかに、子どもか!?　と叫んでいた。


「あら、よろしいのですか?」

「……なんですの?」

「わたくしを敵に回してしまったら、『秘匿の王室』の続編が読めなくなってしまいますが」

「そんなっ！　くっ……アレを持ち出すとは、なんて卑怯な！」

　サラスは悔しそうに身を捩らせ、文字通り地団駄を踏んでいた。

　ちなみにこの『秘匿の王室』というのは、ナナが自分で書いて王室の使用人《メイド》たちのあいだで回し読みをしている小説らしい。どうも、王子様と執事の関係を描いたものらしいのだが、ぼくにはその内容が想像もつかなかった。けれども、サラスが耳年増になってしまった原因が少なからずナナにあることだけは理解することができた。

　翌日の午後。サラスとぼくは、ふたりで北の街に向かった。ミンファに話を聞くためだ。

前の日にナナが持ってきた資料の中には、ミンファに行われた取調の内容も含まれていた。それ以上の情報は得られそうになかったものの、本人に話を聞いてみたいというサラスの意向にしたがうことにした。どうやら王女様は、本当に探偵の真似事をはじめたらしい。

王室警備隊の資料には、勤務先としてふたつの住所が書かれていた。どうやら、昼間と夜とで、別々の仕事をしているということだった。

ひとつめの住所を訪ねると、そこは図書館だった。そうはいっても無料で貸し出しをしているわけではなく、金銭と引き替えに本を渡している。実質的には貸本屋である。それでも、サラスが本を集めている王城の地下書庫を除いては、ここが書籍をまとめて持っている、レムリア新王国で唯一の施設であるようだ。

その事実は、ぼくにとって意外だった。王女の一存で王室画家を抱えるような王国だから、きっと書

籍の収集のような事業にも熱心だろうと思っていたのだ。

「王室がもう少し熱心だったら、こんな場所に開館したりしませんわ」

貸し出しカウンターの向こう側に坐っていたミンファは、そういってチラリとサラスに視線を送った。ミンファの紅く塗った唇は前の日と同じものだったが、この日は、白いブラウスに黒の長いスカートを合わせていた。そのせいか彼女の姿は、幽霊塔で会ったとき以上に妖艶に見えた。

サラスはその言葉になにも返事をしなかった。それでぼくは、

「たしかに、せめて東にある官僚街や南にある商店街に図書館を置いたほうが、お客さんは集まるかもしれませんね」と、いった。

「いずれにしても、この国では難しいのですよ」

ミンファは相変わらずじっとサラスを見たまま、それ以上この話題を口にしなかった。

他にお客さんもいなかったので、ぼくたちは改めて、なぜミンファがあの幽霊塔にいたのかを訊ねた。

ミンファは、

「昨日申し上げたとおりです。あの時計を、動かしてみたかっただけですわ」と、答えた。

「亡くなったマルグリット・フロストのことは、以前からご存じだったのですよね」

確認をするように、サラスがいった。

ミンファは、「ええ」と頷いて、続けた。「彼女は、夜のほうの仕事の従業員ですから」

「店の名前は、上海異人娼館《チャイナ・ドール》ですね？」

「そう。そちらが本業ですわ。昼の仕事は、遊びのようなものです」

「遊び、ですか……」

「この街で私立図書館を経営しても、その収入だけでは生きていけませんもの。昼間は副店長に店を任せて、こちらにいることが多いでしょうか」

「……なるほど」

サラスとミンファとのやりとりは、王室警備隊の調書に書いてあったものと同じ内容だった。マルグリット・フロストは、ミンファが経営している上海《チャイ》異人娼館《ナ・ドール》で、二日働いて一日休むというペースで出勤していたという。

事件があった日、彼女は朝十時から出勤していた。しかし、十二時を少し過ぎたときに客をひとりとったきり、行方がわからなくなっていたらしい。

「マルグリットの行方がわからなくなった日、私がここを出たのは十七時過ぎ、夜の店に着いたのはそれからだいたい一時間後です」

ミンファは淡々と説明をして、「ですからその日のことは、副店長に訊かれたほうがよろしいかと思いますが」と、付け加えた。

「ええ、それはわかっています。ですから、ふたつだけ聞かせてください」

サラスはミンファのことをじっとみつめている。

その様子は、ミンファのちょっとした表情やしぐさ、態度までも、見逃すまいとしているように見えた。

「ええ、なんでもお聞きくださいな」

ミンファはカウンターの向こうに坐ったまま脚を組み、余裕の表情を見せている。

「……では、まずひとつめです。あなたは、マルグリット・フロストが行方不明になったとき、そして彼女の屍体をみつけたとき、なぜすぐに王室警備隊に届けなかったのですか?」

サラスの問いかけに、ミンファはまるでその答えが用意してあったかのように、すらすらとしゃべりはじめる。

「娼婦が行方不明になるというのは、よくあることですもの。そんなもの、いちいち追いかけてはいられませんわ。それに私だって、毎日のように幽霊塔に行っているわけではありません。久しぶりに時計の撥条《ぜんまい》を回そうと入ってみたら、塔の中で異様な臭いがしたのです。調べてみたら、自分の店の従業員をみつけてしまった。だから、先に時計を動かすだけ動かして、ちょうど王室警備隊を呼びに行こうとしたときに、たまたまサラス王女とナタルさんが入ってきた……。そこで、あなたたちおふたりに、応援をお願いしたのです。それでは、いけませんか?」

ミンファの説明は、いちおう筋が通っているように思えた。

上海異人娼館《チャイナ・ドール》からいなくなった娼婦は、ここ三年間で七人いたらしい。これだけいなくなっているということは、おそらく、娼婦という仕事に耐えかねて逃げたという場合が多いのだろう。

それにたしかに塔に入ったとき、ぼくたちも饐えたような臭いは感じていたのだ。ときどき出入りしているミンファであれば、それが異常な事態だということに、すぐ気が付いたに違いない。

引っかかるところがあるとすれば、なぜマルグリット・フロストの遺体を発見してから、わざわざ時計の撥条《ぜんまい》を巻きに塔に登ったのかということだろうか。

「ふふふ……ナタルさん」ミンファはぼくをチラリと見て薄く笑い、「私だって、少し動揺していたのですよ。その気持ちを落ち着けるために、あえていつもと同じ行動をしたのだと思いますわ」と、いった。どうやら、ぼくの考えは見透かされているらしかった。

ミンファがいい終えると、サラスがふたたび口を開いた。

「ではミンファさん、もうひとつ聞かせてください」

「ええ、どうぞ」

「あなたはどうして、この国で、図書館などをやっているのですか？」

「あら、事件についてのことじゃないの？」

ミンファはここで初めて、表情を変えた。驚いたように、細い目を少しだけ大きく見開いている。

その言葉にサラスは、

「ええ。だって、わたしも王城の地下書庫で本を集めておりますから。お友だちになれそうではありませんか」と、にこやかに答えた。

「そうですわね……」

このとき初めて、ミンファは返答に窮しているらしかった。あまりに事件と関係のない問いを突然向けられたので、動揺していたのだろうか。

すると、サラスはミンファの答えを待つこともなく、

「この話は、またの機会にいたしましょう。どんな本をお持ちなのか、今度ゆっくり見せてくださいな」と、ミンファに向かって微笑みかけた。

ぼくはサラスに連れられて、そのまま慌ただしく図書館を後にした。

「どうでした？」

ぼくが訊ねると、サラスは、

「少なくともこの図書館には、これから何度も通うことになるでしょうね」と、いって、目を輝かせ

た。

娼婦マルグリット・フロスト殺害事件は、もうすっかりお姫様の退屈しのぎのひとつになってしまったらしい。そしてぼくはこのとき、サラスは間違いなくミンファのことを犯人として疑っているのだろうと思った。

7

N.V. 651

社交会

広い室内には、金槌で釘を打ち込む音が響いていた。展示場を作るため、レイアウト案に合わせて一〇〇インチほどの高さがある板で部屋を仕切る作業が行われている。空調が効いているとはいえ、その中で作業をしていると、体全体からしだいに汗が滲んでくる。

博物館や美術館にやってくる客は、入口から入ったら、まず右に曲がるという習性がある。そのため、展示場を反時計回りに旋回できるように通路を作り、その途中に小さな部屋を作っていく。その部屋がそれぞれ、ひとつのまとまった展示セクションになる。

『レムリア王国の女神展』では、遺跡から発掘された調度品を紹介する「王国の誕生」、レムリア新王国の製造技術で作られた水晶を中心とした「王国の秘宝」、王城から発見された品々を並べる「王族の生活」、レムリアの北の街にあった教会について説明する「王国の宗教」、そして、サラス王女をはじめとした王族が集めていた芸術家たちによる作品を展示した「王国の女神」という、五つのセクションで構成することになっていた。そのため、小さな部屋を五つ作り、さらにその部屋と部屋とを繋ぐ通路にも展示をして、来場者が全体の流れを俯瞰できるようにしなくてはならない。

仕切りが終わったら、展示品を並べるガラスケースを搬入する。さらに、キャプションを掲示するパネルを板に張り付け、展示品を持ち込んで、最後に天井の照明を調整することになる。作業としては、映画のセットを自分たちの手でまるごと作るようなものだ。だからどうしても、展示前のこの時期は力仕事が多くなる。

――今回は全部で一二四点しかないですから、余裕のある展示ですね。少し楽ができるかもしれません。

リョウは展示場の建て込み作業を手伝いながら、フィロワの言葉を思い出した。しかし、『レムリア王国の女神展』は、水晶や王族の服飾品など、比較的高価な展示品が多い。これらは強化ガラスで覆われたケースに収納しなければならないため、ケースの数が多くなる。この搬入は、展示場の建て込みよりも、はるかに人手を要する作業なのだ。だからリョウは、そのときのことを想像するだけで、すでに疲労感に襲われていた。

昼過ぎになると、リョウは二階にある修復室に呼ばれた。扉を開けて中に入ると、フィロワとリナがふたりで作業をしていた。展示に合わせて作った図録のゲラを確認しているらしい。これは当日までに冊子として印刷し、販売することになる。

「すみませんがリョウ君、こちらも少し手伝ってくれませんか。ふたりよりは、三人で確認したほうが、ミスも少なくなると思いますので」

フィロワにいわれて、リョウは断ることができなかった。

大学の講義がない日、リョウはこうして一日中、博物館にいることが少なくない。

ここで仕事をはじめるまでは、学芸員の仕事がこれほど忙しいものだとは思ってもみなかった。

博物館からのアルバイト求人票を大学の学生課でみつけたのは、入学してすぐのことだった。

大学の芸術学部の入試で不合格になってしまったリョウは、それでも絵画に関わる仕事がしたいと思い、学芸員養成課程に入学した。だからその頃は、仕事の体験ができるのではないかというくらいの軽い気持ちで応募をした。

けれども実際に博物館の中に入ってみると、予想もしない世界が待っていた。

収蔵品の収集に、データの管理。新しく所蔵されることになった収蔵品のチェック。学校や会社の旅行で館を訪れてもらうための営業に、他館や市、大学や研究機関とのやりとり。普及教育と呼ばれる説明会や解説のイベントの開催とその準備。余った時間にはずっとこれらで使う資料作りや原稿執筆をしている。

そして、学芸員はいくつかのグループにわかれており、年に一回か二回程度、順番に展示の担当が回ってくる。その直前はこれらの通常業務に加えて、展示のための業務に平行して携わることになる。帰宅が深夜になったり、展示の直前の時期には館に泊まり込んだりすることも少なくない。ちょうど、営業と事務、教員、研究職、編集者の仕事を、ほとんど同時にこなしているという状態である。専門職でありながら、何でも屋としてさまざまなことができなければならない。

リョウの場合はアルバイトであるため、収蔵品データの入力や、文章の編集、普及教育の手伝いなどが主な仕事だった。それでも、大学の友人がしているというアルバイトに較べればはるかに忙しく、時給も安い。

それでも、リョウが仕事を続け、この館で働くうちに学芸員になりたいという思いを強くしたのは、リナが働いている様子を目の当たりにしたからだった。彼女は、本当に真摯に仕事に向き合っている。それは、歴史や美術、文学、そしてそれに関わる収蔵品に対する愛情と興味とがあってこそなのだ。

リョウ、フィロワ、リナの三人はひとつのテーブルを囲むように坐り、言葉を交わすこともなく、黙々と図録の原稿に目を通していた。けれどもしばらくして、ある頁でリナの手が止まった。

「これ、もう少し画像をはっきりさせたほうが良いと思いませんか?」

いいながら、リナは一枚のゲラをテーブルの中央に差し出し、

「『融合型博物学』は私たちの館が推奨していることですから、ここはその意味で重要なことだと思います」と、フィロワに顔を向けた。その言葉を聞き、

「『融合型博物学』……ですか?」と、リョウがふたりに向かって訊ねた。

問いかけに答えたのは、フィロワだった。

「ええ、そうです。科学的な調査と文献学との融合です」

リナが指で示していたのは、ガス星雲の観測画像と、本の画像を並べた頁だった。

地球から二四〇〇万光年離れたこの星雲が超新星爆発によって誕生し、その光が地球に届くようになったのは、おそらく今から五〇〇年ほど前であることが、観測によって推定されていた。その年代をより正確に明らかにしたのが、画像として掲載されているレムリア新王国の記録だった。これは、王国の衛兵が残した日記で、N・V・《ニルヴァーナ》暦の一三五年七月から一三六年の五月にかけておよそ一年間、昼間でも

見えるほどの明るい星が輝いていたということが書かれている。

フィロワは説明を続けた。

「科学観測でもおおよその年代は測定できるのですが、出てくる結果はだいたいこれくらいの時期だろうという推定であって、それが何年何月から何年何月にかけての出来事だというところまで確定することはできないんです。それが、この日記の存在で初めて、正確な年代まで明らかになったんですよ」

「……複数の情報を融合するわけですね」

リョウは顔をあげて、呟くようにいった。

「天文学系の人たちでは、昔の本を解読したり、その本がどういうものなのかを判断することはできないですから。もしかしたら、後世に作られた捏造の資料であるかもしれない。その資料が書かれた経緯や真偽を判断したり、解読したりするのは、文献学の仕事です。けれども文献学の人たちでは、ここに書かれている昼間でも明るい星が輝いていたという記述が持っている価値を見落とす可能性が大きい。だから、それぞれが得意なところを出し合い、苦手なところを補い合うんです。考えてみれば、当然なのですが……」

「理科をやっている人って、基本的に過去の本を読むことをしませんからね」

「科学者は最新の情報こそが価値のあるものだと信じている人たちですから、昔の本に書かれた情報に価値があるとはなかなか思わないでしょう。まあそういう点では、新しさを信仰する宗教のようなものです。だから僕たちの仕事は、こういう複数の領域にいる人たちのあいだを繋ぐことにあるんですよ」

「それが『融合型博物学』ですか」

「そうですね。それに、こういう話を専門家の中だけに閉じておくわけにはいきません。専門家でない人に知識と情報を普及することも、僕たちの役目です」

リョウは、リナが問題にしていたゲラにふたたび目を向けた。たしかにフィロワのいうような視点で見ると画像が粗く、これでは文献の文字を読むことができない。その下に解説は書いてあるものの、少なくとも画像をもっと鮮明なものにし、もし可能であるならば本に書かれた文章をそのまま文字に起こして示さなければいけないだろうと思えた。

「タミル語ならぼくのほうでなんとかできますから、今晩のうちにやっておきますよ」

フィロワは当然のようにいった。その言葉に、リナが小さなため息を吐く。

「また徹夜ですか？　もう……たまにはちゃんと寝てくださいよ」

リナの言葉には、いつもリョウやエリスと話しているときよりも、どこか深い響きがあるように聞こえた。

ヴィクトリア座の社交会には、多くの人々が集まっていた。

劇場に隣接したヴィクトリアが経営しているホテルの会場には、立食形式であればおよそ三百人を収めることができる。それでも、隅にあるカウンターバーや、中央に並べられた料理を取りに行くのにもひと苦労するほどの人混みである。

「ここに僕がいるっていうのは、さすがにちょっと場違いじゃないかな……」

エリスから借りた男性もののスーツを着たリョウは、チラリとヴィーナに視線を送り、呟くようにいった。喧噪の中、その声はようやく彼女の耳に届くくらいの大きさだった。

「ヴィクトリア座がお世話になっている人を呼ぶ会なんだから、別に構わないわよ。それにあたしがリョウを呼んだんだから、誰にも文句なんていわせないわ」

ヴィーナはまったくリョウのいうことを意に介していない様子でいって、炭酸水の入った長いグラスを、紅い口紅《ルージュ》を引いた唇につけた。

今日の彼女は、髪を下ろしていつもよりやや濃い化粧を施し、臙脂色のワンピースを身につけている。いつもは体型のわかりにくい服を着ていることが多いため、腰から尻にかけてのラインがはっきりと見える今日の装いは、リョウにとって新鮮だった。やや幼い顔立ちとは裏腹に、彼女の体つきは、すっかり大人の女性のような曲線を形作っていた。

「あたしはちょっと、挨拶回りをしてくるから。フィロワ先生とかリナさんも呼ばれているし、エリスはどこかその辺をうろうろしていると思うわ。じゃあ、今日は楽しんでいってね」

ヴィーナはそういい残し、黒いタキシードを着た男性たちの集団のほうに歩を進めていった。すっかり人気女優としてのオーラを身に纏い、その中で談笑している。そんな彼女は、リョウの目に、いつもの人懐っこい性格の少女とは別人の、大人の女性のように映った。


ひとり取り残されたリョウは、ひとまず会場のなかを歩いてみることにした。

周囲には、オーストラフの市長や市議会議員の他、他の劇場の役者たち、新聞で顔写真を見たことがある芸術家、詩人の姿などもある。この社交会は、世界随一の文化都市といわれるオーストラフ市の中でも、特に有名人が集まる場として知られているのだから、当然といえば当然だった。けれどもリョウは、そういう人たちに気軽に話しかけることができるような性格でもない。

しばらく会場を徘徊して、ようやく部屋の隅でエリスの姿をみつけた。しかし彼女もヴィーナと同じように、大勢の人たちに囲まれていた。すでに女優を引退し、ヴィクトリア座で事務の仕事をしているものの、彼女には今でも往年のファンが少なからず残っている。なにより、煌《きら》びやかな暖色のあかりの下、スーツ姿で背筋をすうっと伸ばして立っている姿は、このますぐに女優として復帰することもできるだろうと思えるほど絵になっていた。

リョウは結局、エリスに声をかけることもできないまま、バルコニーに向かった。

初夏のオーストラフは、日が暮れてからの時間でも蒸し暑い。だから、パーティーの最中にここに出ようという人も、ほとんどいないらしかった。

ただひとり、三十代後半くらいの男性が、手すりに凭れてぼんやりと空を見上げていた。バルコニーの座席に置かれたコースターの文字がようやく読み取れるほどの暗がりの中、室内から漏れ出してくる光を頼りに目を凝らして見ると、どうやらヴィクトリア座で座付作者をしているユーリ・ベロワらしかった。リョウは彼とそれほど深い面識があるというわけではなかったが、事務室を訪れたときに何度か言葉を交わしたことがあった。

「やあ。久しぶりだね、リョウ」

ユーリは神経質そうな表情を浮かべて、リョウに歩み寄り、

「君も、会場からの脱走組か？」と、訊ねた。

「ユーリさんもですか？」

「ああ。こういう賑やかな場所は苦手でね。裏方だから、そうそう知り合いがいるわけでもない」

「僕は、ヴィーナに連れてこられました……」

リョウが苦笑しながらいうと、ユーリは、

「ははは。あのお姫様は、ちょっと強引なところがあるからね」と、頭を掻いた。

お姫様というのは、ヴィクトリア座の内部の人間が、ときどきヴィーナのことを指していう呼び方である。もともとは、ユーリが脚本を書き、ヴィーナの出世作となった歌劇《レビユウ》『ゴーラトの姫君』で演じたコレットという役に由来している。

これは、貧困地区《ゴーラト》にある娼館で養われていたコレットという少女が幼い王子に拾われ、彼の妹姫であると偽って王城に入れられるという筋立てである。

しかし、コレットの振る舞いはあまりにお転婆で、どうにも王女らしくない。やがて彼女が王子の本当

の妹ではないことが大臣の調査によって露見してしまい大騒ぎになるが、コレットはたとえ貧困地区《ゴーラト》の出身であっても、神の下には王族と等しく人間であることに変わりはないと大臣を論破する。それによって彼女は王子と婚約するが、それがきっかけでふたりは殺害されてしまうという悲劇である。

この『ゴーラトの姫君』は当初一カ月公演の予定だったが、ヴィーナが演じたコレットが大好評だったため二カ月間延長され、さらに半年後には三カ月間の再演が行われることになった。これによってヴィーナは一躍人気女優となり、次期首席舞姫《テンツェリン》と呼ばれるところまで一気に駆け上がったのだ。

けれども、このときのコレットという役に限らず、ヴィーナは舞台にあがると、非常に立ち居振る舞いが凛として、気高い雰囲気を纏っている。言葉のひとつひとつをはっきりと聞き取ることができる明快な台詞回しも、その印象に拍車をかけているのだろう。ヴィクトリア座で女性役をしている女優はどちらかというとおっとりとしたタイプが多かったため、ヴィーナはいってみれば、座の歴史の中でも異色の女優だった。そのことが、お姫様という呼び方が、いつの間にか定着していた要因でもある。

「コレットはほとんど、ヴィーナの性格そのものでしたからね……とても演じやすかったと、本人もいっていました」

リョウが記憶の糸を辿りながらいうと、ユーリはすぐに、

「あれは、宛て書きだから」と、答えた。

「……宛て書き、ですか？」

「そう。はじめからヴィーナに演じてもらうつもりで、彼女自身をモデルにして書いたんだよ」

「なるほど。たしかにいろいろと、思い当たることがありました」

ユーリによれば、コレットの台詞はすべて、ヴィーナが稽古場や事務所で他の女優たちとやりとりしている様子を観察し、それと重ね合わせるかたちで

書いたのだという。どうやらヴィーナのほうでも薄々気が付いていたらしく、見られているあいだの彼女の言動は妙に演技がかっていたといって、ユーリは笑った。

ふたりはしばらくのあいだ、『ゴーラトの姫君』について話をした。ユーリにとっては、以前書いた脚本について話をするのは少し気恥ずかしいようだった。それでも、作品がいかに面白かったのかという話を聞かされるというのは、そう悪い気がするものでもないらしい。

「……でも、ひとつだけよくわからなかったんですよね」

リョウがいうと、ユーリは、

「なにかな?」と、食いついてきた。

「コレットが信じていたという宗教のことです。たしかにコレットには、毎日夕方五時にお祈りしなければならないという習慣がありましたよね? でも、心から神を信じている感じではなかったというか……どうも、宗教が決めている教義に形だけしたがっているような気がしてならなかったんです。最後のシーンでは、宗教で定められていた身分制度を意に介さないことが、王子との婚約に繋がるわけですし」

「ああ、そのことか……」

ユーリは、それまでの饒舌な話しぶりから一転して、じっと考え込んだ。腕を組み、右手を頬に当ててしばらくのあいだ俯いていたが、やがて言葉を慎重に選ぶようにして口を開いた。

「世界には数多くの宗教がある。しかし、細かい考え方や風習はひとまず脇に置いてから大きく考えると、だいたい、ふたつにわけることができるんだよ」

「ふたつに?」

「うん。つまり……精神主義的な宗教と、律法主義的な宗教といえばいいのかな。精神主義的な宗教というのは、その宗教が祀りあげている神に対する信仰を自覚したり、告白したりすることが出発になるんだ。そして、その心を示すために、お祈りをしたり、行事をしたりする。『こころの宗教』といっても良いのかもしれない」

「律法主義的な宗教というのは、違うんですか?」

「そうだね。律法主義の宗教では、実は、神を信じているかどうかはあまり気にしない。それはむしろ当然のことだから、そもそも問題にならないんだね。その代わり、日常生活のいろいろな部分がこと細かに決められていて、信者になったら、その決まりごとを粛々と守っていかなくてはいけない。それも、神の意志によって決められたことだから、当たり前のことだと考えるんだ。人間の心を見ることはできないから、外形的に行為をしているかどうかだけを見ることで、神を信じているかどうかを判断するんだね。ある意味では合理的な発想だともいえる。コレットが組み込まれていた宗教は、こちらのほうなんだ」


「心が先か、行動が先かという違いですか」

「まあ、簡単にいえばそうなるかな」

「だったら、『ゴーラトの姫君』でコレットと王子が婚約する場面は、神の作った世界を壊すことになりますね」

そこまでいってリョウは、「あっ……」と呟いた。ラストシーンで、王子はコレットにいう。

——私たちは世界を革命した。だから、罰を受けなければならない。

つまりコレットたちにとっての世界とは、彼女たちが信じていた宗教の戒律そのものだということになる。

「僕にその宗教を理解するのは、ちょっと難しいかもしれないです……」

リョウは素直な感想を漏らした。するとユーリは、「オーストラフの宗教は、精神主義のほうだからね」といって、続けた。「でも、レムリアについて調べているのなら、律法主義的な宗教の発想も知っておいたほうが良いかもしれない」

「えっ？」

リョウはユーリの発言に目を丸くした。

ヴィクトリア座には次の展示のポスターを貼ってあるから、レムリアについてリョウたちが調べていることを知っているというのは、別に不思議なことでもない。けれどもユーリの口から、そこで信じられていた宗教という具体的な話が出てきたというのは、リョウにとって意外なことだった。

たしかにレムリアの宗教が持っている律法については、ナタル・アルタミラーノが残した手記の中にも書かれている。しかし一般的に、レムリアは非常に謎が多い国家とされており、学校の歴史の授業などでもほとんど扱われることがないのだ。

ユーリは、リョウのそんな反応を予期していたらしく、穏やかな口調で説明をはじめた。

「ああ、まだリョウには伝わっていなかったのかな、次回公演の芝居だよ。それに、作家の仕事っていうのは、別に物語を作ることだけじゃないからね。物語を作るためには、世界のさまざまなことについて調べなくてはいけない。特にレムリア新王国は、旧王国がレムリア大陸の水没で滅びたのと同じように、あるとき忽然と歴史から姿を消している。ぼくたちにとっては、物語にする格好の材料なんだ」

「研究者みたいなものなんですね……」

「フィロワと同じようにとはいかない。作家にとって重要なのは、歴史的な事実そのものではない。その歴史に、物語があるかどうかだ」

「なるほど」

「だが――」と、ユーリはいいかけて、リョウのほうにぐっと顔を近づけた。「けっこうレムリアについては、調べたつもりだよ。それでもひとつだけ、どうしてもわからなかったことがある」

「……なんですか？」

目の前に、ユーリの顔がある。リョウはごくりと唾を飲み込んだ。なぜかはわからなかったが、背筋に緊張感が走り、自然と体に力が入った。

するとユーリはニヤリと笑い、

「なぜレムリア新王国は滅びなくてはいけなかったのか」と、心持ちゆっくりとした口調でいった。

「それは……」

リョウはユーリの問いかけに答えることを躊躇った。なぜなら、レムリア新王国が滅びたのは、異常気象で気温が下がったために街の北部地域で穀物が採れなくなったことに加え、レムリアの主要産業であった水晶の取引が停止したからだという話を、フィロワから聞いていたからだ。

けれども、ユーリのほうではもちろん、その程度の知識は有していた。

「おかしいと思わないか？　いくら水晶が輸出できなくなったからといって、急に外の世界との交流が途絶えるということは起こり得ない。高い壁に囲まれたあの小さな都市国家で、なにかもっと異常な事態が起こっていたと考えたほうが自然だ。けれども、そのことについての記録はほとんど残っていない。水晶の輸出についての話も、あくまで当時の記録に基づいた推測にすぎない」

「……つまり、別に理由があるということですね」

確認をするように、リョウは訊ねた。

「もちろん、作家の勝手な想像だ。根拠があるわけじゃない」

ユーリはそこまでいって、ようやくリョウから離れた。そして、

「もし君が翻訳を進めている手記からなにかわかったら、教えてくれるとありがたい」とニヤリと笑って、飄々とパーティーの会場に戻っていった。

リョウはそんなユーリの後ろ姿を、ぼんやりと眺めていた。

8

N.V. 148

商人

マルグリット・フロストが最後にとった客についての情報が入ってきたのは、ミンファが営む図書館を訪れてから三日後のことだった。

その客の名は、アントン・クリステルといった。南の街で食料品店を営んでいる男性らしい。

王室警備隊保安室から情報が入ると、案の定、サラスはこの男性に話を聞きたいといいはじめた。しかし、使用人《メイド》であるナナの判断によって、ぼくがひとりで店に赴くことになった。ひとつには、サラスが少し体調を崩していることがあったらしい。けれどもそれ以上に、サラスが同行したりすれば、マルグリットとどのような遊びをしたのか、根掘り葉掘り聞き出したがるに違いない。レムリアの王女として、さすがにそれは問題があるということだった。

まだ昼下がりの時間だったが、南の街は多くの人で賑わっていた。

レムリアに来てからというもの、外出するときには、いつものようにサラスがついてきていた。そのため、ひとりで街を歩くというのは、ずいぶん久しぶりのように思えた。ぼくは心持ち早足で歩きながら、周囲の様子を眺めた。

娼館と老人が営む農家とが点在する北の街、役人や教師が住んでいる東の街に対して、南の街には商店が軒を連ねている。周囲を歩いている人は若者が多く、ある程度年齢が高い人でも、四十代か五十代くらいが上限に見える。つまりレムリアでは、王城を取り囲むように東西南北に作られた四つの街でそれぞれ、住んでいる人間の職業だけでなく、年齢構成、ともすると性別までもが決まっていることになる。

　もしかすると、年をとって仕事を引退した人が北の街に移り住み、農業を営んで悠々自適の生活をしているのだろうか。けれどもそれでは、なぜ北の街に娼館が置かれているのかという説明がつかない。西の街にある水晶を製造する職人が住む地域や、南の街の商業地域にあったほうが、多くの客が入りそうなものだ。あるいは、王室警備隊保安室が、なにか政治的な指示を出しているのかもしれない。

　そんなことを考えながら十分ほど歩くと、アントン・クリステルが営んでいるという店にたどり着いた。周囲と同じく石造りの建物で、一階が店舗、二階が住居になっているようだ。

　店は、左右に並んだ入口と出口とが、それぞれ一方通行になっていた。中は案外広く、三列の棚が奥のほうに向かって伸びている。それなりに繁盛しているようで、昼下がりの時間ではあるものの、十五人ほどの客がいた。野菜や肉、魚に、塩や胡椒などの調味料、ニシンやオリーブなどの瓶詰め、乳製品と品揃えのほうもかなり良いらしい。もしマハーの街にいたときのぼくであれば、足繁く通っていただろう。レムリアに来てからすっかり外食ばかりになってしまっているが、マハーにいたときには今より時間はあったし、お金はなかったから、ほとんど毎日のように自炊をしていたものだ。

　しばらくすると、

「なにかお探しですか？」と、背後から声をかけられた。男性の声だ。

　振り向くと、そこにはナナが王室警備隊保安室から持ってきた写真に映っていたのと同じ顔をした人物がいた。

「アントン・クリステルさん、ですね？」

　ぼくが訊ねると、その男性はやや狼狽した様子で、

「ええ、そうです」と、返事をした。

「ぼくは、マルグリット・フロストさんの殺害事件について調べているのですが……」

「あの事件についてはすでに、王室警備隊に十分説明したはずです」

アントン・クリステルは明らかに警戒しており、睨《ね》めるようにぼくをじっとみつめた。

「その警備隊からの依頼を受けて、事件について調べているのです」

「……探偵の方、ですか？」

「そういうふうにご理解頂けると、助かります」

いいながら、間違ってはいないよなと、心の中で笑った。探偵というのは、別になにか資格があってなるような職業ではない。それにしても、いったいぼくはいつから、小説に出てくる登場人物になったのだろうか。

同時に、ぼくはサラスを連れてこなかったことを少し後悔していた。仮にもこの都市国家の王女であるサラスがいれば、少しは事件について話を聞かせてくれるかもしれない。けれども、ぼくのように怪しげな素性もわからない人間に、アントン・クリステルが話してくれるはずがないということに気付いたのだ。

けれども、その予想は思いのほかあっさりと裏切られた。

「……わかりました。そういうことでしたら、従業員室にいらしてください。私に非がないということは、いくらでもご説明できます」

アントン・クリステルはややトゲのある口調だったが、そういってぼくを店の奥へと誘ったのだ。

通されたのは、手を伸ばせば左右の壁に両手がぎりぎり届くほどの、小さな部屋だった。扉がついていて鍵を掛けられる棚があり、あとは、小さな机を挟んで椅子が二脚置かれているばかりだ。窓もなく、天井から吊り下げられた洋燈《ランプ》のあかりだけが、ゆらゆらと室内を暖色に照らし出している。従業員室とはいっても、おそらく着替えや食事のためだけに使う場所なのだろう。

アントン・クリステルがそこでぼくに話して聞かせたのは、事件当日の経緯だった。

「あの日はどうにも朝から性欲が高まっていたんです。だから、上海異人娼館《チャイナ・ドール》に連絡をして十二時からの昼休みをいつもより少し長めにとり、娼婦をひとりこの店のすぐ近くにある連れ込み宿に寄越すように伝えました。それでやってきたのが彼女です」

「マルグリット・フロスト、ですね？」確認をするるように、ぼくは訊ねた。「これまでに彼女を呼んだことは？」

「ありません。特に誰を指名したわけでもないので、たまたま彼女が来たのです。会ったのは初めてでした。それで、十二時半には別れました」

「えぇっ!?」

ぼくは思わず、大きな声をあげた。いくら性欲が高まっていたとはいえ、十二時に昼休みをとってから三十分というのは、あまりに早すぎる。

するど、アントン・クリステルはやや不機嫌そうに口を開いた。

「抱かなかったんですよ。どうも彼女は体調が良くなかったらしく、会ったときから何度も咳をしていたんです。それで肉体関係を持って感染《うつ》されたりしたら、たまったもんじゃないですからね。そこで急に、我に返りました」

「なるほど……しかしよく、我慢できましたね」

ぼくは愛想笑いを浮かべた。娼婦を買うということはしたことがないけれども、もし自分が同じような状況になったら、到底、耐えることができないように思えた。

アントン・クリステルは眉間に皺を寄せ、やや不愉快そうな表情になった。今の発言に、なにか問題があったのだろうか。けれども、彼は大きく息を吐くと、

「それから食事だけ終えて店に戻ったのは一時半くらいです。もしかしたら、食事をした店の主人が覚えているかもしれません。戻ってから店を出て

いないことは、店員たちが証言してくれますよ」と、説明をした。

　ぼくは唸った。この店と北の街にある幽霊塔とのあいだを往復するためには、どう考えても二時間ほどかかる。だから、たとえアントン・クリステルが嘘を吐いており、マルグリット・フロストと会ったのが幽霊塔の中だったとしても、この短時間で戻ってくるのは不可能だろう。それに、もし食堂の店主がアントン・クリステルが来店したことを覚えていたとしたら、彼が殺人を犯した可能性はほとんど皆無になってしまう。

　王室警備隊保安室の資料によれば、マルグリット・フロストが亡くなったのは、あの日の夕方くらいだったのではないかと推測されている。つまり、アントン・クリステルと別れてから、まだかなりの時間があったことになる。レムリアの検死技術では多少時間が前後する可能性があるらしいが、このことが、サラスがミンファのことを容疑者として想定している根拠なのだろう。ミンファが図書館から上海異人娼館《チャイナ・ドール》に移動する途中でマルグリット・フロストに会った可能性は、十分に残されているのだ。

「よくわかりました。ありがとうございます」

　ぼくは礼をいって、丁重に頭を下げた。

「いえ、わかって頂ければそれで良いのです」

　アントン・クリステルは腕組みをして、背凭れに体を預けている。彼はしばらくのあいだじっと押し黙っていたが、やがて「失礼ですが……」と前置きをしてから、

「あなたは、レムリアの人間ではありませんね？　どちらから来られました？」と、確認をするように訊ねた。

　その言葉に、ぼくはできるだけ正直に返事をすることにした。

「マハーの街の出身です。実は先ほど嘘を吐いてしまったのでたいへん申し訳ないと思っているのですが……ぼくは探偵などではありません。サラス王

女に雇われている王室画家で、ナタル・アルタミラーノといいます。王室警備隊保安室から頼まれて、半ばアルバイトのような状態でマルグリット・フロストの事件について調べているのです」

最後のところはもちろん嘘だった。けれども、アントン・クリステルにぼくの発言をたしかめる方法もないように思えたので、あえて自信たっぷりにいい切った。

幸いなことに、アントン・クリステルは、今度の発言については疑問を抱かなかったらしい。むしろ、

「なるほど……サラス王女でしたら、そういうことをやりそうですね」と、妙に納得した素振りでいる。どうやらこの国のお姫様の素行は、かなり国民に知れ渡っているらしい。

「それにしても、ぼくがこの国の人間ではないとよくわかりましたね。もしかして、タミル語の話し方に、なにかおかしなところでもありましたか?」

ぼくは訊ねた。レムリアは新王国の再建を宣言した旧王国の末裔と思われる人々が多くを占めてはいるものの、それ以外にも、かつて難民として入り込んだ白人たちの子孫をはじめとして、さまざまな民族が入り交じっている。だから、ぼくがレムリアの人間ではないとアントン・クリステルが判断した理由としては、言葉の問題くらいしか思いつかなかった。

けれども、その予測は外れていたらしい。

「いえ、そういうことではないのです」アントン・クリステルはきっぱりといい、掌を左右に振って続けた。「ただ、レムリアの人間であれば、さっきあなたが持ったような感想は抱かないはずですから」

「さっきですか?」

「ええ。あなたは私がマルグリット・フロストを抱くことをやめたことに対して『よく、我慢できましたね』といった。それはレムリアの人間ではあり得ないことです」

「はあ……」

　ぼくは漏らすように声を出した。アントン・クリステルがいっていることが、よくわからなかった。その様子を見て取ったらしく、彼は説明をしてくれた。

「レムリアでは生活のあらゆることに対して、働くこと、お金を稼ぐことが優先されます。その意味で、昼休みに仕事をサボって娼婦を買おうとした私の行いはそれに反しているわけですが……そこはまあ、あなたはレムリアの人間ではないので見逃してください。けれども、もしあそこで娼婦から風邪かなにかをもらってしまったら、その後の仕事に支障を来すかもしれない。それは私たちにとって、もっとも避けなくてはならないことです。だから、私があそこで冷静さを取り戻したのは、当たり前のことなのです。こういう考え方は、私たちの生活のすべてに、もはや染みついていることですから」

　そこまで聞いて、ぼくはようやく理解することができた。それで、

「もしかして、レムリアの宗教ですか？」と、訊ねた。

「ええ、そうです。より多くの金銭を手に入れた人間が、より高い地位に就くことができる。たとえば今の王室は、前の王が亡くなったときにもっとも多くの富を得ていた、西の街の水晶製造工場の経営者ですから」

「えっ、世襲制ではないのですか？」

　アントン・クリステルの言葉は、ぼくにとって意外だった。サラスや、その両親は、王室の人間としての振る舞いがあまりに板に付いている。だから、彼らがもともと王族として生まれ育った人間であろうということを、ぼくは少しも疑ったことがなかったのだ。

　するとアントン・クリステルは、ぼくの言葉を笑い飛ばしていった。

「世襲制？　そんな非効率的なことを、私たちの

国がするわけがありません。世襲制は必ず、二世、三世に劣化した人間を生みだすものです。そんなことをするよりは、私たちにとってもっとも優秀な人間——もっとも多くの富を生みだす力を持った人間を国の頂点に置いたほうが、それ以外の人間にも富をもたらすに違いないでしょう」

どうやらこのレムリアという都市国家は、ぼくが想像していた以上に、独特の価値観のもとで動いているらしい。そして最後に、アントン・クリステルは小声でぼくにいった。

「……あなたが王女に抱えられた画家だということは、この街ではあまり公にはしないほうがよろしいですよ。絵や物語、思想などという、私たちの生活にとってなにも生みださない無駄なものに、この国の人間はまったく価値を見いだしてはいない。王の人気が高いためにあまり口にする者は多くないのですが、そのことでサラス王女のことをあまり良く思っていない人間もいないわけではありません。むしろあなたは、王室警備隊保安室に雇われた探偵を名乗ったほうが良いかもしれない。それなら、事件を解決するという社会にとって意味がある役割を担っていることになりますから」

ぼくはその忠告に、言葉を返すことができなかった。そして、もしかしたらサラスは単に興味本位で探偵の真似事をしているのではなく、王室の職務にしたがう意志があることを行動で示すために、このような捜査をしているのではないかと思い至った。


アントン・クリステルから聞いた話を伝えるために王城に戻ると、使用人《メイド》のナナが入口のところで待ち構えていた。ナナはぼくの姿を認めるなり近づいてきて、

「今日は応接間ではなく、サラス王女の部屋にお越しください」と、耳元で早口に囁いた。

警戒するように左右に視線を送るナナの様子は、なにか尋常ではない事態が起きたのではないかと、

ぼくを不安にさせた。考えてみれば、サラスに会うときはいつも、城の入口から入ってすぐのところにある応接間だった。だから、彼女の自室に入るのも、これが初めてだったのだ。

ナナの後にしたがって応接間の前を通り過ぎ、赤い絨毯が敷かれた中央の大階段を昇る。全体に質素な作りの王城の中で、ここだけは他の都市国家にある王城や首領府と同じように、豪華な作りであるように見えた。階段を昇りきると左右に通路がわかれており、いくつもの扉が並んでいる。右に折れて五番目の扉を開くと、中が細い通路になっている。ナナによれば、外から進入されることがないよう、これ以外の扉はダミーだったり、開いて中に入ると罠が仕掛けてあったりするのだという。

通路はまるで迷路のようになっていた。右に折れ、左に折れ、階段を昇り、下り、扉を開いて中に入るということを繰り返した。そのときの道順は、ほとんど覚えていない。もしかすると、ぼくが覚えることができないように、ナナはわざと遠回りをしていたのかもしれない。

ようやく最後の扉にたどり着いたときには、すでに王城に入ってから五分以上が経っていた。ナナはさっき入口のところでぼくに会ったときと同じく、警戒するように左右に視線を送った。そして、誰もいないことをたしかめると、小さく三度ノックをした。

「……どうぞ」

扉の向こうから、サラスのくぐもった声が聞こえてくる。ナナはもう一度周囲をチラリと見渡してから、素早く扉を開いた。そして部屋の中に入った瞬間、ぼくは息を呑んだ。

広い部屋の壁は書架になっており、天井までびっしりと古い本が収められている。書架と書架とのわずかなあいだには、額に入れられた絵が飾られていた。その中で、ちょうどサラスが立ったときに目の高さくらいになる位置に、これまでぼくが献上した二枚と、王室画家募集の展覧会に送ったものがあった。どうやら、ぼくを王室画家に採用したのがサラスだというのは、本当だったらしい。けれども、他に飾られている絵は、マハーや、新興都市のオーストラフなどでもよく知られている画家の作品だったから、いちばん良い場所にぼくの絵があるというのは、なんだか申し訳ないような気分になった。

ぼくの絵の手前には、マハーの有名な工房で作られた磁器の花瓶が置かれ、赤や、黄色や、紫の華が飾られている。そのほかにも、水晶の置物や彫刻、レムリアではなくマハーで信じられている女神の像などが置かれている。

質素な王城のなかで、この部屋だけが異質な空間だった。かなりのお金をかけていることは、間違いない。けれども、たとえば急に大きなお金を手にした人が、手当たり次第に金や銀や宝飾を身につけているような品のない空間ではなかった。部屋の全体に調和が取れており、サラスが美術や工芸、部屋の

装飾について非常によく勉強していることが窺われる。それはちょうど、ぼくが美術学校にいたときに、建築学を勉強していた同級生の女の子が作ろうとしていた部屋に似ているように思えた。

ぼくは、書架から何冊かの本を手に取って、中を開いてみた。小説や歴史、哲学、美学……さまざまな種類の本が、雑多に収められている。その中には、レムリアの宗教について記述してあるらしいものもあった。

「これは……」

ぼくが小さく声をあげるうち、ナナは部屋の奥に置かれたベッドにツカツカと歩み寄った。サラスが横になっているようだ。

「ありがとう、ナナ。ナタルを連れてきてくれたのですね」

サラスがベッドのなかから声をかけた。けれどもナナはそれに応えることなく蒲団を持ち上げると、その中に隠すように置かれていた一冊の本を取り上

げた。

「……サラス王女。これはなんでしょう?」

ナナは目を細め、冷たい視線でサラスを見下ろしている。

「えっと……ほら、熱があるときってなんか変にむらむらして、ちょっとえっちな小説が読みたくなったりするではありませんか。せっかく、ナナが続きを書いてくれたのですし」

どうやらあの本は、ナナが書いているという小説、『秘匿の王室』だったらしい。

「ナタルさんをお呼びするのなら、隠しておいてくださいとお伝えしたはずです!」

そういったナナの顔は、心持ち赤みを帯びているように見えた。

「平気ですわ。きっとナタルでしたら、理解してくれますもの」

「これを理解されるということは、ナタルさんにそういう趣味がおありの可能性が……」

「…………それはちょっと困りますわね」

「ですからこういう本は、けっして殿方の目に触れないようにして頂かないといけないのです!」

サラスとナナは同時にぼくのほうにじっと顔を向け、にっこりと微笑みかけてきている。その表情からは、『秘匿の王室』の内容をけっして聞いてはならないという、無言の圧力が感じられた。

「ひとまず、サラスの具合がそれほど悪くないようで良かったです」

ぼくは手にしていた本を元に戻しながら、強引に話題を変えることにした。いいながら、サラスが予想以上に元気そうだったことで、ホッとしている自分もいた。

サラスは表情を変えず、ぼくに笑顔を向けたまま、

「最近は体調が良かったのですが。昔からときどき、こういうことがあるのです。ですから、あまり気になさらないでください」と、いった。

「それにしても、すごい部屋ですね……」

ぼくはふたたび室内を見渡して、ため息を漏らした。それは、素直な感想だった。

「ここに入りきらない本は、地下の書庫に入っているんですよ。マハーから取り寄せた美術書や画集もありますから、必要があったら仰ってくださいな」

「ありがとうございます。それで、今日はどういった用件でしょうか?」

「あっ、そうでしたわね」

サラスはようやく思い出したようにパチンと手を叩くと、するりと器用にベッドから抜け出した。白いワンピースの寝間着《ネグリジェ》を身に纏った彼女が、ぼくのほうに歩み寄ってくる。

「ひとつ、お願いがありまして」

「……お願い、ですか?」

ぼくは、鸚鵡返しに訊ねた。

「ええ。ナタルはまだ、次の絵に描く題材が決まっていないのですよね。幽霊塔はあの事件があってやめてしまいましたし」

「ええ。ですから、また明日あたりから、街を回ってみようかと」

「その必要はありませんわ」

サラスはぼくの目の前で立ち止まった。潤みを帯びた大きな目で、じっとこちらを見上げている。ぼくは気が付くと、彼女の容貌に魅入られてしまっていた。

「なにか描いてほしいものでもあるのですか?」

ようやく我に返ったぼくは、思い出したように訊ねた。

「ええ」サラスは快活に返事をして、続けた。「明日からこの部屋に通って、私のことを描いてほしいのです。本当は裸体画《ヌード》にしたいのですが……それはナナがダメだといっていますので、服を着たままでも構わないかしら?」

その申し出は、ぼくにとって予期しないものだった。

たしかに数日前、サラスはぼくに向かって、自分の裸体画《ヌード》を描かせたいといっていた。ぼくはその言葉を、ときどき彼女が口にする気まぐれのひとつにすぎないだろうと思い込んでいたのだ。

けれどもそのときの彼女の表情は、つい先ほどまでナナと戯れをいい合っていたのが信じられないほど、真剣なものだった。

9

N.V. 651

風景画

——このようにレムリア新王国では、文学や美術といった文化がほとんど実を結びませんでした。ほとんど唯一そういったところに関わっていたのが、N・V・《ニルヴァーナ》暦一二九年から一四九年にかけての第五王朝と呼ばれる時期です。特に、一四〇年代に王女の地位にあったサラス・レムリアは、マハーやオーストラフから名のある芸術家や作家を招き、社交会を開いていたといわれています。その中でもっとも重用されたのが、ナタル・アルタミラーノという、当時ほとんど無名だった青年画家でした。彼の作品は、現在一点だけが残されており、オーストラフ市立博物館に所蔵されています。展示されたときにはぜひご覧になってください。

　市立ΣΟΦΙΑ《ソフィア》ユニヴァーシティの附属施設である博物館に所属しているフィロワは、七日に一度大学にやってきて、九十分の講義を二コマ行っている。リョウは、そのうちの一コマ目に当たる文化史概論を受講していた。この日はちょうど、レムリア新王国の文化について説明をするという回に当たっていた。

　――しかしこのサラス王女も、N・V・《ニルヴァーナ》暦一四九年にレムリア新王国が滅亡し、忽然と歴史から姿を消したときに、亡くなったと考えられています。ただ、この詳細については、まだわかっていません。そもそも、レムリア新王国がなぜ突然滅びてしまったのか、その内実はいまだに明らかになっていないというのが現状なのです。……それでは、レムリアの絵画や文学については展示のときに改めて見て頂くことにして、まずはレムリアでもっとも重要な工芸品である、水晶について確認していきましょう。こちらは画像がたくさんありますから、それを見ながら説明していきたいと思います。

　講義の内容は、展示に向けて作ってきたキャプションや図録や、博物館で個人的にフィロワに聞いた話から、大きくはみ出すものではなかった。そのためリョウにとっては、それほど目新しい情報があったわけではない。それでもリョウは、フィロワの話を熱心にノートをとりながら聞いていた。しかし、レムリアの滅亡に話が及んだとき、ふと、ペンの動きを止めた。

　なぜ、レムリア新王国は滅びなくてはいけなかったのか。

　これは、ヴィクトリア座の座付作者であるユーリ・ベロワからも向けられた問いかけだった。

　たとえば旧人類の発想であれば、独自の技術によって水晶を製造していたレムリアの富を欲したなんらかの勢力が、戦いを仕掛けて占領したということもあったかもしれない。

けれども、N《ニル》・V《ヴァーナ》・暦は、旧人類の大半が世界的な天候不順の継続に伴う食糧難によって次々と餓死し、わずかに生き残った人間たちが、それまでの国籍や人種、民族に関係なく、マハーをはじめとして世界に点在する都市国家に集住するようになったときにはじまっている。N《ニル》・V《ヴァーナ》・暦がはじまって以降、新人類とみずからを呼ぶようになった人々は、都市国家間での争いはお互いだけでなく人類を滅亡に導くだけだと考えるようになり、ともに共存して人類という種そのものを維持することに力を注ぐようになった。N《ニル》・V《ヴァーナ》・暦一四九年といえば、全世界の人口がようやく三五〇万人程度まで回復し、ちょうどマハーから溢れた人々が北部大陸に新興都市オーストラフ市を建設した直前の時期に当たる。したがって、N《ニル》・V《ヴァーナ》・暦以降の人類において、ある都市国家が滅亡するということ自体、きわめて稀なことなのだ。

ひとつ可能性があるとすれば、レムリア国内での食糧事情が悪くなり、都市そのものを放棄したというケースだろうか。N《ニル》・V《ヴァーナ》・暦二〇〇年頃までは、低温が続いて食料の入手が困難になることも、少なくなかった。

けれどもその場合であれば、レムリア国民は他都市に移住することになったはずである。だから、レムリア滅亡についての記録がまったく残っていないというのはおかしい。

したがって、都市国家の滅亡に関する資料が残っていないということは、そこに住んでいた人々が死滅したことを意味している可能性が高いのだ。

リョウはそこまで考えて、ようやく我に返った。

——この画像にある水晶の断面を見てください。非常に細い筋が無数にあり、縞模様になっていますね。この模様は、数値や文字に置き換えられる識別子になっていると考えられています。現在、この読解は過去から引き継ぐことができなかった技術《テクノロジー》となってしまっていますが、科学的な調査によって解析が試みられており、その復興が目指されています。

気が付くと、講義はだいぶ進んでしまっていたらしい。リョウは慌てて、黒板に残された板書を、ノートに写し取りはじめた。


講義が終わると、リョウはそのまま大学の正門へと向かった。前の日にヴィーナが昼食を一緒に食べたいといいだしたので、待ち合わせをしていたのだ。

リョウが門のところに着くと、ヴィーナがしゃがみ込んでいた。

「……どうかしたの?」

リョウが訊ねた。するとヴィーナは、

「シッ! 静かにして」と、囁き声だけをリョウに向けた。

リョウはヴィーナに背後から近づき、彼女の視線が向いている植木の中を覗き込んだ。そこには、灰色の毛を持ち、掌よりもふた回りほど大きいサイズの仔猫が隠れていた。じっとヴィーナのほうをみつめ返している。

そういえば一カ月ほど前に、大学に棲み着いている野良猫が子どもを産んだということが、女子学生たちのあいだで噂になっていた。おそらくそのなかの一匹だろう。

「拾っていったらダメかなあ……ヴィクトリアなら、飼うのを許してくれる気がするんだけど」

ヴィーナはうーんと唸っている。

「寮って動物禁止じゃなかったっけ?」

リョウが淡々というと、ヴィーナは、

「そうなんだよね。ヴィクトリアが女優を拾って来るのはオッケーなのに、あたしたちが猫を拾って帰るのはダメって、おかしくない?」と、不満そうに眉間に皺を寄せて、口をへの字に曲げた。本当に彼女は、ころころと表情がよく変わる。

「いや、女優と猫とを一緒にしたらまずいでしょ」

「ええっ、ひどーい。生き物を差別するなんて!」

ヴィーナは演技がかった口調で大げさにいうと、

「ここはやはり罰として、リョウにお持ち帰りしてもらわないといけないわ、この子を！」と、力強くいい切った。

「……無茶いわないでよ」

「だって、この子をお持ち帰りすればもれなく、あたしが毎日博物館まで猫瓶を持っていってあげるという特典が付くんだよ！」

「猫瓶って、なに？」

「ああ、最近、瓶詰めで売られている猫のごはんが流行ってるの。人間でも食べられるくらい美味しいんだって」

「食べる気？」

「気になるじゃない。人間でも食べられる猫のごはんがどんな味かって！」

ヴィーナはすっかり気分が昂揚しているらしく、大きな声で説明をはじめた。けれども、それが仔猫を驚かせてしまったらしい。仔猫は目を見開くと、するりと体の向きを変えて、リョウとヴィーナがいるのとは反対側の大学の構内のほうに逃げていってしまった。

ヴィーナは「あっ！」と小さく声をあげてから、

「あーん……せめて、ちょっと触りたかった」と、がっくり肩を落とした。

「たぶんあっちのほうに、母猫がいるんだよ。よく女子学生が、母親のほうに餌をあげているみたいだから、大丈夫じゃないかな」

「そんな……ずるい！　今度あたしもあげる!!」

ヴィーナはしゃがみ込んだままの姿勢で顔だけをリョウに向け、きっぱりと宣言した。彼女はときどきこうして、やたらと子どもっぽい言動をとることが少なくない。そのたびにリョウは、少し我が儘な娘を持った父親というのはこういう気持ちなのだろうかと思うのだった。

ふたりは、五分ほど歩いたところにあるカフェに向かった。

値段が良心的なわりには味が良く、大学から近いため、昼食時には学生が集まっていることが少なくない。この日も、店内はリョウやヴィーナと同じくらいの年代の若者たちで賑わっていた。そのためふたりは、六人がけの大きなテーブルの端に向かい合うようにして、ようやく席を確保することができた。

トウモロコシの粉を鍋の中で練り上げてお粥状にしたポレンタ、バッカラという塩漬けにした干鱈を塩抜きしてトマトソースで煮込んだものが、大きな皿に乗っている。それを小皿に取り分けて混ぜるようにして口に運ぶと、塩気とニンニクの香りが効いたソースの味に続いて、トウモロコシの香りが口の中にふわりと広がる。これに、セットでついてくるベーコンと野菜のスープがあれば、十分に一回の食事になる。

食事をはじめてしばらく経つと、

「ごめんなさい。こちら、よろしいかしら？」と、頭の上から女性の声が聞こえてきた。

おそらく、六人席の空いているところを、相席で使いたいというのだろう。

リョウは顔をあげ、

「空いていますよ、どうぞ」と、声をかけた。

視線の先には、二十代後半くらいの女性が立っていた。背が高く、赤い髪を長く伸ばしている。ぱっちりとした目に、濃い化粧《メイク》、すらりと高い鼻。一見、華奢なようでいて、白いワンピースから露出した肩から二の腕にかけては、競技《スポーツ》かなにかをやっているのではないかと推察されるような筋肉がしっかりと付いている。その向こうに、背が高く、モデルのように整った顔立ちをした男性と、白いブラウスに、ふわふわしたピンク色のスカートを穿いた少女が立っている。けれども、夫婦と娘にしては、子どもの年齢が高すぎるように見える。

その女性に、リョウはどこか見覚えがあった。けれども、彼女が誰なのか、どこで会った人なのかを、なかなか思い出すことができなかった。

「おや？　あんたたち……」

女性のほうでも、リョウのことを覚えているらしい。片方の眉をピクリと動かし、じっとこちらを覗き込んでいる。

すると、

「……アルビルダ!?」と、ヴィーナが先に声をあげた。

ヴィーナは食事の手を止めていきなり席を立つと、じっと睨み付けるように女を見た。アルビルダと呼ばれた女は、

「そんなに邪険にしないでおくれよ。ヴィーナ・ヘルツェンバイン」と、妖艶な笑みを浮かべて、続けた。「なんだい、ヴィクトリア座の首席舞姫候補《テンツェリン》にまで出世したっていうから、てっきり自由の身なのかと思ったら。結局、この坊やの愛人になったのかい？」

「違うわ。あたしは友だちとして、リョウと一緒にいるだけ」

「ふうん、友だちねえ」

アルビルダは流すようにリョウを見た。その表情を見て、ようやくリョウは思い出すことができた。

この女は、リョウが初めてヴィーナと出会ったあの競売会《オークション》で、会場を取り仕切っていた空賊だ。つまり、後ろにいる若い男と少女は、彼女の配下ということだろうか。

「ま、まあ……みなさん。そんなふうに睨み合っていたら、せっかくの食事が美味しくなくなってしまいますよ」

アルビルダの背後に立っていた若い男が、宥めるようにいった。ラヂヲでＤＪでもしているのではないかと思えるほど滑舌が良く、甘い声をしている。

するとヴィーナは、

「エルランドは相変わらずね。あなたとマティだけなら、ここの席に坐ってもいいわ」と、腕組みをしながらどっかりと席に腰を下ろした。マティというのが、少女の名前なのだろう。

するとマティは、

「じゃあ、失礼しまーす」と、当たり前のようにさっさと席に坐ってしまった。その直後、アルビルダの堅く握った拳が彼女の頭をめがけて飛び、ゴツンと良い響きの音を立てた。

「痛《い》ったぁ！　……ひどいですよぉ、アルビルダさま」

マティは坐ったまま、涙目でアルビルダを見上げている。

「お言葉に甘えるんじゃないっ！　子どもじゃないんだから」

アルビルダは周囲の客の視線も気に留めることなく、声を荒らげた。

「だって、今をときめくヴィーナ・ヘルツェンバインさんからのお誘いですよ。もったいないじゃないですか」

「アンタは二年前に何度も会っているでしょうが！」

「じゃあ、せめてサインだけでも……」

マティが潤みを帯びた目で見上げると、アルビルダは、

「まったく、ミーハーなんだから……」頭を抱えた。

その様子にヴィーナは、

「いいわよ。だって、マティには恩があるもの。そこのオバサンはダメだけどね」といって、ニヤリと笑う。

「おっ……オバサン⁉」

アルビルダは目許をヒクヒクと動かし、顔を引き攣らせた。ヴィーナは勝ち誇ったような表情で、続けた。

「だって事実でしょ？」

「アタシはまだ二十六だよ！」

「そうやって怒ってばかりいるから、目尻に皺ができるんだわ。ほらあ、スマイル、スマイル」

「ムカつく……ちょっと人気女優になったからっ

て、ホントこの娘ムカツクっ！　この恩知らずっ!!　食事もできずに坐り込んで死にかけていたあんたを拾って食事をさせてあげたのは、誰だと思ってるんだい!?」

「拾ってくれたのがエルランドで、食事の世話をしてくれたのはマティよ。あなたはあたしを売り飛ばそうとしただけじゃない！」

「アンタを預かっているあいだの金はアタシが出したんだよ！　それに、そのおかげでヴィクトリアに拾ってもらって、こうして愛人ができたんだろうが」

「愛人じゃないっていってるでしょ！　あたし、リョウとはセックスどころか、キスだってしてないもん！」

「ちょっと……ヴィーナ、ここじゃまずいって！」

リョウの声は、自然と裏返っていた。

いくら学生街にあるカフェとはいえ、タブロイド紙の記者が混ざっていないとも限らない。こんなやりとりを三面記事にでもされてしまったら、女優としては致命傷になりかねないのだ。

けれども、ヴィーナとアルビルダとの子どものようなやりとりは、その後たっぷり五分近くも続くことになった。さらにアルビルダは結局、同じテーブルで食事をすることになったため、リョウはほとんど昼食の味を感じることができなかった。

「ふふふ……それは災難だったわね」

その日の午後、博物館の修繕室で昼休みに起きた出来事の顛末を聞かせると、リナは声を殺すようにして笑っていた。

「まさかあんなところで、空賊に会うとは思わなかったですよ」

リョウは腕組みをして、背凭れで体を後ろに逸らすようにして天井を仰いだ。

「どんなに世界で二番目に大きな都市だとはいっても、オーストラフの人口は八〇万人でしかないもの。街ですれ違うことだってあるわ。それに、空賊だって普段は、私たちと変わらない生活を送っているのよ。食事だってするし、買い物にだって行く。表向きにはお店を開いたりしていることもあるから、なにかの機会でもなければ空賊だということ自体がわからないこともある。もしかしたら、私だって空賊のひとりかもしれない」

「リナさんはそういうふうには見えませんが……」

「あら、わからないわよ」

リナは右手の親指と人差し指だけをピンと伸ばして、リョウのほうにその先を向けた。そのまま「バーン」と声に出して、銃を撃つ真似をして見せた。

彼女がこうした戯れをするのは珍しい。それも、午前中に仕事をひとつ終えて、機嫌が良いからだろうか。

リョウの前には、一枚の油絵が画架《イーゼル》に立てかけられていた。先日から、ずっとリナが修復をしていたものだ。

「どうかしら、なかなかのものでしょう?」

リナは深い声でいって、少しだけ誇らしそうに胸を張った。

リョウは椅子から立ち上がると、腰を曲げ、両手を膝について絵を覗き込んだ。全体に黒く色褪せていた風景画は、鮮やかな色彩を取り戻していた。これは、絵の具を固着したあと、剥げていた部分を補彩したものだという。

「画布《キャンバス》が酸化していたから、裏打ちで補強して、木枠も新しくしてあるの。これで、少なくとも数十年は保存できるはずよ」

頭上からリナの声が聞こえてくる。その説明に、リョウはただ感心するばかりだった。

高台から街を見下ろした風景画である。石造りの建物が無数に軒を連ねたその先に、巨大な壁が高く聳えている。それは街全体を取り囲むように長く続き、上空の視界を塞いでいた。リョウにはそれが、非常にレヴェルの高い作品であることが、すぐに見て取れた。

しかしどこか、違和感がある。その違和感がなにに由来しているのか、リョウにはわからなかった。

そのためリョウはじっと絵に見入っていたが、しばらくして、

「……レムリアですか？」と、呟くように訊ねた。

リナは「ええ、正解。はい、これ」と短く返事をして、紙の束をリョウに手渡した。

「なんですか？」

リョウは訊きながら、渡された画像をパラパラと眺めた。

「修復をはじめる前に、赤外線、紫外線、X線を使って撮影したものを印刷したの」

リナによると、こうした撮影は絵画を修復する過程で、必ず行われるものだという。X線では絵の具の層やキャンパスの木枠の構造について調べることができ、紫外線では作品に後から手が加えられていないかを見分けることができる。そして赤外線は、絵の具の下に残された下書きやデッサンの跡を再現することができるのだという。

「七枚目の紙にある、赤外線撮影の拡大画像を見てちょうだい」

リョウは素早く紙を捲った。そこには、絵の右下の部分が写っており、「Natal」というサインがあった。

「ナタル・アルタミラーノ!?」

「ええ。表面が汚れていてサインが見えなくなってしまっていたのだけれど」

「じゃあこれが、フィロワ先生が大学の講義でいっていた絵なんですね」

「そうね。レムリアの南側にあった商業地域を描いたもので間違いないわ。ちょうどリョウ君が翻訳してくれた手記に書かれていた、ナタル・アルタミラーノが王室画家になってから最初に描いたという作品だと思う」

「そういえば、南の街の風景画と、女王の肖像画

とを献上したと書いてありましたね」

リョウはいいながら、先日、フィロワがいっていたことを思い出していた。融合型博物学。科学的な調査と文献資料の調査とを合わせることによって、歴史的な遺品に関するより正確な情報を作り上げていくというものだ。

「なるほど。それで僕は、あの手記を翻訳することになったんですね」

リョウは独り言のように呟きながら、唸った。表向きは冷静な態度を装っていたが、内心では胸が高鳴っていた。文字で書かれた記録を読むことが、科学的な調査による結果よりも詳細に、過去の事実を明らかにすることがある。フィロワがいっていたその状況を、まさに自分は今、体験しているのだ。

そのとき、それまで柔和な表情をしていたリナが、不意に真剣な顔つきになった。心持ち目を細めて、じっと絵の一点を凝視している。やがて、

「ここを見てくれる?」と、声だけをリョウに向けた。

街を南北に突き抜けるように作られた大きな通りの真ん中に、ひとりの少女が描かれている。赤い帽子をかぶり、エメラルドグリーンのワンピースを身に付けている。

「これがどうかしましたか?」

リョウが訊ねた。

リナは、さきほどリョウに手渡した画像を紙にコピーしたものを手に取って、説明をはじめた。

「微妙な違いだからぱっと見ただけではわからないのだけれど、その女の子のところだけが、少し変に盛り上がっているの。それで、紫外線だけでは不安だったから、光を側面から当てて絵の具の盛り上がりを見る斜光調査と、溶剤を使った分析も行ってみたら、面白い結果が出たのよ。さっき渡した紙の、八枚目と、十二枚目から十四枚目までを見てくれる?」

「は、はい!」

リョウは慌てて、先ほど渡された紙を捲った。

「八枚目は、女の子の部分を拡大した赤外線画像。なにか気が付かない？」

「……あっ」リョウは小さく声をあげてから、「ここだけ下書きがないんですね」と、続けた。

「ええ、そう。その上で十二枚目からの画像を見てほしいのね。十二枚目が斜光調査。ここだけちょっと、凹凸が強調されているのがわかるでしょう？」

リョウが画像を見ると、肉眼で見たのとは別物のような色彩になっている。絵の具が重なっているところははっきりと色が出て、そうではない部分は黒い影のようになっているのだ。そのため、道に描かれた少女が、黒い影に縁取られているように見える。

「こんなにはっきり出るんですね」

「そうね。それから、十三枚目が紫外線撮影したもの、十四枚目が溶剤で分析した結果なんだけれど、明らかにその女の子は後から補うかたちで描かれている。でも、溶剤による分析では、使われた絵の具は、オリジナルのものと完全に同じものだとわかるわ。つまり、後世になってから誰か別の人が描き足したものではなくて、ナタル・アルタミラーノが、自分自身であとから補ったものだという可能性が高いということになるわね」

「すごいですね、そんなことまでわかるんですか」

リョウは思わず目を見開いた。

絵画の科学的調査にさまざまな方法があることについては、大学の博物館概論の講義で聞いていた。けれども、そこでのデータを追いかけていくことで、たった一枚の絵からこれほど多くの情報が得られるというのは、耳で聞いて理解していた知識をはるかに超えていた。

「これを見ていると、今度、レムリアの遺跡に行ってみたくなります」

リョウは素直な感想を口にした。リナは、

「いいわね。今度、行ってみましょうか」と返事をして、かたわらのテーブルに置かれていたカップを口につけた。中にはコーヒーが入っていたが、もうすっかり冷めてしまっているかもしれない。

「ヴィーナにそれをいったら、今からすぐに行きたいと暴れ出しそうです」

リナは「ふふふ……」と声を出さずに笑い、「それに、あの子が興味を持ちそうな話題がもうひとつあるしね」と、いった。

「もうひとつ?」

「ええ。さっき渡したもののいちばん最後にある拡大画像を見てくれる?」

「あ、はい」

リョウは慌てて、紙の束をめくった。

それは、斜光調査の拡大画像で、描かれた少女の胸元が映し出されている。肉眼で見るとあまりに小さくてわかりにくいが、その少女が首からネックレスを提げており、それに緑色の小さな宝石らしいものが描かれていた。

「エメラルドか翡翠でしょうか? でも、レムリアは水晶で有名ですよね?」

リョウは画像に視線を落としたまま、リナに訊ねた。

「あら、リョウ君は宝石ってあまり詳しくない?」

「……すみません」

「謝ることないわよ。でも、良い線はいっていると思う。紫水晶《アメジスト》を熱で変色させて緑色にすることもできるのだけれど、天然で緑色の水晶が採れることがあるの。緑水晶《プラシオライト》と呼ばれているわ。たぶん、そのどちらかだと思う」

「なるほど……もし天然だとすると、かなり珍しいということですね」

「ええ。それでね、たとえばキリスト教なら、紫水晶は男性の宗教的献身の象徴なのだけれど、レムリアの宗教――レムリアンでは、まったく別の意味があるわ。リョウ君が翻訳していた手記のなかで、クマリという言葉が出てきた場所はなかった?」

リナの言葉に、リョウは記憶の糸を辿った。しばらくしてリョウは、「あっ！」と声を出した。

「サラス王女が北の街の教会で、そう呼ばれていました！」

「……そう。クマリというのは、女神が人間の体を借りて現世に生まれ落ちてきた者のことなの。旧人類の南アジア地域では、クマリになるための条件として、金細工の家から出さなくてはならなかったり、血を流したことがなかったり、すべての歯が生えそろっていたりといったものがたくさんあったのだけれど、レムリアンではかなりそれが緩和されていたわ。それで、ここに描かれている緑水晶《プラシオライト》は、レムリアンのクマリと王族だけが身につけることを許されていたものなの。つまり——」

「ここに描かれているのは、サラス王女なんですね!?」

リョウは思わず、大きな声を出した。

リナは小さく頷いて、続けた。

「なぜ、ナタル・アルタミラーノは、ここにサラス王女を描き足さなければならなかったのか。ちょっと気になるわよね。もちろん、絵の完成度を高めるためだったという可能性もあるかもしれない。でも、ここに彼女が描かれたことで、絵の焦点が風景から彼女に当たってしまうようになった。そのことで、明らかに絵のバランスが崩れているの。だから、なにかここにサラス王女を描かなくてはならない理由があったと考えるのが、自然じゃないかしら」

10

N.V. 148

水晶宮

ぼくがスケッチをしているあいだ、サラス王女は椅子に坐ったまま微動だにしなかった。いつも忙しなく動き回っている彼女を知っているぼくにとって、その様子は少し意外に思えた。そのせいか、鉛筆で描く腕や脚、表情の習作《エチュード》は、どちらかというと動きのあるものになっていた。モデルをよく知っていればいるほど、そこから受け取った内面的な部分というのは、どうしても絵に反映されてしまうものだ。

「画布《キャンバス》に木炭で描くというわけではないのですね」

サラスは十枚近く描いた習作《エチュード》を並べて見ながら、感心したように鼻を鳴らした。


「同じ油絵でも、描き方は人によってぜんぜん違いますから」

「そうなんですか？」

「ええ」

ぼくは簡単に、その違いを説明した。全体のスケッチを一枚描いてそれを画布《キャンバス》にデッサンする人もいれば、モデルを目の前に置いてそのままデッサンしてしまう人もいる。けれども、ぼくは今回、サラスの体をできるだけ細かく分割してスケッチし、その上で最後に全体をデッサンしていく方法を採ることにした。人物画は静物画や風景画と違って、誤魔化しがきかない。だからスケッチの段階では、できるだけ正確に体の構造を捉えていかなくてはならない。

けれどもそれ以上に、サラスの肖像画では、ぼくの目に映ったものをできるだけそのまま画布《キャンバス》に落とし込んでいくということをしてみたかった。そのためには、サラスの体のひとつひとつをできるだけ長く見て、そこからぼくが見いだした彼女の真実を切り取っていかなくてはいけない。

ぼくは彼女の部屋へと通い、輪郭、骨の形、肌の感触、毛の生え方、目の奥の光彩にいたるまで、体の細部を隈無く写し取った。それはいわば、裸体になった彼女の全体像を写し取ること以上に、彼女を丸裸にする作業でもある。

「最初にデッサンをしていた頃はあまり気にしていなかったのですが、ここまでこと細かに見られていると、なんだかどんどん恥ずかしさが出てきますね」と、しばらく経ってからサラスがわずかに頰を赧《あか》らめていたというのは、ぼくのそういう思いが伝わっていたからかもしれない。

絵を描きはじめてからというもの、サラスの体調は比較的落ち着いているように見えた。ときどき、熱を出したりすることがないわけではない。けれどもサラスは寝込んだりすることなく、ぼくのスケッチに付き合い続けた。だからぼくは、きっとサラスの症状は、それほど重いものではないのだろうと思っていた。

ある日サラスは、今日はスケッチを休みにしたいといい出した。理由を聞いてみると、幽霊塔で殺害されたマルグリット・フロストが、リウ・ミンファが経営している上海異人娼館《チャイナ・ドール》で働きはじめる以前は西の街に住んでおり、そこで働いていたらしいという情報が、王室警備隊保安室から入ってきたということだった。

その発言は、ぼくにとって意外なものだった。ここ数日、サラスはずっと、ぼくのモデルになっていた。そのあいだ、幽霊塔の事件のことは、ほとんど口にしなかった。だからぼくは、もしかするとサラスは、もう事件に対する興味を失ってしまったのかもしれないと思っていたのだ。

けれども、あとで使用人《メイド》のナナから聞いた話によると、サラスはナナに頼んで、ずっと事件についての情報を集めてもらっていたらしい。ぼくに事件についての話をしなくなったのは、絵を描くことを邪魔したくないというサラスの配慮によるものだった。ぼくはてっきり、サラスのことを気まぐれなお嬢様だと思っていた。けれども、どうやらその見方は改めなくてはいけないようだ。

　サラスの体調を考慮して、ぼくたちは馬車で西の街に入るための入口に当たる門へと向かった。

　考えてみれば、ぼくがレムリアに移り住んでからというもの、ここに足を踏み入れるのは初めてのことだった。というのも、西の街で伝えられている水晶の製造技術がレムリアの外部に漏れないよう、街に入るためには許可を取って、この門を通らなくてはならない。レムリアの国全体が高い城壁で覆われているのは、この門以外から西の街に人が出入りすることを防ぐためなのだ。

　だから本来であれば、西の街はぼくのような余所者が入ることができるような場所ではないらしい。それにもかかわらずすんなりと門を潜ることができたのは、ひとえにサラスのおかげだった。

　西の街に足を踏み入れた瞬間、ぼくはその異様な風景に目を奪われた。街のいちばん奥に巨大な大型機械《プラント》が建っていて、そこからもくもくと蒸気が漏れ出している。おそらく、そこで発電された電気が、街全体に電力を供給しているのだろう。街路に立っているのは瓦斯燈や、琥珀との化学反応を使った水銀燈ではない。夜になれば煌々と輝くであろう電燈である。

　ずらりと並んだ水晶の加工工場のいくつかは、窓が開け放たれていた。そこから中で使われている機械を、いくつか覗き見ることができた。その光景は、小学校《エレメンタリー・スクール》に通っていたときに見た、旧人類が建てたという工場の写真を連想させた。

　レムリアンシードと呼ばれるここで生産される水晶の特徴は、丸みが均一で、光沢が美しいことだ。そして切断される場合、その面には独特の筋が彫られている。

他の国で銅器や鉄器を使って加工される水晶は、どうしても大きさにムラができる。また、焼きを入れた釘を貫通させて穴を開けるため、その周りにはどうしても罅《ひび》割れができる。けれどもレムリアの水晶には、その罅がない。だから、ただでさえ美しく光る水晶が、いっそう輝きを増しているように見える。そのためレムリアの水晶は、他の国で生産される水晶よりも、二桁ほど大きい値段で取引されている。

ぼくはじっと工場の中を覗き込んだ。ものすごい速さで回る旋盤の上に、砂のようなものをまぶしている。この砂に、なにか秘密があるのかもしれない。

もしかするとこのレムリアという都市国家は、旧人類が死滅していく中で次々と失われていったはずの古代科学技術《ロスト・テクノロジー》のいくつかを、引き継いでいるのではないだろうか。ぼくはふと、そんなことを考えた。

もしそうであるなら、他の国ではけっして生産することのできない加工品が作られており、この国が他の都市国家とは比べものにならないほど経済的に栄えているということにも、納得することができる。

「すごいですね……」

ぼくは素直な感想を、漏らすように声に出した。

けれどもサラスは、その言葉に返事をしなかった。

「早く行きましょう」と、起伏のない声でいうと、ぼくを置いてすたすたと歩きはじめた。

そのときの彼女の様子は、以前、北の街にある教会を訪れたときのものに、非常によく似ているように思えた。

住人の多くが働いている時間であるためか、通りにはほとんど人の姿がなかった。ときおりすれ違う人は、顔全体を布で覆い、目だけを出している。そして頭からすっぽりと、大きな布のような服をかぶっている。だからぼくたちは、レムリアの街でいつも人どうしがすれ違うときに行われる舌を出す挨拶をする必要がなかった。

サラスによれば、これがレムリア本来の服装であるということだった。現在では女性が外出するとき、帽子をかぶって髪を隠したり、二の腕が露出しないようにしたりという程度になっている。しかしこれは、新王国になってから律法を緩めたものらしい。本来は男女を問わず、目以外の部分をすべて布で覆わなくてはいけなかったのだという。

「西の街では、他の街よりも古い習慣が多く残っているということですか?」

ぼくはサラスに訊ねた。サラスは小さく頷いてから、

「この街の様子は、けっして絵に残してはいけませんよ。もしそんなことをしたら、わたしでもナタルを護ることができなくなってしまうかもしれませんから」と、念を押すようにいった。

ぼくとサラスが向かったのは、西の街の中心部にある大きな建物だった。

その建物は、全体が赤く塗られており、屋根は上

のほうに向かうにしたがってしだいに細くなる塔状の構造を持っている。まるで寺院のようにも見えるそれは、水晶宮と呼ばれているそうだ。というのも、これは街に二百軒以上もある水晶加工工場の関係者たちが作っている協会《ギルド》の建物なのだ。

中に入ると、全体としてはレムリアの他の建築物と同じように、石が剥き出しになった質素な作りになっていた。正面には髑髏の形をした精緻な水晶製の彫像が飾られており、入口から差し入る太陽の光を浴びて虹色に輝いている。また、左右には硝子製の陳列棚があった。なかには水晶で作られた数多くの工芸品が並べられている。ぼくたちはそれらを脇目に、正面にある受付に向かった。

受付にいた男性に案内されたのは、三階にある天井から電燈が吊り下がった小さな部屋だった。窓はない。中央にテーブルが置かれており、向かい合うようにして四人が坐れるようになっている。テーブルと壁とのあいだは、やっと人がひとり通れるくら

いの幅しかない。扉もけっして大きくないから、テーブルと椅子とをどうやって室中に入れたのか、ぼくには不思議に思えた。もしかするとバラバラに部品を持ち込んで、中で組み立てたのかもしれない。

五分ほど待っていると、ひとりの人物がやってきた。街を歩いていた他の人たちと同じように、頭から大きな布をすっぽりとかぶっている。さらに、一枚布をマントのように纏って体を覆っているため、ぱっと見ただけでは女性なのか男性なのかもわからない。背格好からなんとか、女性なのだろうと推察することができる。

その女性は入口のところにやってくると、サラスに向かって左右の手を動かし、手話で話しはじめた。サラスもそれに応じている。やがて女性はサラスの足下に跪き、頭を前に差し出すようにして頭を垂れた。サラスはその頭に右の掌を翳すようにして、ぼそぼそとなにかを呟いていた。

レムリア古来の生活を守り続けている西の街では、クマリとされているサラスが、いまだに特別な存在として扱われているらしい。もしかすると、このまま彼女とは手話で話をしなくてはいけないのだろうか。そう思っていたところ、サラスはその女性を室内に誘い、椅子に坐らせた。そのまま静かに扉を閉ざし、

「どうぞ、楽にしてください」と、いった。

女性はおもむろに、頭を覆っていた布を取り外した。そして、

「ありがとうございます」と、深く頭を下げて礼をいった。

サラスによると、西の街に残る古くからの風習では、女性は人前で顔を見せてはいけないことになっている。そしてクマリに対しては、自分から人前で声をかけることも許されない。そのため言葉を使わず、手話によって話をする。けれどもこうして密室の中に入り、誰にも見られていないときに限って、クマリが許可をすれば会話をすることができるのだ

という。ぼくはそれを聞いてようやく、なぜぼくたちがこのように狭い部屋に通されたのかを理解することができた。

その女性の名は、ユスラといった。二年ほど前まで、幽霊塔で死体として発見されたマルグリット・フロストと、同じ職場で働いていたのだという。

「マルグリットはあの頃から、夜は娼館で働いていました」ぼくたちと向かい合うようにして坐ったユスラは、声が室外に漏れることを恐れているかのように、忙しなく視線を動かしながら小声で話した。「彼女は私と同じく臨時で雇われた職員でしたから」

ユスラによれば、レムリアの女性はこうして、臨時で雇われる仕事に就くことが少なくないらしい。

女性は結婚をして子どもを産むときに、どうしても仕事を休まなくてはならない。そのためレムリアの価値観では、女性を正規の職員として雇うことが、非効率的なものだと考えられているそうだ。臨時職員は給料も低いため、経営者にとっては、正規職員を雇うよりも人件費が圧縮できるという利点もあるのだという。

「私のように両親と暮らしていれば、臨時職員でも生活をしていくことができますが……正直なところ、あの頃のマルグリットのようにひとりで生活をしていくのは、別に仕事でもしなければかなり難しいと思います。それに、マルグリットはそんなに体が丈夫ではありませんでしたから」

サラスはユスラの話を、黙って聞いていた。いつになく表情が真剣なのは、王族として不自由のない生活をしている彼女にとって、ユスラの話はなにか思うところがあるからなのかもしれない。

「マルグリット・フロストが仕事を辞めたあとも、連絡は取っていたんですか?」

ぼくは、ユスラの目をじっとみつめながら訊ねた。

「はい。しばらくのあいだは、やりとりをしていました。この協会《ギルド》では同じ部署にいて席も近かったので、仲が良かったんです」

「つまり、最近は会ったりすることがなかったということですね?」

「彼女がここでの仕事を辞めてから、最初の半年くらいで関係は切れてしまいました。彼女と一緒にこの街にやってきて、一緒にここを辞めたナラとも、連絡がとれていません」

「もうひとりいたんですか?」

ナタルは念を押すように訊ねた。マルグリット・フロストの周辺で、そのような名前の人物の名前は見たことがなかった。

「はい。ナラという名前の、東北系民族出身の女性です。当時は、マルグリットと一緒に、夜の仕事に出ていました。けれどもその後、彼女がどうしているかは知りません」

ぼくは手帖を取り出し、ナラという女性の名前を書き記した。もしかしたら、マルグリットを殺した犯人について、なにか手がかりになるかもしれない。

するとようやくサラスが、

「その頃から、彼女たちは上海異人娼館《チャイナ・ドール》にいたのですか?」と、口を開いた。

「いいえ。あの店は、ほんの一年半ほど前にできた新しい場所です。あの頃は、別の店で働いていました」

「なるほど……」

つまりリウ・ミンファは、比較的最近、経営者になったということだろうか。娼館のほうは見ていないものの、それにしては図書館はずいぶんと古い建物だった。書架や置かれている本も、少なからず年季が入っていたように見えた。

「私がお話しできることは、これくらいです。そろそろ、仕事に戻ってよろしいでしょうか?」

ユスラはおずおずと、サラスの顔を盗み見るようにして訊ねた。

ぼくとサラスは顔を見合わせ、お互いに目配せをした。そしてサラスが、

「ありがとうございます。とても参考になりましたわ」と、にこやかな笑顔をユスラに向けた。

西の街を出たぼくたちは、その足で北の街に向かうことにした。

街の入口にある門で王室の馭者と落ち合い、ふたたび馬車に乗った。レムリア国内にある街と街とを結ぶ街道は石などによる舗装もなされておらず、土が剥き出しのままになっている。そのため、馬車はかなり激しく揺れており、油断をすると舌を噛んでしまいそうだった。

リウ・ミンファが経営する図書館のかたわらに馬車を駐め、ぼくたちはようやく外に出ることができた。少し胃のあたりがむかむかし、まだ少し体が揺れているような感覚があった。けれどもサラスは馴れたもので、平気な顔をして、建物のほうに向かって歩を進めている。

「やはり、マルグリット・フロストが殺されたときの目撃者がいないわけですから、これ以上ぼくたちのような素人が犯人捜しをするのは、難しいのではないでしょうか？」

慌ててサラスを追いかけ、ぼくは声をかけた。

サラスは立ち止まり、しばらくその場に立ち尽くしていた。

ぼくはてっきり、サラスがいつものように軽口を返してくると思っていた。けれども、しばらく経って振り向いた彼女は、ひどく哀しそうな表情をしていた。

「それはわかっています。でも私にとって、この事件はおそらく、なんとしても解決しなくてはいけないものなのです」

ぼくは先を歩く彼女の背中を目で追ったまま、言葉を返すことができなかった。

それまで、サラスがマルグリット・フロストの殺害事件に首を突っ込んでいることを、時間をもてあました姫君の遊戯くらいに思っていたのだ。けれども、どうやら道楽で探偵の真似事をしているわけではなかったらしい。ぼくはこのとき、初めてそのことに気が付いた。

……それでは、なぜサラスは、この事件にこれほどこだわっているのか。

この頃のぼくは、その理由を突き止めるだけの情報を持っていなかった。

今になって思えば、もしかするとそれはぼくが、サラス・レムリアという少女の本質をなにひとつ理解していなかったということなのかもしれない。

図書館の中に入ると、リウ・ミンファは不在らしかった。その代わりカウンターの中には、見慣れない女性が坐っていた。黒みがかった髪を巻き、頭の上で結んでいる。彫りが深い顔立ちで、その目つきはどこか、憂いを帯びているかのように見える。

ぼくがその女性に声をかけ兼ねていると、サラスが前に出て、

「こんにちは、ダリアさん」と、にこやかに声をかけた。

ダリアは坐ったままぺこりと小さく頭を垂れ、ほんのわずかに舌先を出した。

「サラスは知り合いなんですか⁉」

ぼくは思わず、声を張り上げた。

サラスによれば、以前この図書館にやってきてからというもの、ぼくが王城にいないときには、ひとりでよくこの図書館に通っているということだった。

それはマルグリット・フロスト殺害事件の調査のためというよりも、どちらかというと、純粋にこの図書館にある小説を読みたいがためらしい。そしてダリア・マイヤーは、ミンファが不在のときにいつもここで代わりに仕事をしており、サラスとはすっかり顔なじみなのだという。

その説明を聞いて、ぼくは、王族らしからぬサラスの行動力に唖然としていた。同時に、サラスは文学や芸術に対して本当に心から興味を持っているのだと、感心させられた。今まで年に一、二回しか訪れなかったという北の街に、そこに図書館があるという理由だけで、足繁く通うようになった。形のな

いものよりも形のあるものに価値を見いだすこのレムリアという国で、彼女はとても貴重な存在なのだ。

サラスは挨拶を済ませると、さっさとひとりで書庫に入ってしまった。そのため、ぼくとダリアだけが残されることになった。

館内には、他に人の姿はない。

耳の奥がキーンと締め付けられるような静寂の中、ぼくはダリアにどう話しかけたものかと、考え倦《あぐ》ねていた。

それは、ダリアのほうも同じだったらしい。本のカードをぱらぱらと整理しながら、ときおり手を止めては、ぼくのほうにちらちらと、様子を窺うような視線を送っている。そしてとうとう沈黙に堪えかねたらしく、

「ナタル・アルタミラーノさんですよね?」と、躊躇いがちに声をかけてきた。

「は、はい。そうですが」

急に声をかけられたため、ぼくはつい、どぎまぎしてしまう。

「サラス王女から、あなたのことはいろいろとお聞きしています」

「そうでしたか」

いったいぼくを、どんなふうに紹介しているのだろう。ぼくはさまざまに想像したけれど、それを口には出さなかった。

その様子を、ダリアのほうでも感じ取ったのだろうか。

「我が国のお姫様は、好奇心が旺盛でいらっしゃいますから。お付き合いするのも大変でしょう」と、作ったような笑顔をぼくに向けた。

ぼくたちのあいだには、ふたたび静寂の時間が訪れた。けれども、今度のそれは、あまり長くは続かなかった。

「あの……ナタルさんはまだ、ミンファがマルグリットさんを殺した犯人なのかもしれないと疑っていますか?」

ダリアの声は、ひどく落ち着いていた。言葉のひとつひとつを正確に発音するように、ゆっくりとぼくに訊ねる。その口調は、ぼくに訊ねているというよりも、もうリウ・ミンファのことを疑ってはいないという答えを引き出すよう、詰問しているようにも聞こえた。

ぼくはその剣幕に圧されたかのように、

「いえ、もう彼女のことは疑ってはいませんよ」

と、ほとんど反射的に返事をしていた。

「……そうですか」

ダリアは心底ほっとしたらしく、胸に手を当てて深く息を吐いた。そして、

「ミンファさんはけっして、人を殺めるようなことをする人ではありませんから。だって、私だけでなく、上海異人娼館《チャイナ・ドール》にいる人たちのほとんどは、彼女に救われたようなものなのです」と、目を輝かせた。その表情は、ある神を信仰している敬虔な信者が、みずからの信じる神について語っているときの様子を連想させた。ぼくはマハーの美術学校にいたとき、宗教画を描いていた女子学生が、似たような目つきをしているのを何度も見たことがあった。

「救われた?」

ぼくは眉を顰めて訊ねた。

「ええ、そうです。ミンファさんは……」

ダリアがいいかけたそのとき、書庫からサラスがどたどたと足音を立てて駆け出してきた。

「ねえ、ナタル。この小説を見てください! レムリアでは非常に珍しい、女性どうしの恋愛小説ですよ!! 焚書されたとばかり思っていたのですが、まさか、ここに残っているなんて!」

すっかり気分を昂揚させたサラスの甲高い声は、ダリアの言葉をかき消してしまった。そのためぼくは、なぜダリアがこれほどリウ・ミンファに心酔しているのかということについて、それ以上聞き出すことができなかった。

11

N.V. 651

緑水晶

標高が高いところに街が作られているせいか、マハーの朝は雨季の後半に入っても肌寒い。前の晩にフロントでもう一枚毛布を借りておけば良かったと後悔しながら、リョウはもぞもぞと体を動かして、顔の半分くらいまでベッドに潜り込んだ。けれども、いったん体が冷えてしまったせいか、もう一度眠りに就くことは難しかった。

枕元にある時計は、朝五時半を指していた。オーストラフとマハーとのあいだには二時間の時差があるから、いつもの感覚ならば七時半ということになる。けっして早い時間だというわけでもない。そう思い直して寝返りを打ち、リョウは隣のベッドに視線を向けた。

ヴィーナはまだ、眠っているようだった。まるで檻《ケージ》に入れられた赤ん坊のように、安心しきった寝顔が見える。朝が苦手な彼女のことだから、もうしばらく目を覚ますことはないだろう。

リョウは音を立てないように、ゆっくりと、大きく息を吐いた。肩を開くようにしてめいっぱい体を捻じ曲げると、全身の血のめぐりが良くなったらしい。頭がすっきりとして、いっそう目が冴えてきた。すると急に、昨日のヴィーナとのやりとりが思い出されてきた。

――どっか連れてけー!

ヴィーナが集合住宅《アパルトマン》の部屋に駆け込んできたのは、リョウが起きてすぐのことだった。

――今日から学校も博物館もお休みなんでしょ?だったら、お家でゴロゴロしているなんて、もったいないじゃない!

それが、彼女のいい分だった。

たしかに、通常の休日に巨蟹宮祭の祝日が重なったため、今日から四日間の連休になっている。佳境に入ってきたヴィクトリア座の稽古《プローベ》も、この期間は休みらしい。けれどもだからといって、なんの予定も立てていないのに突然出掛けるというのは、無謀というものではないだろうか。

リョウはそう考えたが、ヴィーナが一度いい出したらこちらのいうことを聞かない性格であることは、わかりきっている。それに、あと十日ほどでヴィクトリア座の休演期間が終わるから、それまでに休日を満喫したいというのだろう。その気持ちも理解できなくはない。

どこか行きたいところはあるのかとリョウが訊ねると、ヴィーナは待っていましたとばかりに、マハーが良いと答えた。マハーにある市立博物館が、王族が持っていたものだといわれているレムリア水晶《レムリアン・シード》を所蔵している。それを見れば、リョウが進めているナタル・アルタミラーノの手記の翻訳にも、参考になるのではないかという。それに、最大の都市であるマハーの図書館には、世界中から本が集まっている。ヴィーナは、それも見てみたいということだった。

結局、リョウはそれからわずか一時間後に、ヴィーナを飛行機の後部座席に乗せて空港に向かうことになった。自家用の軽量プロペラ機では四日間でオーストラフとマハーとを往復することはできないため、空港で大型の旅客機に乗り換えることにしたのだ。

――。

リョウはふたたび寝返りを打ち、ヴィーナに背を向けた。

しばらくすると、ヴィーナがもぞもぞと体を動かす音が聞こえてきた。そのまま、ベッドから抜け出した気配が伝わってくる。どうやら、トイレに向かったらしい。

リョウはふと、彼女のことを考えた。

あの競売会《オークション》で出会ってからというもの、ヴィーナとはまるで家族のように接している。あえていうなら、妹のような存在というべきだろうか。もしくは、親友といっても良いかもしれない。

おかげで、大学生になってせっかくひとり暮らしをはじめたにもかかわらず、そこで得られるはずだった生活はわずか一カ月あまりで吹き飛んでしまった。なにかにつけて、ヴィーナはリョウの部屋にやってくる。リョウがいないときに合い鍵で入って掃除をしていくこともあるから、下手に部屋を散らかしておくこともできない。大学の教室に潜り込んで昼食の誘いに来たり、博物館でアルバイトをしているときにふらりと現れたりするのは、日常茶飯事だ。

彼女はとても自由で、ヴィクトリア座の稽古《プローベ》や舞台があるとき以外は、ふらふらと気ままに過ごしているように見える。そんな彼女の振る舞いは、大学の構内で女子学生たちが餌やりをしている野良猫を

想起させる。

けれども、彼女に初めて出会ったときは、リョウがひとりで暮らしていく毎日から生じるいいようのない寂しさに襲われはじめていたときだった。だから それが紛れたという意味では、自分はヴィーナに感謝するべきなのかもしれない。

それにしても……と、リョウは思い直した。

こうしてヴィーナと過ごしていると、ときどきふと気になることがある。

リョウが彼女に出会う前、彼女はいったいどこで、どのように生きてきたのか。そのことについて、リョウはなにひとつ知らないのだ。ヴィーナのほうでも、自分から過去について話そうとしたことはない。

リョウはヴィーナに、あえて過去について問い質そうとは思わなかった。けれども、この疑問はときどきリョウの思考に入り込んでくる。おそらく今こうして頭を擡《もた》げてきたのは、昨晩このホテルの部屋でずっと話し込んでいたときに、考えはじめてしま

ったからだろう。

　そのとき、水洗トイレの水が流れる音に続いて、扉が開く音が聞こえてきた。ヴィーナが出てきたらしい。スリッパがパタパタと、床に敷かれたカーペットを叩いている。

　その直後、リョウがくるまっていた毛布がふわりと持ち上げられ、冷たい風が入ってきた。その中にヴィーナが滑りこむようにして入ってくる。彼女の肌の柔らかい感触と体温がリョウの背中に伝わり、石鹸の香りにも似た良い匂いが鼻腔を突いた。

「ヴィーナ!?」

　リョウは咄嗟に首を捻り、ヴィーナに顔を向けようとした。けれども、

「こっちのほうが、あったかいでしょ?」と、囁くような返事があり、それきり彼女に声をかけることができなくなってしまった。

　心臓の鼓動が高まり、体が火照りはじめる。そんなリョウをよそに、ヴィーナは五分も経たないうちに、ふたたび寝息を立てはじめた。

　リョウは結局、それから一睡もすることができなかった。


　遅い朝食を終えて、リョウとヴィーナはマハーの街に出た。

　マハーは人口二五〇〇万人におよぶ世界最大の都市国家である。旧人類の大半が死滅したあと、生き残った世界中の人々が種としての人類を維持するため、いちばん最初に集まって作られた街でもある。そのため都市とはいっても、N・V・《ニルヴァーナ》暦二〇〇〇年頃までは、粗末な長屋に多くの人々が身を寄せ合うように暮らしている地域が大半を占めていた。現在でも街の北側に巨大な貧困地区《ゴーラト》が点々と残っているのは、その名残である。経済的には、レムリアや、新興都市のオーストラフのほうが、圧倒的に豊かだったのだ。

　それでもここ百年ほどで、マハーは飛躍的な発展

を遂げた。中心部には商店が建ち並び、東側から南側にかけては工業地帯と住宅地とが広がっている。空には個人用飛行機が多く飛び交い、地上には自動車が走っている。オーストラフでは買えないような品物も、容易に手に入れることができる。

実家がマハーとオーストラフとのちょうど中間地点に当たる農村にあるため、リョウはこれまでにも何度かここを訪れたことがあった。けれどもこうして街を歩いていると、どこか居心地が悪いような気がする。

オーストラフでは、街全体にのんびりとした時間が流れており、人々が談笑しながら歩く姿がよく見られる。それに対してマハーは、すれ違う人がみな眉間に皺を寄せ、下を向いて足早に過ぎ去っていく。また、マハーは建物や道の舗装が全体的に無機質で、どこも同じような形をしている。彫刻や装飾でそれぞれの建物に個性を持たせようとするオーストラフの街並みとは、見た目の印象も大きく異なっている。

そんな周囲の風景を眺めていると、リョウはふと、フィロワが大学の講義で話していたことを思い出した。

――たしかにレムリアやマハーのようにどれも同じような建物にすれば、新しく建物の設計やデザインをする必要がありませんから、非常に効率的だと思います。資材についても、いつも同じものを手に入れれば良いわけですから。そしてたしかに当時の人類には、そうするより他に生き延びていくための術《すべ》がなかったのかもしれません。……けれども、そのような街や国家には哲学がない。文化がない。その中で技術だけをより高度なものにしようと追求していくと、人々はしだいに、そこに人間が住んでいるのだということを忘れてしまう。その技術は人間が使うんだということを忘れてしまう。技術さえより高度なものにできれば、技術を用いる人間が多少の不利益を被っても、そこを顧みなくなっていくのです。

これはレムリアの遺産について説明しているときに、ふと、話がレムリアの滅亡のことに向かったときに触れられたものだった。

フィロワはなおも、続けていった。

——哲学を伴わない技術は、必ず人間の身を滅ぼします。私たち人類は旧人類の大半が死滅したときにそのことを学び、人種や民族をめぐる意味のない紛争に明け暮れたかつての国家という虚妄の制度を破棄したはずでした。世界をひとつのまとまりとみなし、それぞれの都市国家がその都市の範囲のみで自治を行うようになったのです。その中でオーストラフは、より人間が人間らしく生きられる社会を求めました。それが、文化都市オーストラフの礎を築いたのです。しかし、レムリアはそうではなかった。私はそこに、レムリアが忽然と歴史から姿を消した要因のひとつがあったのではないかと思っています。

リョウにはこのときのフィロワの講義の内容が、ちょうど今の自分がマハーの街に対して抱いている心境と重なり合っているように思えた。単調な景色が続くマハーの街を歩いていると、ひどく疲労感が溜まる。無味乾燥な世界は、人間の心を陰鬱な気分にさせる。

もしかするとヴィーナのほうでも、リョウと似たような印象を、マハーの街に対して持っていたのかもしれない。

「あたしはやっぱり、マハーよりもオーストラフのほうが好きかなあ……」

ヴィーナはぽつりというと、周囲を歩く人々の速さに合わせるかのように、足早に歩を進めた。そのおかげで、ホテルから十分ほどで、マハーの市立博物館に着くことができた。


博物館の建物は、灰色の石を直方体に形作った、まるで巨大な墓石のような外観だった。

入口の重い扉を押し、入場券を買って中に入ると、異様なほどに静まり返っていた。それもそのはずで、リョウとヴィーナを除いた入場客の姿は、片手で数えられるほどしか見られなかったのだ。

展示は常設のもので、館内の収蔵品がガラスケースに並んでいる。けれども、展示品の名前が印字されたプレートが掲げられているばかりで、解説のひとつさえ添えられていない。また、宝飾や日用品など、展示されているものの種類や作られた地域、時代に関係なく、ただ雑然と並べられている。どういうコンセプトで入場客に見せようとしているのかが、まるで判然としない。

「こんなふうに展示をして良いんなら、リナさんやフィロワ先生も、もうちょっと楽ができるわよね……」

ヴィーナは、中を開かないで革で作られた表紙だけが見える状態になっている展示品の本を眺めながら、苦笑交じりに皮肉をいった。その声は静かな館内に思いのほか反響している。リョウははらはらして、

「ちょっと、聞こえるよ」と、ヴィーナを制した。

「そう？　別に良いじゃない。だって本を展示するのなら、せめて本文の重要なところと扉を撮影してパネルにしておかないと、どういうものだかわからないし」

「それはそうだけど……」

「これならお客さんがいないのも、ちょっと納得だわ」

ヴィーナはやれやれといった様子で、肩を竦《すく》めた。

「オーストラフは、学芸員だけでなく研究員も多いし、お客さんの目も厳しいからね。展示のやり方によっては、ものすごく批判されるから。ここは、人手や予算が足りないんじゃないかな。マハーは、こういうところにあまりお金をかける土地じゃないし」

「そうね。なんだか、レムリアみたい」

「ああ……ぼくの翻訳、読んだんだ」

「えっ？」ヴィーナはやや慌てたようにリョウに

顔を向けて、「……ごめん、勝手に見たらまずかったよね」と、自分の頭を軽く叩いた。

「あれならいいよ。さすがに、自分の日記とかだったら嫌だけれど」

「へぇ、つけてるんだ？」

ヴィーナは興味深そうにリョウの顔を覗き込み、ニヤリと笑った。リョウは慌てて、

「絶対見たらダメだからね！」と、念を押した。

「心配しないで。そういうのは見ないから。えっちな本とかが部屋にあったら、むしろあたしが見るけど……リョウの部屋ってそういうのないよね」

「探したの!?」

「今度、買ってきてあげようか？」

「……それは、ちょっと嫌かも」

「えーっ。全然ないっていうのは、それはそれで不健全だよ」

ヴィーナはなぜか、ひどく残念そうにいった。

ふたりはしばらく、小声で会話をしながら展示品を見て回った。旧人類の時代に制作された絵画や書籍など、ふたりが興味を惹かれる品物もいくつかはあった。けれどもその大半は、マハーの街ができた当時の生活で用いられた日用品だった。歴史的な価値はあるものだが、この六百年でそれほど大きく変化をしていないため、けっして目新しいものではなかった。

三十分ほど館内を回ると、ようやく目的の場所が近づいてきた。

そこだけが白い板で小さな部屋のように区切られており、特別展示室という扱いになっている。アーチ状に作られた入口のところには、「レムリアンシード」と書かれた小さなプレートが掲げられている。

「おお、すごい扱いですなー」

ヴィーナは茶化すように声をあげた。

「仕方ないよ。レムリア製の水晶のなかでも、特に貴重だといわれているものだし」

リョウはいいながら、オーストラフ市立博物館の

事業課にいる職員から聞いた話を思い出した。

事業課は、他の博物館や美術館とのあいだで行われる、展示に用いる収蔵品の貸し借りを専門とする部署である。その話によると、『レムリア王国の女神展』に向けてこの水晶をマハー市立博物館から借りようと交渉したところ、貸し出しの際に必要な保険の金額があまりにも高すぎたために断念したということだった。保険金が高いということは、それだけ貴重なものであり、万にひとつのことがあった場合にはそれだけの金額を支払わなくてはならないということだ。もし市場に出た場合には、やりとりされる金額はより高額になる。

ふたりは小声で話すこともせず、そっと特別展示室の中に入った。

右のほうにガラスが張られている。その向こう側は横幅二〇〇インチ、奥行き四〇インチほどの空間になっており、中央にはぽつりと小さな台が置かれている。その上に、掌よりもふた回りほど小さな緑《ブラ》水晶《シオライト》が飾られていた。

リョウは気が付くと、感嘆の吐息を漏らしていた。

透き通った淡い緑色をした水晶である。しかも先日リナから教えてもらったところによれば、レムリアの緑水晶《ブラシオライト》は熱加工によって人工的に作られたものではなく、天然で緑色を持った非常に珍しいものである可能性が高いのだという。上から当てられた光に静かに輝く様子は、レムリアが滅びたあともじっとこの世界と人々の心とを見守り続けてきたのではないかと思えるような、どこか宗教的な威厳を感じさせた。

すると、リョウよりもやや後ろのほうで水晶を眺めていたヴィーナが、不意に、静かに語りはじめた。

「レムリアの王族だけが持つことを許された緑水《ブラシオラ》晶《イト》は、持つ人の心を整え、意志を強くして、世界に繁栄をもたらすものとされていたわ。もちろんそれはただの言い伝え。緑水晶《ブラシオライト》には、それとはまったく違った意味があった。でもこうして見ると、たしかにそういう素朴な信仰心を呼び起こすものとしてみたほうが、レムリアにとっては良かったのかもしれない」

「……ヴィーナ?」

リョウは驚いて、振り返った。ヴィーナの言葉はあまりに淀みがなく、滔々と語り出されたのだ。見ると、ヴィーナは虚ろな目で、どこか遠くをみつめてでもいるかのようにぼんやりとしていた。

すると、ヴィーナがぼそぼそと、リョウが聞いたこともないような言葉を発した。

次の瞬間、展示されている緑水晶《ブラシオライト》の中央部分が、ぼうっと光を放ちはじめた。

その光は、しだいに強くなっていく。

それにしたがって、ヴィーナの胸元も、同じように緑色の光に発光していた。

彼女が身につけているネックレスの先端に、緑色の宝石が付けられているらしい。

「ヴィーナ、まさか……」

リョウは、リナが修復を終えたナタル・アルタミラーノの油絵を思い出した。そこに描かれていた少女——彼女の胸元には、レムリアの王族だけが身につけることを許された、緑水晶《ブラシオライト》が提《さ》がっていたのだ。

そして、レムリア水晶《レムリアンシード》には多くの場合、古代科学技《ロスト・テクノロ》術《ジー》によって切断面に無数の細かい筋が彫られており、それはなんらかの識別子になっているのではないか。

それが、フィロワの仮説である。つまり——

「……ヴィーナが、レムリア王族の末裔?」

リョウはぽつりと呟いた。

やがて、ふたつの水晶が呼応するように放っていた光は、しだいに収まりはじめた。

五秒ほど経つと、館内に静寂が取り戻された。

「……さて、行こっか。あれ、こんなふうに飾り立てて置くようなものじゃないわよ」

ヴィーナはぽつりというと、なにごともなかったかのように、元の展示室に向かって歩いていった。

12

N.V. 148

撥条

「少し状況を整理してみてもよろしいですか?」

応接室に集まったぼくとサラスを交互に見て、ナナは続けた。

「マルグリット・フロストが幽霊塔で殺害された事件に関与した可能性があるとされたのはふたり。まずは第一発見者であるリウ・ミンファ。それから、マルグリット・フロストの最後の客となった、商店主のアントン・クリステル。それでよろしいですね?」

ぼくはナナの言葉に頷き、

「けれども、アントン・クリステルにはアリバイがあります」と、いった。「彼が事件の当日、十二時に店を出たこと、それから十三時半に店に戻ったことは、このあいだ別の従業員に訊ねたところ、証言してくれました。ひとつの可能性としては、ふたりが幽霊塔で落ち合ってその場でアントン・クリステルが殺したということですが……」

「マルグリット・フロストの体を買おうとして、なにかトラブルがあったということですね?」

サラスは確認をするように、ぼくをみつめた。

ぼくは彼女に視線を向けて、

「そうです。しかし、彼が昼食を店で食べていたことも、南の街にある飲食店の主人が証言しています。そう考えると、この短い時間でレムリアの中を移動するのは、まず不可能だろうと思います」と、いった。

「一方でミンファさんはその日の昼間、いつものように上海異人娼館《チャイナ・ドール》ではなく、図書館のほうに出勤しています。ミンファさんがいるときは、ダリアさんは必ずお休みをとることになっています。彼女はあまり体が丈夫ではないので、できるだけ働く時間が短くて済むように、ミンファさんが調整しているのだそうです。ですから、マルグリット・フロストが殺されたという時間にミンファさんが図書館にいたということは誰も証言ができないのですが……私は、ミンファさんは、犯人ではないのではないかと思っています」

　ぼくはサラスの言葉を、意外に思った。てっきり彼女は、リウ・ミンファを事件の犯人として疑っていると思っていたのだ。

「根拠はありますか?」

　ナナが、サラスに訊ねた。

「いえ、ありません。ただ……」

「ただ?」

「私はあれから何度も図書館に行って、ミンファさんとお話をしています。彼女はたしかにどこか不思議な雰囲気を持った方ですが、自分の店で働いている従業員を殺めるような人ではない。少なくとも、それをすることで彼女にはなんの得にもならないと思うのです」

　サラスの言葉に補足するように、ぼくは
「リウ・ミンファには、マルグリット・フロストを殺す動機がないということですね?」と、訊ねた。

　サラスは、

「そうです。もちろんこれは、ただの私の主観的な判断にすぎませんが……」と、やや自信なさそうに俯いた。

　ぼくはその言葉を聞き、大きく息を吐いて背凭れに体を預けた。

　動機がない。たしかに、そのとおりなのだ。

　リウ・ミンファは娼館でも図書館でも、従業員たちには非常に慕われているらしい。なにか諍《いさか》いがあるような気配もない。彼女に関しては別にひとつ気になることがあったが、少なくとも、マルグリット・フロストを殺す理由も見当たらなかった。

……つまり、まだぼくたちも、王室警備隊保安室も掴んでいない第三の人間が、マルグリット・フロストと接点を持っていたということだろうか。あるいは、どこか根本的なところで――たとえば、マルグリット・フロストの死亡推定時刻に、誤りがあるのだろうか。

ぼくは、テーブルの上に置かれていた王室警備隊保安室の資料を手に取り、ぱらぱらと捲った。ぼくや、リウ・ミンファの調書、現場の写真、周辺人物の聞き込みなど、その分量は事件直後よりも確実に多くなっている。そのたびに、ナナが保安室に通って、サラスのところに届けているのだ。

けれどもなにひとつとして、新たな犯人の手がかりになるような情報はなかった。それに、マルグリット・フロストの心臓を突き刺したという鍼状の凶器も、まだみつかっていない。

「……ちょっと、待ってください！」

不意にナナが、ぼくを制した。

「えっ？」

「今、ナタルさんがご覧になっている資料です」

ぼくは指を挟んでいた紙に目を向けた。マルグリット・フロストの殺害現場に残されていた、遺品についての資料だ。バッグの中身は、化粧品、香水、アロエ水の小瓶、ハンカチ、神に祈るときに使うお香、筆記具などである。

「これがどうかしましたか？」

「ひとつ、気になるところがあるのです」

ナナの言葉に、サラスも考えるところがあったらしい。「あっ！」と小さく声をあげ、

「お香……ですね？」と、ナナを見た。

「ええ」ナナは返事をして、続ける。「このあいだ西の街に行かれたとき、水晶宮で働いているユスラさんが、マルグリット・フロストはナラという名前の女性と一緒に、レムリアの外からやってきたと仰っていたんですわよね？」

「はい。マルグリット・フロストがレムリア国民

として、レムリアの宗教から洗礼を受けた日付しか、根拠はないのですが」

ぼくが返事をすると、今度はサラスが口を開く。

「でしたら、彼女がこのお香を持っていたというのは、少しおかしいです。これは、レムリアの宗教――レムリアンでは、レムリアで生まれ育った女性か、神職者でなければ、使うことを許されていないものですから」

「つまりこのお香は、マルグリット・フロストの持ちものではないと……」

ぼくの言葉に、サラスは頷いた。

「このお香を持っているとすれば、レムリア出身の女性である可能性が高いと思います」

「なるほど……」

ぼくは唸った。

これでは、ぼくたちが犯人だと考えていた人たちが、ほとんど容疑者から外れてしまったことになってしまう。


今までこの事件について調べていくうちに会ったレムリア出身の女性といえば、図書館で働いているダリアと、西の街になる水晶宮で働いているユスラくらいだ。けれども、このふたりがマルグリット・フロストの殺害に絡んでいるとは、どうしても思えなかった。マルグリット・フロストは図書館で働いていたわけではないからダリアとは接点がなかったようだし、ユスラとは一年半以上も連絡を取り合っていなかったというのだ。

こうしてぼくたちは、ようやく手がかりになりそうなものが出てきた瞬間、ふたたび振り出しに戻されることになった。

ぼくは王城を出て、幽霊塔に向かうことにした。マルグリット・フロストの事件について、もしかしたらまだなにか見落としていることがあるかもしれないと考えたのだ。

サラスもついてくるだろうと思ったが、この日は医師による診察の日に当たっているということだった。ぼくも何度か見かけたことがある女性医師で、マルグリット・フロストの検死にも関わっていたのだという。

北の街は、以前やってきたときと変わらず、陰鬱な雰囲気を漂わせていた。ときおり農作業をしている老人を見かけるくらいで、ほとんど人通りがない。その農地というのも、雑穀や豆類などが、細い茎を伸ばしているばかりだ。それだけ土地が痩せているのだろう。どう考えても、農耕に向いている土だとは思えなかった。

幽霊塔に向かう途中、葬儀の列とすれ違った。列とはいっても、わずか四人の小さなものだ。中心に、以前、教会を訪れたときにサラスに声をかけてきた神官がいる。その周囲にいる三人は、いずれも、西の街に住む女性と同じように顔と頭とを布ですっぽりと覆っていた。神官のすぐ左隣にいる人物が、遺骨が入った壺を両手で抱えている。どうやらレムリアには火葬の習慣があるらしい。その前後にいるふたりがそれぞれ、大きな球体の黒水晶《モリオン》と、先端が細い鉞状になった槍のようなものを捧げ持っていた。

ぼくは道の端に寄って、ぼんやりと列が通り過ぎるのを待っていた。

すると、神官が左手をすうっと肩の高さまで持ち上げ、列の進行を制した。

彼はそのままぼくのところに歩み寄ると、

「死者の前では両膝を地面について太股の上に両手を乗せ、目を閉じて、頭を垂れなさい。あなたは知らないかもしれないが、それがレムリアでは、死者に対して弔意を表する姿勢なのです」と、耳元で囁いた。

ぼくは、「あっ、申し訳ありません」と早口に答え、いわれるがままの姿勢をとった。

神官は、

「よろしい。これからも、レムリアの律法にしたがいなさい。そうすれば神は、たとえあなたが異郷の者であっても、きっと祝福を与えてくれるでしょう。もししたがわないのであれば、あなたには神からの罰が下るはずです」と、ぼくの頭の上から満足そうに声をかけ、通り過ぎていった。


幽霊塔の時計は、三時二十二分を指していた。

リウ・ミンファがときどきここに通って、撥条《ぜんまい》を巻き直しているのだろうか。そう考えながら入口のほうに歩を進めると、扉のところに彼女が立っていた。足下に洋燈《ランプ》を置き、どこか物憂げな表情をして、壁に体を預けている。

「あら、あなた……」

ミンファのほうでもこちらに気が付いたらしい。

彼女はぼくをからかうように、

「今日は、サラス王女とご一緒ではないのですね」

と、前に会ったときと変わらない妖艶な笑みを浮かべた。

「今日は別に、用事があるらしいのです」

ぼくはいいながら、ミンファの顔をじっとみつめた。まるで精緻に作られた人形のように、整った顔立ちをしている。

「私の顔になにか?」

「いえ、失礼しました」

「あまり、女性の顔を正面から見てはいけません」

「レムリアの律法ですか?」

ぼくが訊ねると、ミンファは驚いたように目を開いてから、

「いえ、違いますわ」と、笑った。

「違う?」

「五秒以上目と目を合わせていると、人間の脳は、相手に一目惚れをしたものと勘違いしてしまうらしいですよ。それに、心に決めた女性がいるというのに他の女を見るというのは、諍いの種となるでしょう?」

ミンファの話しぶりは、妙に確信じみていた。そ

のため、ぼくはまるでなにか悪いことをした直後のような気分になりながら、

「……あの、その心に決めた女性というのはサラスのことでしょうか？」と、苦笑した。

「あら、他に誰か？」

「彼女とは別に、そういう関係ではありません」

「そうでしたか。図書館でサラス王女にお目にかかるときは、いつもあなたのことを楽しそうに話されているものですから。てっきり、そういうことなのだと思っておりましたわ」

ミンファはぼくをからかうようにいってから身を翻し、

「中に入りましょうか。ナタルさんもそのために、ここにやってきたのでしょう？」と、扉の取っ手に手をかけた。

以前入ったときとは異なり、幽霊塔の中からは、饐えた臭いが漂ってこなかった。その代わり、ミンファの首のあたりから、柑橘類を思わせる香水の匂いが、ぼくの鼻にふわりと届いた。やはりあのときのいやな臭いは、奥の部屋で死んでいたマルグリット・フロストから発せられたものだったのだろう。

「先に撥条《ぜんまい》を巻きに行ってよろしいかしら？」

ミンファがいった。

「まだ巻いていなかったんですか？」

「ええ。今日はあなたがいらっしゃるような気がしたので、建物の前で待っていたのです」

ミンファの言葉はいつものことながら、どこまでが本気で、どこからが冗談なのかがわからない。

「まるで予言者かなにかのようですね」

「人によって能力の多寡はありますが、女というのは概して、それに近い能力を持っているものですわ」

「……それは恐ろしいですね」

「サラス王女はおそらく、私よりも強い力を持っておいでです。ですから、気をつけたほうがよろしいですよ」

ミンファは戯言をいいながら、洋燈《ランプ》を片手に梯子段を昇りはじめた。ぼくより先に歩くことに躊躇がないようだ。つまりそれは、彼女がレムリアの律法に、まったくしたがう意志がないことを示している。

ぼくたちは初めてこの塔を訪れたときに入った三階の部屋を通り抜け、さらに奥にある細い梯子段を昇った。

最上階にたどり着くと、時計の内部構造が剥き出しになっていた。梯子段を取り囲むように、無数の巨大な歯車がゆっくりと回転し、振り子が振動している。その光景からぼくは、まるで古代科学技術《ロスト・テクノロジー》が栄えていた旧人類の世界に時間を跳び越えて戻ったかのような錯覚を覚えた。

ミンファは梯子段の最上段まで昇った。そこは、やっと人ひとりがいられるほどの小さな板が床として張られた空間になっている。ミンファは腰を屈め、

「ここです」と、指で示した。

そこには、五インチ四方くらいの小さな木製の扉があった。古い幽霊塔の建物の中で、そこだけが真新しい。

「ここにはもともと鉄製の扉が取り付けてあって、鍵が掛かっていたのです。そのおかげで、最初はこの中に撥条《ぜんまい》を巻くための穴があると気が付きませんでした。それで、もともとあった扉は壊してしまったので、私が新しく作って据え付けたのですよ」

説明をしながら、ミンファは小さな取っ手を右手の親指と人差し指とで抓み、手前に引いた。中には、小さな文字盤があった。三時二十二分を指しているから、おそらくこれが、塔の外側にある大きな時計を操作するためのものなのだろう。その下には、〇・五インチほどの穴が開いている。ミンファは小物入れから撥条《ぜんまい》を巻くための鍵を取り出し、そこに差し入れた。巻き鍵がなかったので、号数を調べて職人に作らせたものだということだ。

ミンファは鍵を右方向に何度も回すと、

「これで、七十時間くらいは持ちます。誰に頼ま

れたわけでもないのに……馬鹿馬鹿しいと思うでしょう?」と、しゃがみ込んだまま、ぼくを見上げた。琥珀の洋燈《ランプ》のあかりに照らし出された彼女の表情は、どこか自虐的な色を帯びているように見えた。

「いえ。ぼく自身も絵などを描いて暮らしているわけですし、身近なところにも同じように、他の人間から見たら意味がないように見えることを好む人がいますから」

ぼくがそう答えるとミンファは艶やかな表情で笑い、

「そうでしたわね」と、立ち上がった。

「旧人類の終末期のときよりはだいぶマシになったとはいえ、今の人類だって、ひとつ間違えればいつ死に絶えてもおかしくない。そんな世界の中でなんの役にも立たない絵を描いて生きていられるなんて、これほど幸せなことはありませんわ」

「では、なぜあなたは、絵をお描きになるのかしら?」


ミンファから唐突に向けられた問いかけに、ぼくは答えに窮した。

そんなこと、考えたこともなかった。

言葉で説明しようとすれば、その理由を話すこともできる気がする。けれども、それを言葉にしてしまった瞬間に、ぼく自身が持っている本当の思いと言葉とが、どこかずれてしまうように思えた。

それで、

「……あえていうなら、描きたいからでしょうね」と、ぽつりと口に出した。

やはりその瞬間、どこか違和感があることは拭えなかった。けれどもその率直な言葉が、ぼくの心境にいちばん近い気がした。

「それは、どういうことでしょう?」

ミンファは表情を変えずに、さらに畳みかけてきた。

ぼくはその問いかけに、言葉をひとつひとつ選びながら説明をはじめた。

「ぼくの心がそれを欲しているのだと思います。描かないでいることが、堪えられない。それはたしかに他の人にとっては役に立たないことかもしれないけれど、ぼく自身の人生にとって、ぼくがこの世界で生きていく上で、絵が欠けているということは考えられないことなんです」

「なるほど……」

ミンファは両腕を組んでぼくから視線を脇に逸らし、考えをめぐらせているようだった。しばらくして、

「あなたのいいたいこと、わかりますわ。私が図書館で本を集めているのも、それと似たような心持ちなのかも知れません」と、いった。何度も頷きながら話す様子は、自分自身を納得させようとしているようにも見えた。

「ミンファさんにとっては、それが文章のほうなんですね？」

ぼくは訊ねた。


「どうかしら。私は文章を読むことはするけれど、書くことはしませんから」

「それはぼくも得意ではないです」

「あら。サラス王女が、あなたはいつも手帖に日記を付けているようだといっておいでしたわよ？」

「えっ？」

ぼくはミンファの言葉に驚いた。自分が日記をつけていることを、サラスに話したことなどなかったのだ。

前に一度、王城の応接室でサラスが来るのを待っているときに書いていて、使用人《メイド》のナナに見られたことはある。だからもしかすると、ナナがサラスに話したのかもしれない。

ぼくは、今度ナナにたしかめてみようと思いながら、

「あれは趣味みたいなものですから」と、いって続けた。「たとえば、目の前にぼくが表現したい赤

い色があったとします。でもそのとき、ぼくがそれを赤だと表現してしまったら、その言葉を受け取った人は、ぼくが見ている色とは別のものをイメージするかもしれない。たとえば詩人であるなら、それを単純に赤だといわずに、もっと正確に、自分が見たとおりの色として表現することができるはずです。けれども、ぼくにはそれを赤だということしかできない。だからぼくはそれを言葉ではなく、自分が感じ取ったものと同じ色を再現して、絵として表現するんです」

ぼくはそこまでいって、急に申し訳ない気持ちになった。サラスであれば、ぼくのこういった他愛のない話を、いつも真剣な表情をして聞いてくれる。そして、ひとこと、ふたこと、彼女自身の考えを聞かせてくれる。

けれども、こういった話を面白がって聞いてくれる人は、あまり多くいるわけではない。

そう思って、ぼくは、

「すみません。余計な話をしてしまいましたね」

と、謝罪をした。

けれどもミンファは、むしろぼくのことをまっすぐにみつめている。そして、

「いえ。今のお話をお聞きして、少しだけサラス王女が羨ましく思えましたわ。もう少し私が若かったら、彼女に嫉妬していたかもしれません」と、笑った。

ぼくはそのとき、なぜサラスがミンファと親しくなっているのかを、ようやく理解することができた気がした。

ぼくとミンファは会話を切り上げて、マルグリット・フロストの屍体がみつかった部屋に向かった。おかげでぼくは、彼女にいちばん肝腎な話をすることができずにいた。

南側にある母屋に着くと、ぼくはミンファから洋燈《ランプ》を借り、室中を照らし出した。

板張りの部屋は、すでに王室警備隊保安室によって、すっかり掃除されてしまっている。散らばっていたマルグリット・フロストの荷物はもちろん、横たわっていたソファは回収され、床を濡らしていた鮮血もきれいに拭き取られていた。事件の手がかりになりそうなものは、もはやなにも残されていないようだった。

ぼくは、小さくため息を吐いた。そして、

「お騒がせしました。外に戻りましょうか」と、ミンファに声をかけた。

するとミンファは、

「そう焦らないでくださいな」と、ぼくの脇をすり抜けるようにして室内に入った。そして、ちょうどマルグリット・フロストが倒れていたソファのところで、立ち止まった。

「どうしました?」

ぼくは訊ねた。

マルグリットは、いつも以上に婀娜《あだ》めかしい笑いを浮かべ、

「これですわ」と、胸元の隠しからなにかを取り出した。遠くからだと判別しにくいが、光を当てると銀色に光っている。蓋が横に滑るようになっており、左右のどちらからでも開くことができた。箱の本体は真ん中で区切られているようだ。

「今では薄くなっていますが、薔薇黄金《ローズゴールド》の色が少し残っていますから、おそらく昔は金色に光っていたんだろうと思います」

ミンファはそういって、そっと足下の床の上に置いた。

ぼくは彼女に歩み寄り、洋燈《ランプ》の光を当てた。ちょうど、ソファの脚の丸い跡が残っている。ミンファが置いたのは、小さな銀製の箱だった。ぼくの人差し指と同じくらいの大きさで、葡萄の模様が彫られている。

「……まさか!?」

ぼくは、ハッとしてミンファを見上げた。

ミンファは哄笑を浮かべて、頷いた。

「ええ。これはナタルさんたちが最初にここに来る前に、私が回収したのです」

「なんてことを！」

「上海異人娼館《チャイナ・ドール》に勤めている女の子たちは皆が同じようなものを持っているのですが、王室警備隊保安室に持っていかれてはまずいものなのですよ」

「……どういうことです？」

ぼくはじっと、ミンファをみつめた。

ミンファは表情を変えずに、ぼくを見返している。

ぼくたちはしばらくそうして睨み合うようにしていたが、やがてミンファが、

「ですから、それをあなたに預けます」と、囁くように、しかしはっきりと口にした。

「自分で考えろということですか？」

「ええ。さきほど、良いお話を聞かせて頂いた御礼ですわ」

ミンファはそれだけいうと、コツコツと靴音を立

てて部屋の出口に向かった。

「……待ってください」

ぼくは、ミンファを呼び止める。

ミンファはそれを無視して、扉のところまで歩いた。けれどもそこで脚を止め、

「なんでしょう？」と、ぼくに背を向けたまま、顔だけをこちらに向けて返事をした。

「ひとつだけ、聞かせてください」

ミンファは黙っていたが、五秒ほどの沈黙の後、

「私に答えられることでしたら」と、いった。

ぼくは、ゴクリと唾を飲み込んだ。

唇を噛み、二度、大きく肩で息をした。

そして意を決し、

「……あなたはいったい誰ですか？」と、訊ねた。

「リウ・ミンファです」

「それは違います！」

「なぜでしょう？」

「レムリアに住む人間は、すべて、レムリアの宗

教――レムリアンの洗礼名簿に名前を登録しなければなりません。外から移り住んできたぼくも、その例外ではない。……けれども、いくら調べても、リウ・ミンファという名前はどこにもないんです。つまりそれは、本来あなたが、このレムリアという都市国家には存在しないはずの人間だということになります。この建物が幽霊塔だというのなら、あなたこそがまさしく幽霊なんですよ」

「人の名前など、ただの記号にすぎません。それは、人間の本質と、なんら関係のないものですわ」

ミンファはそれだけいい残すと、そのまま部屋を後にした。

ぼくは、ミンファが出て行った出入口をじっとみつめながら、彼女はこのマルグリット・フロスト殺害事件について、まだなにか隠していることがあるに違いないと確信していた。

13

N.V. 651

空賊

「ねえ、もしかして怒ってる？」

ヴィーナが左隣の座席から、リョウの顔を覗き込んだ。彼女の声はよく通る。だから、飛行機のエンジン音が響く中でもはっきりと響いてくる。

「そういうわけじゃないけど……」

リョウは不満そうというよりは、警戒するように右側をちらりと見た。三人掛けの狭い座席のいちばん右で脚を大きく組んでいるのは、空賊アルビルダなのだ。そして前方の操縦席にはエルランド、副操縦席にはマティ。彼女のふたりの配下がいる。よく五人乗れたものだと思えるほどの小さな飛行機――

これは、空賊アルビルダの愛用機、フローリアン号だった。

このような事態になった原因は、この日の午前中に起きた出来事にあった。

昨日のうちにマハーの博物館と図書館とを見たリョウとヴィーナは、二日目にマハーの街で買い物をし、もう一泊ホテルに泊まってからオーストラフに戻ることにしていた。そこで街に出たところ、ホテルから五分ほど歩いた場所で、ひとりの少女が道端に蹲って泣いているのをみつけたのだ。それが、マティだった。

「どうしたの、マティ!?　こんなところで」

ヴィーナが声をかけると、マティは、

「ヴィーナさん！　ふぇぇぇ……」と、目にいっぱい涙を溜めながら、情けない声を出して駆け寄ってきた。

彼女の服には、背中の部分にべったりと、黄色い

色がついている。どうやら、アルビルダ、エルランドのふたりとはぐれて街を歩いていたところでやられたらしい。こうして服を汚して相手の気を逸らし、そのあいだに別の仲間が財布や鞄を奪う。これは、マハーに数え切れないほどいるといわれる子どもの掏児《スリ》たちが使う、もっとも典型的な手段だった。案の定、マティは有り金を根こそぎ持っていかれたようだ。

「あぁ。これ、洗っても落ちないのよねえ」ヴィーナは苦笑しながらいって、「しようがない。服くらいなら、貸してあげるわ」と、一緒にホテルに戻るようリョウとマティを促したのだった。

ホテルの部屋に入ると、マティは椅子の端にちょこんと腰掛けていた。背中についた汚れが椅子につかないよう、気を遣っているらしい。携帯無線でアルビルダと連絡をとってからは、だいぶ様子も落ち着いていた。けれどもその様子は、リョウにはどうしても、空賊には見えなかった。そもそも、子ども

の掏児にいいようにやられるというのは、いくらまだ若い少女だとはいえ、仮にも空賊をしている人間としてどうなのだろう。

「はい、これ。たぶん、マティなら着られるんじゃないかな」

ヴィーナは鞄の中から出した服を、ベッドの上に放り投げた。

「あ、ありがとうございます」

マティは礼をいって立ち上がると、そそくさと上衣を脱ぎはじめた。

「あっ、僕、外に出てるね」

リョウは慌ててマティから目を逸らし、ドアのところに向かおうとした。すると、

「ああ、気にしなくて良いのよ」と、ヴィーナがいう。「だってその子、男の子だから」

「えぇっ!?」

リョウは咄嗟に、マティのほうに向き直った。

女性ものの下着を身に着けてはいる。けれども、視線を下のほうにずらしていくと、股間のところにはたしかに、女性にはないはずの膨らみがあった。

「……リョウさん。あんまりじろじろ見られると、ちょっと恥ずかしいです」

マティは頬を赧らめて、隠すように両腕で体を覆った。

「ご、ごめん!」

リョウは慌てて、マティから視線を逸らす。

すると、ヴィーナがすかさず、

「もう、リョウのえっち」と、冷やかすようにいった。

「なんでそうなるの!?」

「マティは心は女の子だから、そんなにジロジロ見ちゃダメだよ。そういうところ、リョウってば意外にデリカシーないよね」

やれやれといった調子で放たれたヴィーナの言葉に、リョウはものすごく理不尽な気持ちになった。

それならいったい、どうすれば良いというのか。

「ごめん、やっぱり外に出てる……」

リョウは結局、部屋の外でマティの着替えが終わるのを待つことになった。


アルビルダとエルランドがやってきたのは、それから一時間ほどが経ってからだった。するとアルビルダは、マティのことで礼をしたいから、自分たちのアジトに来ないかといった。リョウは躊躇したが、ヴィーナは別に構わないという。

――帰りの交通費も浮くし、急ぎの買い物があるわけでもないんだから、別に良いんじゃない？

こういうときの彼女は、妙に肝が据わっている。

結局、リョウとヴィーナは、その日の宿泊をキャンセルし、アルビルダの飛行機で彼女のアジトに向かうことになった。

飛行機が降り立ったのは、オーストラフから三十キロほど離れた小さな村のはずれにある空港だった。個人用の飛行機ばかりが、ずらりと並んでいる。


そこから森にできた獣道を抜けて十五分ほど歩いたところに、大きな沼があった。その畔に、煉瓦造りの大きな家が建っている。まるで絵本の世界から抜け出したような、湿地の屋敷だ。これが、アルビルダのアジトだった。

中に入ると、入口のすぐ脇に木製の扉があった。ヴィーナがそこにちらりと視線を向けて、

「今は誰かいるの？」と、アルビルダに訊ねた。

どうやらここが、アルビルダがオーストラフで売りに出している少女たちを、置いている部屋らしい。アルビルダは平然と、

「中にふたりいるよ。本当は今日、三人目を連れてくるつもりだったんだけれど」と、答えて、「覗いてみるかい？」と、問い返した。

「いいわ。なんか情が移って、ヴィクトリアにひとり買ってもらうように頼んでしまいそうだもの」

ヴィーナは淡々とした様子でいった。

「器量は悪くないけれど、アンタみたいに度胸が

ある娘はいないからね。ヴィクトリアのところにいっても、モノにならないさ」

「そんなもの、お稽古《ブローベ》と舞台で身につけてもらうしかないわ」

「実際、アンタのあとに入った四人は、端役しかもらえていないだろう？　ひとりは辞めてしまったし」

「よく知っているのね」

ヴィーナは眉を顰めて、アルビルダをジロリと見た。

「これでも、ヴィクトリア座の舞台は毎回観に行っているもの。それから運も必要かしら。『ゴーラトの姫君』のコレット役がなければ、アンタだっておそらく、今の位置には立っていない」

「……そんなの、自分でもわかっているわ」

ヴィーナは呟くようにいって、ヴィクトリアには言葉を返さなかった。

するとアルビルダは、

「アタシはちょっと、そこの坊やに話があるんだけれど。アンタもくるかい？」と、リョウにちらりと視線を送りながら、ヴィーナに訊ねた。

「いいわ。あたしはマティの手伝いをしているから」

リョウは、さきほどマティがこの屋敷に着くなり、いそいそとエプロンを身につけていた様子を思い出した。おそらく、食事の支度をしているのだろう。

「今は客人なんだから、ここにいたときみたいに、そんなことしなくていいんだよ？」

アルビルダはクスクス笑いながらいった。

「そのほうが、落ち着くもの」

ヴィーナは起伏のない調子でいうと、「じゃあ、後で。そこのオバサンに誘惑されたりしちゃダメだからね」と、リョウに向かって念を押すようにいって、屋敷の奥に向かって歩いていった。どうやらこの屋敷については、勝手がわかっている様子だった。

そしてそんな彼女に、アルビルダは困ったような笑みを浮かべて、リョウに同意を求めるような視線を送っていた。

取り残されたリョウは、三階のいちばん奥にある部屋に通された。

ここが、アルビルダの部屋らしい。

中に入り、リョウは目を瞠った。

北向きに据え付けられた窓を除く室内の壁は一面が書棚になっており、古い本で埋まっている。それは空賊の部屋というよりは、たとえばフィロワのような、なにか学術を研究する人間の部屋のようだった。

「金、銀、財宝でも飾られていると思った？」

洋燈《ランプ》をともしたアルビルダは、扉を閉めながらいうと、鏡に向かって丸い椅子に腰掛けた。どうやら、化粧《メイク》を落としはじめたらしい。彼女は手を動かしながら、声だけをリョウに向けた。

「世界中の宝を集めるには、知識と教養が必要なのよ。知識がなければ、その宝が持っている本当の価値はわからない。その意味で博物学というのは、世界そのものを知る学問だともいえるわ。私たちがさまざまなモノを集めることは、世界そのものの断片を集めていることに他ならない」

リョウはアルビルダの言葉に、違和感を抱いていた。

彼女の態度は、いつもの他人を上から見下ろすようなものとはうって変わっていた。自分より少し年上の女性が、気さくに話しかけてくるときの口調である。

そしてその話しぶりに、リョウはどこか聞き覚えがあった。

するとアルビルダは、そんなリョウを見透かしたように、

「まだ気が付かない？」と、笑った。

「えっ？」

「もう、リョウ君は鈍感ね」

そういってアルビルダは、頭に手を掛けた。

彼女の赤い髪は鬘《ウィッグ》だったのか……そう思ってリョウが目を向けると、短く切った黒い髪が現れた。

そして振り向いた彼女の顔に、リョウは、

「あっ……ああ…………」と、口をぽかんと開いたきり、声も出せなくなった。

ついさっきまで、アルビルダだったはずの女性。

そこにいたのは――

「リナさん!?」

「正解。ちょっと遅いかな。だからいったじゃない。私だって空賊のひとりかもしれない、って」と、いつも博物館の修繕室で見せているのと変わらない、笑顔を向けた。

「だ、だって……」

「たぶん、ヴィーナちゃんのほうは、どこかで気付いていたんじゃないかな。だから、修復室にいるときも、少し他人行儀な態度でいたでしょう？　リョウ君も知っておくといいわ。女の化粧っていうのは、他の人間に化けるためにあるんだから。それに、たとえば――」リナは急に声色を変え、「こんな感じに声を変えれば、もうアタシだって気付かないだろう？　まあ、化粧をする前と後、どっちが本当の姿かは、わからないけれどね」と、アルビルダとしての口調でいった。

リョウはもう、頭の中がすっかり混乱して、どう反応していいかわからなくなっていた。

「だいたいね、納得がいかないの。研究にしか興味がないフィロワ先生が私に見向きもしてくれない腹癒せに、知り合いの空賊の家系からいちばん顔が良いと思ったエルランドと、いちばんカワイイと思ったマティを連れてきたわ。そうしたら、ふたりとも私にはものすごく他人行儀で、あのふたりだけで一緒にいるときは、恋人どうしみたいにイチャイチャしてるのよ！」

リナの姿になったアルビルダは、リョウに向かってひととおり捲し立ててから、グラスに残っていたワインを一気に飲み干した。

――夕食の前に、少し飲まない？

そういってリナは、本の中に埋もれるようにして置かれていたワインの瓶を開けた。それからわずか一時間ですでに二本が空になり、三本目が開けられている。リョウはグラスで二杯しか飲んでいないから、残りはすべてリナが飲んだことになる。

なおも、リナは続けた。

「そりゃあね、オーストラフが自由恋愛だってことはわかっているの。ヴィクトリアのところにいるエリスは、女の子どうしで結婚したんだし。エルランドとマティが男どうしで一緒になるっていうなら止めないわ。でも、なんで私だけが、置いてけぼりを食わないといけないの!?」

リナの様子は、いつも博物館の修復室で見る彼女とは、まるで別人のようだった。リョウの目にはちょうど、リナとしての彼女と、アルビルダとしての彼女とが、混ざり合っているかのように見えた。それが、アルビルダの正体が自分であることを明かしたからなのか、酒のせいなのかはわからなかった。

「リナさんならきっと、良い人が現れますよ」

リョウは苦し紛れに、ほとんど社交辞令のような慰めをいった。けれども半分くらいは、本心から出た言葉のつもりだ。

「……ふうん。そういうことというのね」

リナは眉間に皺を寄せて、小さなテーブル越しに、じっと顔をリョウに近づけた。リナとこれほど間近で目を合わせるのは、リョウにとって初めてだった。だから、なんとなく照れくさくなって、

「間違いないです。僕が保証します」と返事をしながら、思わず目を逸らしてしまう。

するとその直後、リョウの額にリナの人差し指が飛んできた。親指で力いっぱい止めたのを、ピンと弾いたのだ。

「痛っ！」

「適当なことといっちゃダメ。もう……いいわよね、

リョウ君にはヴィーナちゃんがいて」

「ヴィーナとはそういうんじゃないですって！」

リョウは慌てて、声を荒らげた。

するとリナはじっとリョウの顔を覗き込み、

「ふうん」と、鼻を鳴らして、ニヤリと笑った。

「だから、友だちというか、家族というか……」

「なるほど。じゃあ、私が今からリョウ君を口説いてもいいわけだ」

「なんでそうなるんですか……」

「あら？　だって、リョウ君とはこの二年、ずっと同じ部屋で仕事をしてきたんだもの。ヴィーナちゃんよりも、一緒にいた時間は長いんじゃないかしら。これでも、リョウ君の良いところも、ダメなところも、良く知っているつもりよ。その上で、お姉さんの愛人として、立派な学芸員に育ててあげようっていっているのに」

「いや、それはとても、嬉しいんですが……」

「もちろん、空賊として育ててあげてもいいわ。今どき個人用飛行機に乗るのが趣味だなんて珍しいし、このあいだちょっとイタズラしたら、腕も悪くなかったし」

「もしかして、あのときの飛行機って、リナさんだったんですか!?」

「ふふふ。正解」

「そんなぁ……」

リョウは少し前に自分が乗っていたカプローニ号を追いかけてきた飛行機を思い起こした。

たしかにあのときに襲ってきたのは、リナ――アルビルダの使っているフローリアン号と同じく銀色の機体だった。そして飛び方も、どうもおかしかったのだ。つかず離れず、威嚇するように機関銃を撃ってはきたが、こちらを狙っているという様子でもなかった。軽量プロペラ機なら、本気で撃ち落とそうと思えば、すぐにでもできたはずなのだ。

「あれ、本当に怖かったんですよ……」

リョウが抗議をして肩を落とすと、リナは、

「あはは。ごめん、ごめん」と、悪戯っぽく笑った。

なおもリナは、リョウをからかうように続ける。

「私だけでは不満だったら、ヴィーナちゃんとふたり一緒でもいいのよ。あの子はアルビルダとしての私を嫌っているけれど、リナとしての私はそんなに嫌われてないいし、まだ可能性もあるんじゃないかしら。私は別に、ああいうハッキリした性格の子は嫌いじゃないわ。私がお姉さんで、ヴィーナちゃんが妹。ふたり同時に手に入れるっていうのは、ひとりの男として、なかなかの浪漫《ロマン》じゃない？」

「それは、倫理的にどうなんでしょう……」

リョウにはもう、まともに返事をする気力さえもほとんど残されていなかった。

「あら。空賊をしている私に、今さら倫理なんて持ち出しても仕方ないでしょう。オーストラフでは一夫多妻は認められていないけれど、愛人を持つことが禁止されているわけではないもの」

リナは蠱惑的に微笑みかけると、リョウの顎を右手で軽く持ち上げた。そして、

「うん。やっぱり私、リョウ君ってけっこう好みだわ。顔だけじゃなく、内面的な部分もね。ちょっと、いじめてあげたくなるところかな」と、囁くようにいった。その息にはわずかに、アルコールの匂いが含まれていた。

今まで博物館でずっと一緒に仕事をしてきたリナのあまりの変貌ぶりに、リョウはどう対応すれば良いかわからなくなっていた。ただ、普段のリナからは想像もつかないほど流暢に放たれる言葉に流されるまま、それに返事をするだけで精一杯だった。さっきから、心臓がドキドキと脈打って、収まらないのだ。

それで、

「そういえば……さっき家系って仰っていましたけれど、リナさんも空賊の家に生まれたんですか？」

と、強引に話題を変えてみる。

リナはそこでようやく、リョウの顔から手を離した。そして、わずかに目を細め、

「そういうところ、リョウ君って、ちょっとフィロワ先生に似ているわよね。なんていうか……クソまじめ。つまんなーい」と、口先を尖らせた。

「す、すみません」

リョウは愛想笑いを浮かべた。

「まあ、そこが良いいんだけれどね」

リナはフウと大きく息を吐き、右手で頭を掻きながら続ける。

「ご指摘のとおりよ。もともと北部大陸出身の空賊の家でね、父親の仕事をそのまま引き継いだの。だから、旧人類が北欧と呼んでいた地域にかつていたという伝説の海賊から、アルビルダという名前を頂いたのよ」

「つまり……」リョウは躊躇いながら、「リナさんの家は、ずっと人身売買をしているんですか?」と、訊ねて、息を呑んだ。


「……そうね」

リナはその問いかけに、考え込んでいるようだった。

洋燈《ランプ》から放たれる橙色のあかりに照らし出されたグラスにじっと視線を送っている。そのまま、テーブルの上にある瓶から赤ワインを注ぎ、弄ぶようにクルクルと左回りに動かした。そしてそこに視線を向けたまま、リョウのほうには目を向けずに、ぽつりぽつりと呟くように話しはじめた。

「人身売買といわれれば、その通りだわ。でも、ひとつだけ弁解させてもらうなら、私は貧困地区《ゴーラト》あたりでひとりで生きていて、放っておいたら死んでしまうであろう女の子を連れてきているつもり。もちろん、だからといって私がしていることを正当化することはできないけれど……人間、死んでしまうよりは、生きていたほうがまだ希望があるかもしれないじゃない」

「空賊を辞める気はないんですか?」

「そんなことしたら、私が一族に殺されるもの。せめて、私の代わりになる親族に、空賊の株を譲らないと。それに、空賊は上の身分の者に定期的に上納金を払わなくてはいけないから、そのうちに破産するわね」

「だからヴィクトリアさんは必ず、空賊アルビルダから、新しい女優を買うわけですね？」

リョウが確認するようにいった。リナは、

「……知ってたんだ」と、ちらりとリョウを見た。

「ヴィーナだけが特別だったはずはないと思って、エリスさんからこっそり聞きました」

「そうね……」リナは懐かしそうに、どこか遠くを見るような視線を、部屋の天井に向ける。「エリスは私が十八歳のとき、初めて売った女の子のひとりよ。父親どうしが昔からの知り合いで、子どものときから仲が良かったの。彼女を奴隷として売るとエリスの父親がいい出したから、私が引き取って、ヴィクトリアに頼み込んで買ってもらった。この私が、本気で土下座したんだから」

「エリスさんは、ものすごくアルビルダに感謝しているといっていました。それから、ヴィーナは彼女を嫌っているかもしれないけれど、アルビルダはけっして悪い人間じゃないから、もし機会があったら時間をかけて話してみるといい、と」

「あら、そんなことといっていたの？」リナは「だったらエリスが結婚する前に、ちょっと手を出してみてもよかったかしら。ヴィクトリア座の男役のトップを口説き落とすっていうのも、面白かったかもしれないわよね」と、冗談めかして笑った。

「なんだか、今まで僕が思っていたリナさんからは、想像もつかない発言ですね」

「そう？　でも、あれ以来ヴィクトリアとの関係ができたから、私にとっても都合が良かった。博物館が休みの日にヴィクトリア座の女優探しをしていると思えば、空賊の仕事のひとつも、少しはやる気になるもの」

「……仕事のひとつ、ですか?」

「ええ、そう」

リナは頷いて、グラスの中に残っていたワインを飲み干した。

「まだ他にある、と?」

「そうね。もうひとつのほうが、空賊としての本当のお仕事。私がなぜわざわざ大学で勉強して、博物館に就職して、昼間は学芸員の仕事をしているのか。それから、私が博物館でなぜ『レムリア王国の女神展』なんていう、お客さんが集まりそうもない企画をフィロワ先生に持ち込んで、通してもらったのかという理由でもあるわ」

リナはいいながら、立ち上がった。だいぶ酔っているのか、少し足下がふらついている。そのまま部屋の西側にある書棚に向かうと、山のように積まれている本の中から、小さなメモ帖のようなものを手に取った。そして、

「リョウ君、スペイン語は読める?」と、訊ねた。


「いえ、読めないです。すみません」

「そうか。それは残念。だったら、初めてのリョウ君には、お姉さんが手取り足取り優しく教えてあげないといけないわね」

「……また、誤解を生むような発言ですね」

「新しい言葉を覚えるのには、ベッドを誰かと共にするというのが、いちばん手っ取り早い方法だと思うけれど」

リョウはリナの言葉に苦笑しながら、ヴィーナの顔を思い浮かべた。彼女が今の発言を聞いていたら、本当にリナと喧嘩になってしまいそうに思えた。けれども次の瞬間、リョウはふと思い直す。そして、

「スペイン語って、まさか!?」と、声をあげた。

リナは暗がりの中、心の底から楽しんでいるような笑みを浮かべた。そして、

「そう。これが、今、リョウ君に翻訳してもらっている、ナタル・アルタミラーノの手記の元になっ

た本よ」と、リョウにその本を手渡した。

「……リナさんが持っていたんですね」

「私がみつけたんだもの。ロシア語のほうはたまたま古本屋に出たから、取り寄せてもらったものよ。それに、いくら上司のフィロワ先生が相手でも、本物のほうを私が他人に渡すわけないでしょう?」

リナの言葉を聞きながら、リョウは丁寧にその本を検《あらた》めた。

ロシア語版のような装飾写本ではなく、革の表紙で覆われた、掌くらいのサイズの本である。おそらく、メモ帖として使われていたものだろう。そしてたしかにロシア語版でも、日記は手帖に書いているとあったのだ。

革はだいぶ汚れていたらしいものをきれいに拭き取ってあるが、手に触れるだけでパラパラと破片がこぼれ落ちそうなほど腐蝕が進んでいる。手をプルプル震わせながらなんとか裏表紙を捲ると、見返しに貼られた紙に「Natal Altamirano《ナタル・アルタミラーノ》」という名前があった。

本文が書かれている紙は、酸性紙のようである。頁を捲るだけで、切れてしまいそうだ。ツンと鼻を突くような臭いがするのは、酸性紙のままでは紙が崩壊してしまうため、アルカリ緩衝材を使って脱酸化処理を施し、それを食い止めているからである。これは間違いなく、学芸員としてのリナの仕事だ。

リョウが本を眺めていると、リナが言葉をかけてきた。

「普通に考えて、おかしいと思わなかった? リョウ君が翻訳している本は、たかだかひとりの青年画家が書いた手記なのに、あんなふうに装飾写本に書かれていて、扉にはご丁寧にタイトルと署名が書かれている」

「まるで、小説みたいな作りでしたね」リョウが答えた。

「そうね。おそらくこの手記にはどこかにもうひとつくらい異本があって、もしかするとその異本と同じ人がロシア語版を書いたのかもしれない。もしくは、最初の異本が外に漏れたものを翻訳したんだと思う。その場合、ロシア語に翻訳した人は、これを手記ではなく、小説だと判断したことになるわね。昔は、小説をまるごと書き写すということは、よく行われていたことだから。読むという行為は、書くという行為と表裏一体だったのよ」

「たしかに、まるで探偵小説みたいな内容ですから、その可能性はあると思います」

「それに、ロシア語版は前半の内容は一部が書き換えられているくらいでだいぶ直訳に近いんだけれど、後半に進むにしたがって、たぶん、原本とはどんどん大きく内容が変わっていくの」

「作り変えられているんですか?」

「私はロシア語のほうをちゃんと全部読んだわけではないから、リョウ君の翻訳を見ている限りでの判断だけれど。……でも、考えてみれば当然よね。だって、個人の手記をわざわざ翻訳するなんて、趣味みたいなものでしょう? もしからしたら翻訳者は、小説として出版するつもりだったのかもしれない。だから、このスペイン語版のほうが、本当のナタル・アルタミラーノの手記……つまり、記述者である彼が、レムリア新王国で体験した事実に、より近いことが書いてあるということになるわね」

しかしリナによれば、言葉で書かれた手記は、必ずしも現実そのものを記述できるとは限らないのだという。そんなリナの慎重な物言いからは、すっかり空賊アルビルダとしての姿が消え失せていた。その様子は、いつもリョウが博物館の修復室で見ているリナのものだった。そのことに、リョウはどこかでホッとしていた。

けれども一方で、気になるところがあった。

「リナさんは、これをどこで手に入れたんですか?」

リョウはその疑問を、そのままリナにぶつけた。

「あら、そんなの決まっているじゃない」リナは平然とした様子で、「レムリア新王国の遺跡に私が行って、直接みつけたの。手記の中に出てくる幽霊塔の南側の母屋、その一階にある部屋に置かれていたわ」と、答えた。

「つまり、リナさんがレムリアにこだわっているのは……」

「リョウ君の考えている通りよ。まあいちおう別に理由もあるんだけれど、いちばん大きいのは、遺跡に眠っているレムリア新王国の秘宝を手に入れるため。どう、面白そうじゃない？」

リナにはふたたび、空賊アルビルダとしての表情が戻っていた。けれどもそこには、学芸員として遺跡を調査してみたいという欲望も、少なからず混ざっているように見えた。

リョウは手帖を閉じ、リナに差し向けた。

リナはそれを受け取ると、

「協力してくれるわよね？」と、念を押すように訊ねた。


リナとリョウは、暗がりのなか、じっとみつめ合った。

微かに揺らめく洋燈《ランプ》のあかりのために、リナの体は濃い陰影で彩られている。

「もし、空賊の手助けをする気はないといったら、どうなりますか？」

リョウが訊ねた。

「そのときは、博物館の仕事も辞めてもらうわ。だって、私の本当の姿を教えてしまったんだもの」

「それは困りますね……」

「それにリョウ君にはもうひとつ、私に協力しなければならない理由がある」

リナは、はっきりとした口調でいった。

リョウには、その理由というのが、すでにわかっていた。だから、

「……ヴィーナですね？」と、すぐに返事をした。

「正解。察しが良い男の子は好きよ。もう気が付いているんでしょう？　あの娘《こ》がつけているネック

レス。あれは間違いなく、レムリア水晶《レムリアン・シード》だわ。しかも、王族だけが身につけることを許された天然の緑《プラ》水晶《シオライト》」

リョウはリナの言葉を聞いて、マハーの博物館で、ヴィーナのネックレスがレムリアの水晶に反応し、突然強い光を放って輝きはじめたことを思い出した。

おそらくリナは、この一件をまだ知らない。

けれどもリョウは、このことには触れず、

「リナさんが修復した絵に描かれていた女の子も、同じようなネックレスをしていましたね」とだけ、答えた。

「そうね。それから最後に……リョウ君には、大事なことを教えてあげる」

「大サービスですね」

リョウが茶化すようにいうと、リナは、

「あら？　だって私は、リョウ君が協力してくれると信じているもの」と、肩を竦《すく》めた。

そして、先ほどリョウから受け取った手帖に視線を移し、パラパラと捲りながら続けた。

「ヴィーナちゃんが死にかけて蹲っているところをマティがみつけたのは、あの時計塔の三階なの。ちょうど、ナタル・アルタミラーノとサラス・レムリアのふたりが、最初にリウ・ミンファに出会ったのと同じ場所。だから、あの娘《こ》はレムリア新王国の人間の末裔だと考えて、間違いないと思うわ。そしておそらく、レムリアの秘宝の在処についての情報を持っている」

「それは、リナさんに協力しないといけませんね……」

「でしょう？」

リナは手帖を閉じて左手で持ち、右手をリョウに向けて差し出した。握手を求めているのだろう。それが空賊にとって、友好関係を結ぶことを示す証なのだろうか。

けれども、リョウにはそれに応じることができなかった。なぜなら——

「……そこまでわかっているなら、なんであの競売会《オークション》で、ヴィーナを売ろうとしたんですか！」

リョウは厳しい口調でいった。

リナはそんなリョウの様子に、

「ああ、リョウ君がこだわっていたのはアレかあ……」と、誤魔化すように笑った。

「笑いごとじゃないでしょう！」

リョウがなおも問い詰めると、リナは、

「……売れると思わなかったのよ」と、まるで悪さをした子どもが言い訳をするときのような表情になった。

リナによれば、肌の色やネックレスからもともとヴィーナがレムリアの末裔だと気が付いていた彼女は、ヴィーナに空賊の仲間になるよう誘っていたらしい。そうすれば、もっとも効率的に、レムリアの秘宝探しに協力してもらうことができる。

けれどもヴィーナは、首肯しなかった。そのため、ひとまず競売会《オークション》に出し、自分で彼女を買い取って、半ば強引にしたがわせるつもりだったのだという。

「ヴィーナちゃんはときどき熱を出すでしょう？彼女がそういう病気持ちだっていうのはわかっていたから、あの日の資料に書いておいたの。資料っていうのは、ヴィクトリアが持っていたカタログね。だから、もし買い手がついたとしてもそれほど高い値段はつかない。私でも十分に勝負ができるという目算だった。まあ、誰かさんのせいで、その計画は崩れてしまったんだけれどね。あのとき、逃げようとした商品には罰を与えるといったけれど、あれも、会場にいた人たちに向けたパフォーマンスみたいなものよ」

リナはいった。

「もしかして、僕とヴィーナがヴィクトリアさんに一〇〇〇万ノウンを借りたのは……」

リョウがおずおずと、リナに声をかける。

「そう、ひとことでいえば、不毛な努力だったわね」

「はっきりいいますね……」

「だって、結果はそんなに変わらなかったのよ。まあ、そのおかげでヴィーナちゃんがヴィクトリア座の女優になれたんだから、いいんじゃない？　私も、空賊の上の人に五年分の上納金を払うことができたから、普段は学芸員のお仕事に専念できているし。だからこの件については、むしろ私が進んでリョウ君の愛人になってあげなくてはいけないくらい、あなたには感謝しているの。いつでも会えるところにヴィーナちゃんを置いてくれて、しかも、私に好きなことをやる時間をもたらしてくれたんだもの」

リナは、声を弾ませた。

「そんなぁ」

リョウはほとんど泣きそうになりながら、がっくりと項垂れた。

「だから今までずっと、アルバイト先のお姉さんを演じてあげていたでしょう？」

「ヴィーナにも教えてあげればいいじゃないですか。それなら、ヴィーナが空賊アルビルダに、あそこまで食ってかかることはないでしょうし」

「あら、それはダメよ」

「どうしてです？」

「だって、私が競売会《オークション》でリョウ君とヴィクトリアのいう金額を出せなかった、あなたたちに負けたという事実は変わらないもの。空賊である私としては、不名誉なことよ。それを公にするわけにはいかないじゃない」

リナはいいながら、ずっとクスクスおかしそうに笑っている。

リョウはそこではじめて、リナという女性の本当の姿を見た気がした。

「じゃあ、改めて」

リナはふたたび、右手を前に差し向けた。

「……よろしくお願いします」

リョウはその手を握り返す。初めて握ったリナの手は、空賊をしているというのが信じられないほど、小さなものだった。

「博物館にいるときは、少なくともあと三年は、優しいお姉さんでいてあげるわ」

リナは冗談めかして笑った。

「……ありがとうございます」

リョウは苦笑する。

「でも……」

リナはそういって不意に手を離すと、リョウの首を挟み込むように両腕を絡め、媚を含んだ表情をぐっとリョウに近づける。そのまま、

「リョウ君の愛人になるという計画も捨てたわけじゃないから、覚悟しておいてね。まだまだお子さまのヴィーナちゃんになんて、負けないんだから」

と、耳元で囁いた。

吐息に含まれる酒の臭いに混じって、リナの体からは甘い匂いが漂い、リョウの鼻腔をくすぐっていた。

14

N.V. 148

診療録

北の街の図書館が炎上している。そういってナナが部屋に駆け込んできたのは、リウ・ミンファと幽霊塔で再会してから五日後のことだった。

これまで描き溜めてきたサラスのデッサンを整理していたぼくは、それを片付けることもせずに部屋を飛び出し、ナナが用意した馬車に乗った。

馬車の中には、すでにサラスが坐っていた。

サラスはぼくの姿を認めるなり、不安そうな表情を浮かべた。けれども、ちらりとナナに視線を向けるとすぐに気丈な態度を取り戻し、

「急ぎましょう！」と、馭者に向かって強い口調

でいった。

雨季が終わり、ひどく暑い日だった。空気も乾燥していて、窓から外を覗くと車輪からもくもくと土埃があがっている。速度をあげるほどに激しく揺れる馬車に乗っているだけで、体からじっとりと汗が滲んでくる。

「あの図書館に、火の気なんてなかったですよね？」

ぼくは誰に向かっていうとでもなく、口に出した。

その言葉に応えたのは、サラスだった。

「使うとすれば、本を読むために机で使う洋燈《ランプ》くらいです。でも、夕方には閉めてしまいますから。今の時期ならほとんどの場合、外からの光で十分に本は読めるはずですわ」

ぼくたちはそれきり、ほとんど会話もないまま北の街に急いだ。

図書館に着くと、石造りの建物の入口に近い部分が、煤で黒く染まっていた。炎上したというので飛び出してきたものの、外から見た限りではそれほど大きな被害ではなかったように見える。

建物に入ってすぐのところにあるカウンターのところが、もっとも被害が大きかったらしい。頻りに王室警備隊保安室の職員が出入りしている。

それほど大きな被害ではなかったのだろう。

ぼくがそう思って安堵していると、職員のひとりにナナが近づき、しばらくのあいだ話し込んでいた。やがてナナが、ぼくとサラスのところに戻ってきて、

「焼死体がひとつ、みつかったそうです。おそらく、ダリアさんだろうと」といって、目を伏せた。

保安室によると、どうやらカウンターの机にアルコールが入った洋燈《ランプ》を置いたまま床で本を整理していたところ、洋燈《ランプ》が頭から倒れてきたらしい。ちょうどアルコールを入れ替えた直後だったらしく、それがダリアの体と周囲に置かれていた古本とに引火して、そのまま焼け死んだのではないかという。

サラスはその説明を聞いてすぐに踵を返し、

「行きましょう」と、苛立たしそうな様子を見せた。

ぼくは慌てて後を追い、

「もういいんですか？」と、訊ねた。

「ええ。おそらくこの場所にいても、保安室の邪魔になるだけだろうと思いますわ」

サラスはそういってぼくの手をとり、馬車のほうに引っ張った。彼女の力は、ぼくが思っていた以上に強いものだった。

そして馬車に乗り込むと、サラスはぼくの耳元で囁いた。

「……おそらく、他殺だと思います。だってダリアはいつも、アルコールの洋燈《ランプ》なんて、使っていなかったんですもの」

「えっ!?」

ぼくが声をあげると、サラスは右手の人差し指を立てて、ぼくの唇に押しつけた。

慌てて、ぼくは口を噤む。


「ダリアが床で作業をしているとき、頭の上から洋燈《ランプ》を倒したのだと思います。洋燈《ランプ》に入っている燃料くらいであれほど燃えるとは思えませんし、入口近くにまでアルコールの臭いが漂っていたほどですから、もしかしたら犯人が彼女の体にアルコールをかけたのかもしれません」

サラスはそういったきり、じっと考え込むように窓の外をみつめていた。そしてひとり、

「せっかく、最近は体調のほうも良くなってきたと、ふたりでお話をしていたところですのに……」と、呟いていた。

ぼくはそんな彼女を見ながら、別のことを考えていた。

その日、ミンファの姿は、図書館周辺のどこにも見られなかったのだ。

翌日の夜。この日はサラスの体調が良かったので、ぼくたちは歩いて南の街にある病院に向かった。

石畳の街並みは、店の中から漏れ出てくるあかりに照らし出されている。その中で多くの人が行き交い、賑わっていた。西の街や東の街で働いている職人たちも、この時間になるとここに集まってくることが少なくない。

夕方を過ぎた頃から、飲食店では店の中だけでなく、店の前を通る道路にまで座席が作られる。そこでは多くの人が酒を飲み、そのかたわらにはこの街に流れ着いたらしい芸人がどこからともなく現れて、メロディオンやギターで陽気な音楽を奏でている。

働いてお金を稼ぐことに大きな価値観を置くレムリアの人々は、一方で夜になると、手に入れたお金を飲食に注ぐことを辞さない。海が近いから海産物が容易に手に入るし、水晶で手にする利益で、干し肉やワイン、小麦を外の国から豊富に輸入することができる。そして、まるでそれが人生でほとんど唯一の娯楽であるかのように、二時間、三時間と長い時間にわたって食を貪るのだ。その意味では、食糧事情が悪く、貧困地区《ゴーラト》でない地域に住んでいても芋類や穀物を中心に細々とした食事を摂るマハーの街とは、対照的だといえる。

サラスは街に出たとき、よく好んで、そういった中に紛れて食事をする。明るく快活で人好きする性格なので、たまたま相席になった人と、その場で仲良くなってしまうことも少なくない。

けれどもこの日ばかりは、チラチラとそういった店を脇目に見るサラスを引きずるようにして、ぼくたちは病院へと急いだ。

図書館で起きた火災についても、まだ気になるところもあった。けれどもそれ以上に、先に調べておかなくてはならないことがあったのだ。

気が付くと道中での話題は、昨日の事件のことになっていた。

「仮にダリアさんが誰かに殺されたとして、犯人に心当たりはないですよね?」

ぼくがサラスに訊ねると、サラスは

「わかりません。それほど交友関係が広いほうでもありませんでしたけれど……」と、首を横に振った。

サラスから聞いた話では、ダリアはほとんど、自宅と図書館とを往復する生活だったようだ。週に五回、十時になると図書館に行き、夕方までカウンターで坐っている。レムリアの人々は、本を読んでいるくらいなら手と体とを動かして働いて、お金を稼ぐべきだという価値観を持っているのが普通だ。だから、それほど多くの客が図書館を訪れたとも思えない。おそらくほとんど人と接することもないまま、本を読んで過ごしていたのだろう。

ぼくはそんなことを考えながら、

「リウ・ミンファの周りでこの短い期間にふたりも殺されているとしたら、さすがに彼女にも疑いが向くでしょうね。もしくは、上海異人娼館《チャイナ・ドール》で働いている女性たちでしょうか」と、ぼんやりといった。

ぼくの頭には、マルグリット・フロストの周囲に

落ちていたお香のことがあった。少なくとも、最初の事件を起こした犯人は、女性である可能性が高い。

「でもダリアさんは、娼館のほうとは、もうまったくといっていいほど交流がなかったようですよ」

サラスがいった。その言葉にぼくは、

「もう？　……ということは、昔はあったんですよね？」と、顔をあげた。

「はい。昔は彼女も娼館で働いていたようですが、一年ほど前からは、図書館だけだったそうです」

「……なるほど」

つまり、彼女がリウ・ミンファ以外の人間と関わりを持つとすれば、図書館にやってくる客くらいだったことになる。だとすると、もしマルグリット・フロストの殺害事件と、今回の放火・殺害事件との接点を考えるとすれば、まずは図書館にやってきた客と、上海異人娼館《チャイナ・ドール》を使っている客とのあいだで共通する人物を探すというのが、最初にやるべき作業だろうか。あるいは、上海異人娼館《チャイナ・ドール》に勤めている娼

婦の中で、図書館を使っていた人物に当たってみるという必要もあるかもしれない。

　幸いなことに、図書館には貸し出しカードが残っている。だから、少なくとも図書館については、出入りしていた人物をある程度なら絞り込むことができそうだ。

　するとサラスが、

「ナタルさんは、マルグリット・フロストの事件と、ダリアさんの事件は、同じ人が関わっているとお考えなのですか?」と、確認をするように訊ねた。

　ぼくは、しばらく躊躇してから、

「ええ、そうです」と、返事をした。

「もしよろしければ、その根拠を教えてくださいますか?」

「だからこれから、病院に行くんです」

　ぼくは返事をしながら、自分の右肩から掛けている鞄に視線を落とした。その中には、このあいだリウ・ミンファから預けられた小さな銀製の箱が入っている。マルグリット・フロストの殺害現場に落ちていたものだ。

　ぼくが調べたところでは、これは間違いなく携帯用の薬箱《ピル・ケース》だと思われた。

　マルグリット・フロストが娼婦という職業に就いていたことを考えれば、当然、持っていても不思議ではない。避妊のための薬を持ち歩くことは、仕事を続けていく上で欠かせないからだ。

　しかし、ミンファは王室警備隊保安室の手にこれが渡ることを避け、隠し持っていた。そしてそれを、ぼくに預けた。

　そこには少なくとも、なんらかの意図があったはずだ。

　その意図がなんであるのかは、ぼくにはわからない。そして、これを持っていることで、ぼくが罪に問われる可能性も少なからずある。もしかしたら、ミンファはそれを見越して、ぼくを陥れようとしているのかもしれない。

けれどもぼくは、ミンファからのこの謎かけに、乗ってみることにした。もしかしたら彼女は、事件の犯人を知っているのかもしれない。

もちろん、リウ・ミンファという女性を、まだ完全に信じたわけではなかった。

彼女がいったい何者であるのかさえ、ぼくは把握していない。

それでも、マルグリット・フロストの殺害事件の真相を明らかにするために、この薬箱《ピル・ケース》が大きな鍵を握っていることは間違いない。そして、この事件について明らかにすることが、前の日に起きた図書館炎上事件の犯人にも繋がっている。

ぼくはそう確信していた。

病院は、南の街の商店街を抜けたところにあった。

小さな診療所はいくつかあるものの、大きな医療機関としては、ここがレムリアでは唯一の場所だということだ。サラスの治療をしている女性医師も、

いつもはここに勤務している。小さな都市国家だから、それも仕方のないことだろうか。

けれどもこの病院には、ひとつ特徴があった。それは、王室や、教会、水晶加工協会《ギルド》の権限が、なにひとつ及んでいないことだ。レムリア法では、医療機関は他のあらゆる権力からの独立性を認められており、レムリアの宗教――レムリアンからも解放されている。

宗教的律法よりも、都市国家に住み、そこで働く人々の健康を優先する。そのことで、社会をより円滑に動かそうとする。このように効率を重視する発想も、いかにもレムリアらしいといえば、そうなのかもしれない。

「……もしこれがバレたら、私のクビが飛びますね」

サラスの治療を担当している女性医師のアリス・サマラスは、人気のない会議室に紙の束を持ち込んで、なぜか声を弾ませた。病院の地下で、ぼくたち

は彼女と待ち合わせをしていたのだ。

アリス女医は、金色の髪をショート・ボブにした、三十歳を少し過ぎたくらいの、ハキハキとした話し方が印象的な女性である。治療を担当しているというだけでなく、性格的にもサラスと合っているのだろう。どうやらもともとはレムリアの人間ではなく、ぼくと同じくマハーの出身だということだった。

「そんなことになったら城に部屋をさしあげますから、王室の専属になってしまえばよろしいではないですか」

サラスの口調は、使用人《メイド》のナナと話しているときと同じように滑らかだった。むしろ、ナナと話をするときにはどこか緊張にも似た雰囲気が漂っているのだが、アリス女医に対してはそれがない。

——なんだかんだいって、ナナは私に付いているというよりも、王室にしたがっている使用人ですから。父や神官に、ナナからどんな情報がいっているかと思うと、警戒してしまうのです。

ぼくはふと、サラスが以前いっていたことを思い出した。

王や神官にとって、特にレムリアの価値観にしたがわない振る舞いをすることが少なくないサラスは、監視するべき対象なのかもしれない。

「考えておきますね」アリス女医は冗談めかしていうと、ぼくのほうを向き、

「本当は、王室警備隊保安室のほうでも、よほど調査の理由が明確でなければ、診療録《カルテ》は開示しないの。ひとりの人間にとって、病歴はもっとも重要な情報のひとつだから。それだけこの病院は、レムリアから独立した活動ができているといえるわね」と、説明をした。

「無理をいって、申し訳ありません……」

ぼくが頭を下げると、アリス女医は穏やかに微笑した。

「いいえ。マルグリット・フロストさんの事件で、検死をしたのは私だもの。もしこれで事件の真相がわ

かるのであれば、私にはそれを知る権利があると思うわ」

こうした好奇心の持ち方も、どことなくサラスに似ている。もしサラスが、レムリア王室の娘として産まれておらず、医師を志していたのなら、アリス女医のような雰囲気になっていたかもしれない。

ぼくは、アリス女医が用意した診療録《カルテ》を手に取った。マルグリット・フロストが、この病院に通っていたときのものだ。黒いペンで、ドイツ語で書かれているらしい。もともとぼくはドイツ語が読めないことに加えて、ミミズが這っているかのようにクネクネとした文字だから、判読することはほとんど不可能なように思えた。

「ああ……これは、ボッシュ先生の文字ね」

アリス女医は「あの人、いつもこんな感じで殴り書きするのよ」と、苦笑しながらぼくが手にしている診療録《カルテ》を覗き込み、「彼が主治医だったのね」と、いった。


「同僚の方ですよね？」

ぼくが訊ねると、アリス女医は首を横に振った。

「皮膚科はあまり患者さんが多くないので、十日に一度だけ、マハーから来て頂いているの。非常勤の先生だから、あまりお話ししたことはないわね」

と、眉を顰《ひそ》めた。

「それで、先生のところに、検死が回ってきたんでしょうか？」

「そうかもしれない。……ちょっといいかしら？」

アリス女医は、ぼくが持っていた診療録《カルテ》に手を伸ばした。すると、それまでの陽気な態度が嘘のように、真剣な顔つきでじっと診療録《カルテ》に目を走らせた。

「……どうでしょう？」

まるで彼女の仕事を邪魔しているような罪悪感を覚えながら、ぼくはおずおずと声をかけた。アリス女医は、

「ああ、やっぱり……職業柄、十分にあり得るとは思っていたけれど」と、ため息を吐いた。そして

数枚の紙を金具で留めた診療録《カルテ》の一枚目を捲ってぼくに向け、二枚目のちょうど真ん中あたりを右手の人差し指で示した。

そこには、やはり速記のような文字で、うねうねと黒い線が書かれている。

ぼくが訴えかけるように顔をあげると、アリス女医は、

「Syphilis。……黴毒よ」と、淡々とした口調でいって、ぼくたちにマルグリット・フロストの病状を説明してくれた。

黴毒では、細菌による感染が起きてから数週間で、感染部位に固い痼《しこ》りができる。その後、全身に湿疹が現れ、やがてリンパ腫や発熱などの症状が出るが、それを過ぎるとほとんど症状が見られない時期がやってくるのだという。

「不顕性感染といってね。この時期の黴毒は感染力を持たないのよ。だから、娼婦の仕事をしている人は、仕事に戻ってしまったりする。その時期を見誤ると他の人にも感染してしまうので、危険ではあるのだけれど……他に生活をする術がなければ、仕事に戻ろうと考えるのも、仕方ないかもしれないわね。特にレムリアでは、西の街で働いている男性にとっては生活上必要なものとして、公娼制をとっているから。むしろ、そこで働いている女性がお金を手に入れられるし、彼女たちを王室警備隊保安室で管理することもできるから、積極的に認めているといっても良いかもしれない」

アリス女医はそういってから、

「まさか……」と、呟いた。

「どうなさいました？」

訊ねたサラスに顔を向けることもなく、アリス女医は持ってきた残りの診療録《カルテ》を次々と捲った。上海《チャイナ》異人娼館《ドール》に関わる人物がいたらすべて持ってくるよう、ぼくが頼んでいたからだ。

そしてぼくは、アリス女医の代わりに、サラスの問いかけに返事をした。

「上海異人娼館《チャイナ・ドール》に勤めている娼婦はほとんどが、黴毒か、もしくはそれ以外のなんらかの病気を患っている。……そうですね？」

アリス女医は、

「黴毒に淋病、肝臓病、原虫まで。ほとんど、性感染症の巣窟のような状態だわ」と答えて、頭を抱えた。

「やはり、そうでしたか」と、ぼくは唸りながら、

「昨日殺されたダリア・マイヤーはいかがですか？」

と、訊ねる。

「……ええ。彼女は肝臓の病気を患っている」

「発覚したのはちょうど、一年くらい前ですね？」

「そうよ」

ぼくは、サラスが以前、ダリアが一年ほど前から図書館で働いているといっていたことを思い起こした。つまり、彼女が体を売らなくなったのは、それが原因だったことになる。

「良く気が付いたわね」


アリス女医は顔をあげ、フウと大きく息を吐く。

ぼくは彼女の前に、リウ・ミンファから預かった薬箱《ピル・ケース》を差し向けた。

「店主のリウ・ミンファが、上海異人娼館《チャイナ・ドール》に勤めている女性は皆、同じような薬箱《ピル・ケース》を持っているといっていました。もちろん、娼婦の仕事をしているのであれば、避妊のための薬を持っていても不思議ではありません。でも、避妊薬であれば、一種類飲めばいいはずです。それなのにこれは、箱の本体がふたつの部屋にわかれている。……つまり、この薬箱《ピル・ケース》の持ち主であるマルグリット・フロストは、もう一種類別の薬を飲んでいた可能性が高い。そして、同じような箱を上海異人娼館《チャイナ・ドール》の女性が持っているということは、他の女性たちも同じような状態なのかもしれないと思ったんです」

そしてぼくは、サラスのほうに向き直った。

じっと彼女の目をみつめると、サラスは、まるでなにか悪戯をしたあとの子どものように、ぼくから

目を逸らした。

けれども、ぼくはそのまま、サラスを問い詰める。

「これが、マルグリット・フロスト殺害事件と、ダリア・マイヤー殺害事件の鍵を握るはずです。そして、サラス王女……あなたはこのこと知っていましたね？」

ぼくはなおも、睨めつけるようにサラスを見た。

サラスはじっと押し黙ったまま、ひとことも返事をしなかった。

15

N.V. 651

襲撃

午前十時を過ぎると、オーストラフ市立博物館の搬入口には次々と荷物運搬用の台車が入ってきていた。『レムリア王国の女神展』に向けて他館から借りた展示品が届きはじめたのだ。

これから二日がかりで収蔵庫に箱をいったん収め、それと平行して展示品の確認と陳列が予定されている。そのかたわらで展示室の最終チェックも行われるため、博物館にとって最大の繁忙期が、こうした展示入れ替え期の最後の数日となる。

この日は館の職員が総出で、荷物を運び入れていた。アルバイトとして働いているリョウは、こうした仕事のときはまっさきに駆り出されることになる。けれども、普段はあまり力仕事をしていないせいか、二時間ほど働くと手に力が入らなくなってしまう。

「リョウ君はもう少し、運動しないとダメかな」

リナは両手に荷物を抱え、クスクス笑いながらリョウを見て、通り過ぎていった。

そういえば、彼女はこういう力仕事のとき、いつも余裕の表情でいちばん大きな荷物を抱えている。今まであまり気にしたことがなかったが、空賊アルビルダとしての仕事のために、日頃から体を鍛えているのだろうか。リョウはようやく、こうしたリナの振る舞いに納得することができた。

湿地にあるリナの屋敷に泊まった日、彼女は結局そのままベッドに入ってしまい、夕食には姿を現さなかった。翌朝は濃い化粧《メイク》を施し、赤い鬘《ウィッグ》をつけて、すっかりアルビルダとしての姿に戻っていた。

だから、ヴィーナがアルビルダの正体に気が付いているかどうか、リョウにはまだわからなかった。

リョウが博物館に出勤すると、リナはいつもと変わらず、黒い髪をして薄い化粧だけを顔に施し、パンツスーツを身につけて働いていた。

——博物館にいるときは、少なくともあと三年は、優しいお姉さんでいてあげるわ。

まるでその言葉を忠実に辿るかのように、以前と変わった様子がない。それを目の当たりにしてリョウは、リナの変貌ぶりの見事さに内心で感嘆していた。

けれども、完全に以前のままというわけにもいかないらしい。

休憩時間に修復室に戻ってふたりきりになると、「はい、これ」と、リョウに小さな紙製の袋を差し出す。そのまま、「クッキーを焼いてきたのよ」と、笑いかけた。

「へえ……リナさんが焼いたんですか？」

リョウは内心で、もしかしたらマティにやらせたのではないかと思っていた。けれども、

「私だって、ちゃんと料理すればマティなんかには負けないわ。男を摑むには、まず胃袋から。隣の部屋で、ちょっとお茶にしましょう」と、リナは鼻歌を歌いながら、コーヒーを淹れはじめる。

どうやら、リナの愛人としてリョウを立派な学芸員もしくは空賊に育てようというのも、少なからず本気らしいのだ。


リナとリョウが向かい合ってコーヒーを飲んでいると、話題はレムリアの秘宝のことになった。

「レムリアの秘宝があるとすれば、やっぱり、あの幽霊塔が怪しいと思う。今まで二度地下に潜ってみたんだけれど、本当に迷路になっていたわ。道に迷って、もう出られないんじゃないかって三人で泣きそうになったもの」

三人というのは、リナ、マティ、エルランドのことだろう。

オーストラフ市立博物館の壁は厚いため、隣の部屋に音が漏れることはない。けれどもリョウは、リナの話を聞きながら、外にこの会話が聞こえているのではないかと、思わず周囲を見渡してしまう。

けれどもリナのほうは、まったく気にしていない様子で続けた。

「レムリア水晶《レムリアン・シード》の断面が、数値や文字に置き換えられる識別子になっているかもしれないってフィロワ先生がいっていたでしょう？　私はあれに、幽霊塔の地下室の地図が隠されているんじゃないかと考えているの。あの幽霊塔は、王となった者に代々受け継がれていたものだから。個人的には、マハーの博物館に展示されている水晶か、ヴィーナちゃんがつけているネックレスが怪しいと思っているのだけれど……両方とも緑水晶《プラシオライト》だから、間違いなく王族のものなのよね」

リナがこれほど饒舌に話しかけてくるのも、彼女が空賊アルビルダであることを自分に明かしたからだろうか。

リョウはそんなことを考えながら、

「でも、あの識別子は今では読むことができないと、フィロワ先生は仰っていました」と、ぼんやり口に出した。

するとリナは、

「そこで、ヴィーナちゃんなのよ」と、涼しい顔でいって、体をリョウのほうにぐっと近づける。「たとえば、あの識別子に音声認識機能がついていて、彼女の家に伝わる秘密の言葉を口にすると起動するとか……」

リナの言葉に、リョウの心臓はドキリと高鳴った。

「なんだか、小説のヒロインみたいな話ですね」

「あら、それくらい想像したほうが楽しいじゃない。歴史と物語との境界なんて、曖昧なものよ。どんなに歴史が史料によって事実を積み重ねても、最後は人間の想像力に頼るしかない。想像力というのは、単なる空想とは違う。現実と現実、情報と情報とのあいだを繋ぎ合わせるための思考そのものなのよ」


リナはそういって、カップに口をつけた。中に入っているコーヒーは、すっかり冷たくなっている。

「それは、空賊としての心得ですか？　それとも、学芸員としての考え方ですか？」

リョウが訊ねた。

リナはリョウに向かって微笑みかけてから、

「両方ね。私はふたつの仕事に、リョウ君が考えているほど境界を作っていないもの」と、答えた。

リョウは、マハーの博物館を訪れたとき、ヴィーナがいきなりリョウが聞いたこともないような言葉を呟き、ネックレスが強い光を放っていたことを思い出した。そして、そのことをリナに話すべきだろうかと、考え込んだ。

学芸員としてのリナは、信頼している。彼女に憧れて二年間今の仕事を続け、自分自身も同じ仕事に就こうと勉強してきたのだ。修復室で一緒にいることも多かったから、彼女の人となりについても理解しているつもりだった。
けれども、リョウはいまだに、空賊アルビルダと
しての彼女をどのように捉えれば良いのか、考え倦《あぐ》
ねていた。リナと同一人物だと思えば、アルビルダ
も信用して然るべきだろう。けれどもそのたびに、
いつ、あの競売会《オークション》のときに出会った、赤い髪の空賊の姿が
目に浮かぶ。そして、少なくとも自分が棲んでいる
場所とは異なる世界を生きている彼女が、どこかで
自分の思いも寄らないようなことを目論んでいるの
ではないかという疑念が、頭を擡げる。
「それで、翻訳のほうはどう?」
リョウの思考に割って入るように、リナの声が聞
こえてきた。
「あっ、はい」リョウは慌てて返事をし、「もう少
しで終わると思います」と、いった。
「そう。さすがに展示には、間に合わなかったわ
ね」
「もともとナタル・アルタミラーノが書いた手記

と内容が違っていて、史料的な価値が低いと思うと、
さすがに意欲が落ちますね」
リョウは微苦笑をしながら立ち上がり、修復室に
向かった。
作業用の机に置いたままになっている鞄の中に、
翻訳を進めているノートが入っている。それを手に
したところで、リナが、
「小説でも翻訳していると思って、楽しんでやれ
ば良いのよ。こういう仕事を経験しておくことは、
学芸員になってからも役に立つわ」と、声をかけた。
リョウはリナのところに戻り、ノートを手渡した。
つまりこの本を翻訳することには、アルビルダと
しての彼女にとって、なんらかの意味があるという
ことだろうか。
リナはテーブルにあったケースから片眼鏡《モノクル》を取り
出して眼窩に取り付け、ちらりとリョウに視線を送
った。先日、彼女の屋敷に泊まったときにも、朝、
新聞を読むときにつけていたものだ。どうやらこの

眼鏡と赤い髪が、空賊アルビルダのトレードマークらしい。

リナがノートを開き、リョウが書いた文字に目を走らせる。

リョウがその様子を見守るように黙っていると、

「ねえ、リョウ君。やっぱりスペイン語のほうも少し、勉強してみない？」と、頁に視線を落としたまま声をかけた。

「原本のほうですか？」

「ええ。別に、今すぐ私とベッドで勉強するようにとはいわないから。もう三年半くらいなら、待ってあげるわ。私の三十歳の誕生日が来る前までだけどね！」

珍しく語気を強めて語られたリナの言葉に、リョウは苦笑した。近頃の彼女の言葉は、どこまでが本気で、どこからが冗談なのか判別がつかない。そのため、

「そうですね。原本のほうも、読めるようになりたいですね……」と、曖昧に返事をした。

リナはその言葉に、ぴくりと眉を動かしてから。

「大まかに内容を話してあげてもいいんだけれど。両方それぞれのちゃんとした翻訳をそれぞれ作ってくれると、私はとても助かるかな」と、背凭れに体を預けて脚を組んだ。

「少しかじったくらいで原本のほうまでというのは、厳しくないですか？」

「だったら、私が話す内容とロシア語の翻訳を、かけあわせてみるとか」

「それはすでに、翻訳ではなく翻案ですよ」

「あら、いいじゃない。もともとロシア語のほうは改編されているんだもの。それに、別に出版をするわけでも、翻訳を展示に添えるわけでもないでしょう」

リナは顔をあげて、にっこりとリョウに微笑みかけた。

こうして学芸員としてのリナと話をしていると、

リョウはどうしても、空賊アルビルダとしての彼女と今の彼女とが、ひとりの人物として重なり合わない。あるいは、先日のアルビルダの屋敷での出来事は、夢でも見ていたのではないかと思えてならないのだ。

しかし、リョウのそういった思考は結局、

「リナさんは、どうして学芸員になったんですか？」という言葉に収まってしまった。

口にしてから、リョウは内心で、もう少し別の訊き方があったのではないかと後悔をする。肝腎なことが口に出せない。これも、いつものことだ。

リナはほとんど間をおかずに、

「このあいだ、私の部屋で話したとおりよ。空賊としての収入は、上の人に上納金を払って、マティとエルランドのふたりを雇っているだけで、ほとんどなくなってしまうもの。私が自分の生活をしていくお金は、別に手に入れないといけないわ。それに、空賊として働くには、世界各地の宝物についての知識は欠かせないもの」と、答えた。その言葉は、まるで芝居の脚本を女優が語り出すかのように、滑らかに口から出たものだった。

「でもそれなら、他の仕事をしながら勉強してもいいわけですよね？　特に、修復士の仕事は、必然性がないようにも思いますが」

リョウはなおも、食いついてみた。すると、リナはやや驚いたように目を瞬《しばた》かせた。そして、

「これ以上の答えは、高くつくわよ。男の人が女の秘密をひとつ知ろうとするときには、それなりの代償を支払うものなの」といって、ニヤリと笑った。その表情には少なからず、空賊アルビルダとしての面影があった。

「す、すみません。余計なことを訊いてしまいましたね」

リョウはリナの態度に気圧《けお》されたかのように、ほとんど反射的に頭を下げた。

すると、リナは不機嫌そうに、

「ほらあ、そこがリョウ君のダメなところ」と、口を尖らせて続ける。「あなたは大事なときに、態度を曖昧なままにしてしまう。リョウ君が優しいのはわかる。でも、大事なことはちゃんと言葉に出さないと。人間はすべて本心を明かさずに生きていけば、いろいろなことが上手くいくわ。誰でも心の中に黒い部分と白い部分を持っているものだけれど、黒い部分が白い部分を覆って、灰色の人間に見られてしまうこともない。けれども、相手に黒い部分を見せなければ、白い部分が際立って見えることもない。それはつまり、人間としては面白くない、魅力がないということでもある」

リナはそこまでいって、「そういう生き方、損をするわよ」と、呟いた。

予想外に手厳しいリナの発言に、リョウは言葉を返すことができなかった。

夕方。赤光に彩られたヴィクトリア座を取り囲むように作られた芝生の庭に、多くの人が集まっていた。

あちらこちらに丸テーブルが設置され、炭酸入りのワインが振る舞われている。周囲を見渡すと、オーストラフ市長や市議会議員、街の有力者だけでなく、マハーをはじめとした他の都市国家で要職に就いている人々の姿も見える。それもそのはずで、この日はこの後、四日後にはじまる新しい公演のための試演会が行われるのだ。

ヴィクトリア座では、新作の本公演がはじまる前に、こうして座への出資者や支援者、新聞や雑誌の関係者、市民の中から抽選で選ばれた人々を招いて試演会を行うことが、ひとつの伝統になっていた。この会に訪れた者の口伝えや、活字で流通する記事を広告のひとつとして利用する。そのことで、オーストラフ市内だけでなく周辺の都市国家からも、観客を集めてきたのだ。

リョウは建物の入口に立ち、入場券を切るモギリの仕事をするように頼まれていた。いつものように、ヴィクトリアから博物館に、人手が足りないから手伝ってほしいという連絡があったからだ。

開場の直前、リョウは初めて、今回の公演でチケットの半券と一緒に渡す公演パンフレットを手に取った。

新作となる芝居の内容は、この試演会まで外部には漏らしてはいけないらしい。これは、リョウがどんなにヴィクトリア座の人々と親密になっても、例外ではなかった。ヴィーナでさえ稽古《プローベ》が続いているあいだは、その中身についていっさい話してはくれない。だからリョウのほうでも、できるだけ彼女の仕事のことは、ふたりのあいだで話題にしないようにしていた。

――レムリアの女神。

この新しい公演のタイトルだけは、事前に伝わっていた。オーストラフ市立博物館の展示との連動企画として、ヴィクトリア座の座付作者をしているユーリ・ベロワが脚本を書き下ろすことになっていたからだ。けれども、パンフレットに書かれたあらすじを読み、リョウは心臓が止まってしまうのではないかと思えるほどの驚愕に襲われた。

――レムリアの王女であるサラス・レムリアは、みずから開催した展覧会に応募された一枚の絵に一目惚れをする。それは、ナタル・アルタミラーノというマハーの街に棲む青年画家の手によるもので、彼女は即座に、彼を王室専属の画家としてレムリアに呼び寄せた。やがて、サラス・レムリアとナタル・アルタミラーノは恋に落ちる。だが、ふたりの恋は、けっして叶えられないものだった。それは、サラス・レムリアが王女という地位につくためではない。彼女は、誰にも口外できない病を抱えていたのだ。

「……ナタル・アルタミラーノの手記と、同じ内容!?」

リョウは呟くと、顔をあげ、周囲を見渡した。近くにユーリ・ベロワがいたら、どうしてこのような脚本を書くことができたのか訊いてみようと思った。けれども、彼の姿は見当たらなかった。

ふたたび、パンフレットに視線を落とす。

ナタル・アルタミラーノの手記の原本はリナが持っているし、ロシア語に翻訳されたものはフィロワの手元にある。フィロワがユーリ・ベロワに本を貸したことがあるとすれば、自分のところに翻訳が回ってくることはないだろう。座付作者としての仕事の他に小説家としても活動している彼に任せたほうが、確実に良い翻訳ができるはずだ。

フィロワによれば、ナタル・アルタミラーノの手記が翻訳されたり、出版されたりしたことは、これまでにないらしい。もしかすると、リナがフィロワに話した手記の内容が、ユーリにまで伝わったのだろうか。それにしては、あまりにも内容が似すぎている。リナがここまで詳細に話すとは思えない。それにフィロワは、ロシア語が読めないといっていた。

パンフレットには、サラス・レムリア役をヴィーナ・ヘルツェンバイン、ナタル・アルタミラーノ役を、男役としてここ一、二年のあいだにヴィクトリア座で頭角を現しているカミラ・ロースが演じることが紹介されている。けれどもそれらの情報は、もう頭に入ってはこなかった。リョウはモギリの仕事をしているあいだも、ずっとユーリ・ベロワによる脚本のことが頭を離れなかった。

幸いなことに、試演会の観客は比較的早い時間に劇場内に入ることが多いため、リョウは開演の五分前には仕事から解放してもらうことができた。

二階席に作られた関係者向けに確保された自由席に向かうと、舞台のほぼ正面に坐ったリナが、こちらを手招きしている。左隣の座席に荷物を置いて、リョウが坐るところを確保してくれていたらしい。彼女の右隣にはエルランドとマティが、手を繋いで坐っていた。マティが少女の格好でいるために、まるで男女のカップルであるかのように見える。

リナは、ふたりのことはまるで他人であるかのように、知らないふりをしているらしかった。今日は鬘《ウィッグ》もしていなければ、濃い化粧《メイク》も施していない。空賊アルビルダとしてではなく、学芸員のリナとして会場に来ているようだ。

そして彼女は、リョウが近寄るなり、

「私じゃないわよ」と、小声でいって、パンフレットのあらすじのところを指で示した。

「いえ、別に疑っていませんよ」リョウは苦笑しながら、「もう一冊、別に本があると考えるべきでしょうね」と、いった。

「私が持っているナタル・アルタミラーノ直筆本と、リョウ君が翻訳しているロシア語版の中間に当たるものじゃないかしら。ナタルが日常的に使っていたスペイン語、レムリアの公用語だったタミル語、それを見て翻訳されたロシア語の順番だったと考えるのがいちばん妥当だから、タミル語版をユーリが持っているのかもしれない」

リナもどうやら、リョウと同じことを考えていたらしい。やや苛立たしげに眉根を寄せたのは、空賊として本来自分が手に入れたかった宝物を、別の人間に奪われた悔しさが働いているのだろうか。

「しかし、ずいぶん身近なところに三冊揃ったものですね……」

リョウはふうと大きく息を吐きながらいった。

「今、レムリアに興味を持っている人間なんて、私たちくらいだもの。一般的には、世界史の教科書にも、名前くらいしか出てこない王国だわ」

「それって、次の展示で本当に、お客さん集まるんですか？」

「そのためにヴィクトリアには、展示の宣伝も兼ねて今回の公演をお願いしたのだけれど」

リナは腕組みをして右手を顎に当て、まだ緞帳が下りたままの舞台をじっと凝視した。その気色ばんだ様子に、リョウはそれ以上リナに声をかけることができなかった。

やがて、劇場にベルが響き渡った。

観客席のあかりが、しだいに照度を落としていく。それに合わせるかのように、ざわついていた周囲の人々が、すうっと静まり返る。どこか遠くの席で、ゴホゴホと咳払いをする音だけが響く。

暗がりのなか、緞帳がゆっくりと上にあがる。

舞台の中央に、パッとスポットライトがともった。

しかし、そこには誰もいない。

……十秒…………二十秒。

時間が経過しても、舞台上ではなにも起こらなかった。

およそ一分が過ぎ、観客席にはふたたび、ザワザワと人の話し声が響きはじめる。

なにか、おかしい。

そのとき——。

舞台袖から、突然、パン、パンという銃声が二度響いた。

……演出、ではない。


明らかに、異常事態だった。

「しまった！」

リョウの隣の席で、リナが声をあげて立ち上がった。

その直後、舞台の下手から、衣装を身に纏ったヴィーナが走ってくる。

ふたたび、銃声があった。

弾は幸い彼女の体から、二十インチほど離れた床に当たった。

けれども、ヴィーナは長いスカートの裾が脚に絡まり、その場に倒れ込んでしまう。

悲鳴が響く。

周囲の観客席は、混乱がはじまっていた。

一階席では立ち上がった何人もの観客が、後方にある出口に向かって走り出している。

そのとき、舞台の上手から三人、下手から二人、顔を布で覆った男たちが、同時に走り出てきた。ヴィーナに駆け寄り、彼女を捕らえる。彼女は口を塞がれ、声を出すこともできない。

そして――

「我々は、観客席に危害を及ぼす意志はない。今すぐ全員その場に坐り、両手を頭の上に乗せて蹲るんだ！」

朗々とした声でひとりの男が叫び、天井に向かって拳銃を放った。

それに呼応するように、観客たちが体を屈める。

……たった四人の例外を除いて。

その例外とはもちろん、リョウ、リナ、エルランド、マティだった。

小さな拳銃を懐から取り出したエルランドが、銃口を舞台に向ける。

しかし、

「ダメよ。今撃ったら、ヴィーナの身が危険だわ」

と、リナが制した。

「いや、しかし……」

エルランドは反論しようとするが、

「五人を一気に撃つのは無理でしょう。いいから、自重しなさい」と、リナが早口にいうと、エルランドは拳銃を収めた。

舞台上では、四人の男がヴィーナの体を抱えるようにして担ぎ上げた。

そのまま、観客席の後方にある出入口に向かって、その中央にできた花道を進む。

しかし、銃を天井に放ったひとりの男は、その場に立ったままだった。

じっとこちら――リナを見ている。あるいは、彼女が空賊アルビルダだと知っているのだろうか。

けれどもその男は、なにもいわずに他の四人の後を追って、劇場を走り去った。

……こうして、ヴィーナ・ヘルツェンバイン拉致事件の一部始終は、ヴィクトリア座の衆人環視のなかで起こったのだった。

16

N.V. 148

犯人

「サラス王女が、マルグリット・フロストとダリア・マイヤーの病気をご存じだったとは、どういうことですか?」

ぼくの言葉に反応を示したのは、アリス女医だった。

「簡単なことです」ぼくは頷いて、続けた。「ダリア・マイヤーの病気については、図書館に通って彼女自身と話を聞いているうちに、知っていたはずです。サラス自身、最近は体調のほうも良くなってきたとふたりで話をしていた、といっていましたから。問題は、マルグリット・フロストのほうです」

「上海異人娼館《チャイナ・ドール》の店主であるリウ・ミンファとサラス王女は親しかった……と?」

「それもあるでしょう。けれども、そこでマルグリット・フロストが抱えていた病気についての話題が出たとは考えにくいですね。別のなんらかの方法で、王女が知ったと考えるべきです。たとえば、ぼくたちが水晶加工協会《ギルド》を訪ねたとき、ユスラという女性が、かつて友人だったマルグリット・フロストはけっして体が強くなかったと証言しています。それを文字通りに受け取っても良いのですが、そのときすでにマルグリット・フロストが黴毒を罹っていて、頻繁に仕事を休んでいたことは十分に考えられます。……そしてその上で、おそらくサラスはマルグリット・フロストとダリア・マイヤーの殺害事件についてその犯人を知っていて、隠そうとしています。違いますか?」

それまでじっと押し黙っていたサラスは、ぼくが言葉をいい終える前に、

「それは違います！」と、声を張り上げた。そして、

「私には、ナタルを誑《たぶら》かす意志はありません。それだけは信じてください！」と、顔をあげて、キッと睨むようにしてぼくを見た。彼女の目には、今にも溢れ落ちそうなほどの涙が溜まっていた。

「では、犯人の正体を隠そうとしているという言葉は撤回しましょう。……けれども、犯人を知っているということは、否定しないんですね？」

確認をするように、ぼくは訊ねた。

サラスはふたたびぼくから視線を逸らした。けれども、今度は黙り込むのではなく、小さく首を縦に振ってから、小さな声で話しはじめた。

「……マルグリット・フロストの殺害事件について、ナナから資料を集めてもらって調べていくうちに、もしかしたらと思うようになってはいました。けれども確信を持ったのは、昨日、ダリアさんの事件が起こったときです」

「どうして病気を抱えていたことが、ふたりの殺害に繋がるの？」

アリス女医が訊ねた。そのときの口調はちょうど、小児科医が子どもに病状を訊ねるときのものに似ていた。

サラスはその問いかけに、返事をしなかった。そのためアリス女医は、訴えかけるような視線をぼくに向けた。そのためぼくは、サラスの代わりに、

「レムリアの律法ですよ」と、答えた。

「病気と律法とに、なにか関係があったのかしら」

アリス女医は、頻りに首を傾げている。

「今はもう、関係がなくなっています。けれども——以前、サラス王女の部屋でレムリアの宗教について記述された本を見せてもらったことがあるのですが、かつてのレムリアの律法は今よりもずいぶん厳しかったようですね。西の街ではそれが少なからず残っています。たとえば女性は、外出するときに帽子をかぶって頭髪を隠すだけでなく、顔全体をすっぽりと布で覆わなくてはいけない。それ以外にも

いくつも、生活についての細かい決まりごとがありました。そしてその中にひとつ、問題になる律法があった。それは……治る見込みのない病を患った者は一刻も早く家族から外し、家族の負担を減らさなくてはならないというものです。つまり、殺害も辞さないということです」

「そんな！」

アリス女医は声を張り上げた。マハー出身である彼女にとっては、おそらくレムリアの律法は理解できないだろう。ぼくだって、同じ気持ちだ。

けれどもぼくは、努めて冷静な口調で続ける。

「考えてみれば、十分にあり得ることです。レムリアの人間にとっては、手に職を持ち、自分の手で自分自身の生活費を稼ぐことが求められます。無駄なことをできる限り省き、より多くの金銭を手に入れることこそが尊いとされ、それによって市民の中で――特に水晶加工協会《ギルド》で尊敬を集めた者が王として選ばれる。そのような価値観を持つ社会の中では、働くことができず、家族や他人が得た金銭を食料に換えて生きる病人が排除されるということは、十分に起こり得るでしょう。異常ともいえるほどの、財産に対する信奉です。ぼくはそれによって作られたのが、北の街だと考えています。西の街や南の街で働けなくなった老人が集まる街。そしていつ誰かがこの世を去ったとしても、すぐ近くにある教会が死地へと誘《いざな》ってくれる街。……違いますか？」

ぼくはふたたび、サラスを見た。

サラスは相変わらずぼくと目を合わせることはしなかった。けれども、

「公にしてはいませんが、そう考えて頂いて構わないと思います」と、はっきりとした口調で答えた。

「ありがとうございます」ぼくはサラスに礼をいってから、アリス女医のほうに向き直って、「古いレムリア法を守っているのは、今では西の街です」と、いった。

「つまり西の街に、マルグリット・フロストさん

と、ダリア・マイヤーさんを殺した犯人がいる、ということですね」

　アリス女医がいった。ぼくはその言葉に、首を横に振った。

「マルグリット・フロストはかつて西の街の水晶加工協会《ギルド》で働いていましたが、今ではもう関係が途絶えているようです。もし彼女に会っていたとすれば、西の街に住んでいる男性で、彼女を客として買っている男性になりますが、その可能性は薄いと思います。それに、彼女は自分の病を隠していたでしょうから。ダリア・マイヤーについても、同じことがいえるでしょう」

「では、いったい誰が……」

　ぼくはアリス女医の問いかけに、ゴクリと唾を飲み込んだ。

　夜の病院である。しかも、人気のない地下の会議室だ。

　部屋の外で誰かがぼくたちの会話に耳を欹《そばだ》てているとも思えない。

　けれども、ぼくはサラスとアリス女医を手招きし、三人で顔を近づけた。そして、やっと彼女たちの耳に届くくらいの声で、

「……マルグリット・フロストとダリア・マイヤー殺害事件の犯人。それは、北の街にある教会です。間違いありませんね」と、囁いた。

　その言葉に、サラス王女はコクリと頷いた。

「ええ。あの神官がやったと考えて、間違いないと思います。マルグリットさんの殺害現場に落ちていたお香も本来は女性が使うものですが、彼が落として回収し忘れたと考えれば不思議ではありません」

　翌日。上海異人娼館《チャイナ・ドール》の一室は、甘い香りに包まれていた。リウ・ミンファが吸っている、水煙草の匂いだ。

「これは、柘榴《ざくろ》。変わらぬ愛と幸福をもたらす果

実。レムリアでは、そう考えられていますわ」

　ぼくと向かい合うようにして椅子に坐ったミンファは、パイプを強く吸うと、まるでその煙を全身に取り込んでいるかのようにゆっくりと時間をかけて吐き出した。それが空気中に混じって、ぼくの体にも入ってくる。狭い部屋なので、それだけで頭がクラクラする。けれどもそれは、紙巻き煙草を吸っている人の隣にいるような、不快なものではなかった。アルコールの弱い酒を飲んで、軽く酔っているときに近い感覚があった。

「今日はサラス王女はご一緒ではないのですね」

　ミンファはいいながら、流すような視線でぼくを見た。

　ぼくの体に緊張が走った。もしかするとミンファは、サラスが病気を抱えていることを知っているのかもしれない。そうだとすれば、彼女がそれを口外するだけで、サラスの身は危険に晒されることになる。

　これまであまり気にかけてこなかったのだけれど、マルグリット・フロストとダリア・マイヤーを殺した犯人がぼくたちのあいだで確かなものになったおかげで、急にミンファに対する警戒感が沸き上がってきた。

　けれども考えてみれば、そのことでミンファが、ぼくたちを敵に回すような振る舞いをするはずはないのだ。上海異人娼館《チャイナ・ドール》で働いている女性たちがほぼ漏れなく病を抱えていることが露見したら、彼女自身にも危険が及ぶ可能性が高い。それに——

「今日は少し調子が良くないらしいので、自室で休んでいます」

　ぼくがさっきの問いに答えると、ミンファは、

「そうですか。でしたら、お大事にされるよう伝えてください」と、淡々といった。

　けれども、

「ミンファさんは平気なんですか？」と、ぼくが訊ねると、ミンファはピクリと眉を動かした。

「……なにがでしょう？」

「体調のほうですよ」

「私は別に、悪いところなどありませんわ」

「そうでしょうか？　たしか二年ほど前に水晶加工協会《ギルド》にいたとき、副業で働いていた娼館で肝臓の病気を患ってから、身を隠したと聞いています」

「あら、人違いでしょう」

ミンファは薄く笑った。その表情は、何気ない戯言を口にしているかのように見えた。

けれども、ぼくはなお、

「そうでしょうか……ぼくはてっきり、マルグリット・フロストと一緒に協会《ギルド》を辞めたナラという女性が、あなただと思ったのですが」と、畳みかけた。

この言葉に、ミンファはなにも答えなかった。

表情を変えず、かたわらで見ていても胸が膨らむのがはっきりとわかるほど、水煙草を深く吸い込む。

ミンファはそのまま、憂いを湛えるような目つきになり、ゆっくりと煙を吐き出した。

ぼくたちは言葉も発さず、しばらくのあいだじっと動かずにいた。

視界がやや歪んでいるような気がしはじめたのは、副流煙のために、ぼくが軽い中毒に陥っていたせいかもしれない。体全体がどこかふわふわとして、頼りなかった。覚醒したまま見る夢というのは、こういった感じなのだろうか。

やがて、ミンファがようやく、

「……なるほど」と、呟いた。

ぼくはその声にハッとして、口を開く。

「病院に、ナラという女性のカルテが残っていました。ちょうど二年前に顔貌を変える手術を受けたきり診療記録が途絶えていて、レムリアの洗礼名簿からもきれいに抹消されていましたが」

「どうしてそれが、私だと？」

「サラス——正確には、使用人《メイド》のナナですが、彼女に集めてもらったレムリアの洗礼名簿、死亡登録の一覧と、病院に残っているカルテを照合したんです。その中で行方がわからなかったのは、ナラという女性だけでした。だから、この都市国家で洗礼名簿に記載されていない唯一の人間であろうあなたが、このナラに違いないと思ったんです。それに、水晶加工協会《ギルド》のユスラさんに訊ねたところ、ナラという女性にはたしかに手の甲に黒子《ほくろ》があったといっていました」

「そうでしたか……ユスラが」

ミンファは視線を落として、じっと自分の手にある黒子をみつめていた。その表情には、いつも妖艶な笑みを浮かべて淡々とした態度でいる彼女にしては珍しく、どこか憂いの色が含まれているようにも見えた。

やがて、彼女は顔をあげた。

「ええ、たしかに私は、顔貌を変える手術を受けましたわ。だって、病を抱えた体では、もしかしたら教会に狙われるかもしれない。西の街では、今では誰も知らなくなったかつての律法について知っている者もおりましたから。黴毒を患ったマルグリットにも同じ手術を受けるように勧めたのです。けれども……」

「生来の容姿を変えるというのは、レムリアの律法で禁じられています」

「ええ。だからマルグリットは、たとえ自分の身に危険が及ぶことになったとしても、その手術を受けなかった。けれども、西の街はお互いに監視し合っているような世界ですから……それで、せめて北の街での仕事に専念するように、私からいったのです」

ミンファの話を聞くうち、ぼくにはひとつの疑問が解けたような気がしていた。

従業員全員がなんらかの病を患っている、上海異《チャイナ・》人娼館《ドール》。この店が建てられたのは、ナラが水晶加工協会《ギルド》から姿を消してから、およそ半年後のことだ。

……もしかするとミンファは、マルグリット・フロストのために、この娼館を立ち上げたのではないだろうか。

根拠は、なかった。けれども、ぼくはほとんど、そう確信していた。

黴毒を患っているとなれば、西の街で働き続けることはもちろん、夜の仕事を続けられたとも思えない。どんなに不顕性感染の時期に入り、客に病気を感染させることがなくなったとしても、そういった女性を雇う娼館があるとは考えがたい。病気のことを知り、もしかして病気が感染するかもしれないと思い込んだ客がいれば、店の経営に少なからず打撃を与えるからだ。

あるいは、そういう事情を知り、それでもマルグリット・フロストを雇っていることに気が付いた同業者たちがミンファのもとに集まり、上海異人娼館《チャイナ・ドール》は今のような状態になったのかもしれない。

けれども、ぼくにはどうしてもわからないことがふたつあった。

ひとつは、なぜミンファが、マルグリットの事件をぼくたちに捜査させたのか。そしてもうひとつ、いくら二年前のナラが水晶加工協会《ギルド》での昼間の仕事と夜の仕事とを掛け持っていたとはいえ、どのようにして娼館を新たにひとつ興すほどの金銭を手に入れていたのかということだ。レムリアの公娼制度では、娼館を経営するためには、許可証としての持ち株を手に入れなければならない。ナナから聞いた話によれば、それはかなりの高額でやりとりされているはずなのだという。

「ナタルさんは、私がしているような仕事を、どのようにお思いかしら?」

不意にミンファが、訊ねてきた。

ぼくは、「えっ?」と返事をしたきり、言葉に詰まった。

腕組みをして天井を仰ぎ、慌てて考えをめぐらせる。そのまま、慎重に言葉を選びながら答えた。

「この国では公娼制を持っていますから、娼婦として働くこともひとつの仕事として認められています。おそらく、認めなければ反社会的な組織が男の欲望につけこんで、結局は同じ仕事を、もっと女性を搾取するかたちではじめてしまう。そういう組織は、そこで働いている女性をどのように扱うかわからない。それで、女性が不利益を被ってしまう可能性もありますし、女性を強制的に働かせたりすることもあるでしょう。その意味では、こうした制度を持つことは正解だと思いますし、その範囲の中で娼館を経営されているのですから、特に問題はないと思います」

「ずいぶんと、優等生的なお答えですわね」ミンファはクスクス笑ったが、すぐに真面目な表情になった。「たとえ公娼制を持っていたとしても、女の意志に反して娼婦の仕事をさせる者は必ずおります。借金の形に連れてきた女や、どこかから攫ってきた女でも、お役所には本人の意志で働いているんだと伝えれば、記録にはそのように残りますもの。だからこの仕事は常に、女を絶望の淵に追いやる可能性を持っている。そんな簡単なことにさえ気が付かない人間は、それこそ無数にいます」

「男にとって、女性がどのように考えているかを想像するのは、おそらく人生のなかでもっとも難しいことです」

「そうですわね。でも、そうではない女も、必ずいる。体を売ることでやっと生きていくことができ、救われる女も必ずいる。仕事だと割り切って、平気で働く女もいる。男はロマンティストばかりだけれど、女は男よりずっと強《したた》かです。本当に弱い女なんて、どこにもいませんわ。……だから、体を売って、他人の欲望を受け止めて生きることを頭から否定しないという点で、あなたは私たちときちんと会話ができる方かしら」

「マハーの美術学校にいたときに、裸体画《ヌード》のモデルを引き受けてくれる人がいなかったので、よく娼館にお願いして、そこで働いている人たちから話を聞いていましたから。それにぼくだって、欲望を抑えることに苦労する日は、月に一度くらいあります」

「あら、サラス王女やナナさんは、お相手をしてくれないの?」

「あのふたりは、ぼくを男性どうしでなんとかしたいみたいですよ」

ぼくが苦笑すると、ミンファはいつもの妖艶な表情を取り戻し、

「それはあくまで、空想《ファンタジー》の世界のお話ですわ。理想の男性どうしが恋の駆け引きをすることを妄想しない女なんて、いませんのよ」と、笑った。

そのとき、ぼくはようやく気が付いた。

このリウ・ミンファという女性――人間が生きていく上での酸いも甘いも知り尽くし、まるでぼくの心のすべてを見透かしているかのような女性は、ぼくを試していたのだ。自身の親友だったマルグリット・フロストが殺された事件について調べさせることで、彼女にとってぼくが信じるに値するのかどうか、その判断をしていたのではないだろうか。


ミンファはすっと右手を、ぼくのほうに差し出した。

その薬指には、緑色の水晶《レムリアンシード》が取り付けられた、指輪が嵌め込まれていた。

ミンファはいった。

「この水晶がきっと、あなたとサラス王女とを、幽霊塔の地下へと導いてくれるでしょう」

ミンファは指輪を外し、ぼくの左手の掌にそっと置いた。

「……いいんですか?」

漏らすように声を出し、ぼくは訊ねた。ミンファは、頷いた。

「本当は、マルグリットがあのようなことになる前に、私がなんとかするはずだったのです。彼女が死んでしまった今となっては、もう、私には用のないものですから」

ぼくはじっと、その指輪をみつめた。

緑水晶《プラシオライト》。本来であれば、王族でなければ身につけ

ることを許されないものだ。

……なぜ、ミンファがこれを持っているのだろう。けれども、ぼくにはその疑問をぶつけることができなかった。

ミンファは立ち上がり、ぼくを見下ろした。そして、悲哀に満ちた表情で、口を開いた。

「私はもう、この街から姿を消しますわ。マルグリットと、ダリア。ふたりが殺されたということは、今度は店にいる他の皆が次々に狙われることになると思います。……けれどもその前に、もうひとつ事件があります。教会はおそらく、サラス王女を狙ってくるはずですわ。彼女が抱えている不治の病については、どうやら漏れているらしいですから」

ぼくはその言葉を聞き、ミンファが部屋を出て行くまで、声を発することすらできなかったのだ。

17

N.V. 651

神像

リョウが部屋に入ると、ヴィクトリアは机に頬杖を突き、じっと宙の一点を凝視していた。不機嫌そうに目を細め、口をへの字に曲げている。だから、声をかけることさえも躊躇《ためら》われる。

昨日起きたヴィーナの拉致事件のために、三日後にはじまるはずだった公演については、ほぼ白紙の状態になっていた。そして、ヴィーナの行方に関する情報も、今までなにひとつ届いていない。そのことを思えば、無理もないことだろうか。

リョウのほうも、事件のあとはほんの数十分微睡《まどろ》んだくらいで、落ち着いて眠ることもできなかった。

それでも努めて平静を装いながら、

「遅くなってすみません。少し、博物館のほうを手伝っていたもので」と、ヴィクトリアに向かって頭を下げた。

「……ああ。展示のほうはやるみたいだね」

「はい。警備を強化するために、三日遅れにはなるみたいですが」

「まあ、今日は急いで来てもらったところで、なにができるわけでもないんだ」

ヴィクトリアは目だけでリョウを見ていった。そのまま、

「少しは仕事でもしていたほうが、落ち着くからね。それに、もし公演中止になったりしたら、書類を片付ける時間さえもなくなってしまう」と、机の上に文字通り山のように積まれた書類に目を向け、リョウに訊かれてもいないことを口に出している。いつもの彼女であれば、このような素振りは見せない。それだけ、ヴィクトリアのほうでも動揺を隠せずにいるのだろうか。

それから、ヴィクトリア座にとってはもうひとつ懸案事項があった。

「ユーリさんのほうは、なにかわかりましたか?」

リョウが訊ねた。昨日、ヴィーナが拉致されてからというもの、座付作者のユーリ・ベロワの姿が見えないのだ。ヴィクトリア座の誰も、その行方を知らないのだという。

「どうだろうね。ヴィーナと一緒に攫われたのなら、護るくらいしてくれていたら良いんだけれど」

「そういう性格の人だとは思えませんが……」

「腕力もないからね。せいぜい、縛られて地下室あたりに転がされているというところだろうよ」

いつにも増してトゲのあるヴィクトリアの言葉に追従するように笑みを浮かべながら、リョウはソファに腰を下ろした。今のヴィクトリアに声をかけても、あまり建設的な話はできそうもない。そのため、あとからこの部屋に来ることになっている人物たち

を、じっと待つことにした。

待っていた人物たちが現れたのは、ヴィクトリアとリョウとのあいだに流れる沈黙が、十分近くに達したときだった。

部屋の外から、ヒールの音がコツコツと響いてくる。

ドアが二回ノックされる。

「鍵は開いてるよ。入ってきな」

ヴィクトリアが返事をするとドアノブがガチャリと音を立て、ゆっくりと扉が押し込まれた。

そこに立っていたのは、赤い髪に派手な化粧《メイク》を施し、深紅の軍服のようなデザインのワンピースを身に纏って外套《マント》を羽織り、海賊帽《トライコーン》をかぶった女性——空賊アルビルダの姿になった、リナだった。背後には、エルランドと、マティの姿も見える。

「それでは、遠慮なく。お邪魔いたしますわ」

アルビルダは張りのある声でいって、ヴィクトリアのほうに歩み寄った。その途中、リョウと目が合った彼女は、軽くウインクをして見せた。

「どうやら、リョウに改めて紹介する必要はないみたいだね」

訝《いぶか》しそうにピクリと目許を動かしてから、ヴィクトリアはリョウとアルビルダとを交互に見た。

アルビルダは不敵に笑いながら、

「私の愛人候補ですもの」と、答えた。

「堅気の人間には、手を出さないんじゃなかったのかい？　それで、フィロワのことも諦めたんだと思っていたが」

「リョウはもう、こちら側の人間ですわ。ヴィクトリア……あなたが誘ったのでしょう？」

「あたしはただ、世界がすべて善意だけでできているわけではないってことを、見せてあげただけさ」

「同じことです」

アルビルダはいいながら、リョウの隣に坐った。

その瞬間、リョウの鼻腔にふわりと、彼女がつけた香水《トワレ》の匂いが届く。薔薇の香りだろうか。

「じゃあ、ボクたちも失礼しまーす」

いつもと変わらず少女の出で立ちをしたマティが歌うようにいった。今日は、水兵のような服に、スカートを合わせている。そのまま、リョウ、アルビルダのふたりと小さなテーブルを挟んで向かい合う位置にちょこんと坐った。エルランドはなにもいわずに微笑を湛えたまま、当たり前のようにマティの隣に陣取る。

アルビルダはチラリとふたりに目配せをしてから脚を組み、

「それで、依頼というのはどういった内容かしら？」と、ソファの背凭れに体を預けた。

「いわなくたって、わかっているだろう？」

ヴィクトリアは、不審そうに眉を顰めた。

「口約束はしない主義なので。書面でお願いしたいですわ」

「几帳面な空賊も、あったもんだね」

「あら、最近は、ビジネスとしてやっている者がほとんどです。警備会社はもちろん、普通の飲食店や商店を経営していることも多いので、一般の方には見分けがつかないかと。無茶なことをしているのは、空賊ではなくクレームの連中です」

「じゃあ、アンタのように、古代遺跡の財宝を狙っているというのは、むしろ珍しいってことか」

「あら。これでも私は、合法的にやっているつもりですが」

「レムリアの件については、だいぶ私情も混ざっているようだけれどね」

その言葉に、アルビルダの表情が変わった。学芸員のリナとして働いているときも、空賊アルビルダとして振る舞っているときも、これまでリョウにはけっして見せなかったような冷たい眼差しをヴィクトリアに向けている。

「アルビルダさんの私情……ですか？」

リョウは目を丸くした。アルビルダ——リナがレムリアについて、なんらかの因縁を持っている。そんな話は、これまで聞いたことがなかったからだ。

その言葉に応えたのは、マティだった。

「アルビルダさまのお父さま……」

「お黙りなさい、マティ」

アルビルダは低い声で、マティを制した。すると、マティは肩を竦めて、

「えーん。アルビルダさまがいじめるー」と、わざとらしくいって、隣にいたエルランドの首に腕を絡ませた。

「アルビルダ様。リョウさんになら、別に知られても構わないと思いますが」

エルランドが色気《セクシーな》のある声で宥《なだ》めようとすると、アルビルダは、

「あとでちゃんと説明するわ」と、急にリナとして学芸員の仕事をしているときのような口調になった。

その様子を見たためか、ヴィクトリアは体を震わせて笑いを堪《こら》えている。そのまま、

「アンタやっぱり、空賊なんてやめたほうがいいよ。堅気の仕事でも、十分にやっていけるんだしね」と、とうとう我慢ができなくなったといった様子で、声を出して笑った。

「やめようと思って、そう簡単にやめられる稼業でもありませんわ」

「働き過ぎだね。人間、生きていくために必要な金が手に入るだけ仕事をすれば十分さ。それ以上の仕事なんていうのは、自分の物欲と、地位と、身分と、自尊心とを満たすために、たった数十年しかない短い人生を無駄にしているだけにすぎないんだよ」

反論ができなくなったアルビルダは、まるで子どものように頬を膨らませ、腕組みをした。ジロリとヴィクトリアを見ようとしたそのとき、

「あら、それは……」と、ヴィクトリアの机の上に視線を向けた。どうやら、そこに置かれていた神

像に気が付いたらしい。

「ああ、これはヴィーナからの預かり物だよ。あの娘《こ》をここに置くことになったとき、荷物の中にはこれくらいしか入っていなかったからね。女優が逃げ出さないように大事な荷物をひとつ預かるのがウチの慣例なんだけれど、仕方がないからこれを……」

ヴィクトリアが言葉を終える前に、

「ちょっと見せて頂いてよろしいかしら」と、アルビルダは返事も聞かずに早口にいって、その神像を手に取った。

「ああ、別に構わないが……」

アルビルダの剣幕に圧されたかのように、ヴィクトリアはぼんやりと返事をした。

アルビルダは両手で神像を抱えるように持ち、まじまじと眺めている。

「……ちょっと、リョウ君。こっちに来てくれる?」

そのときの口調は、すでに空賊としての振る舞いを完全に忘れ、すっかり学芸員のリナとしてのものになっていた。リョウは慌てて立ち上がり、彼女が手にしている像を覗き込んだ。

高さ八インチほどの木製の神像である。ところどころ漆や金が剥げた跡が残っているから、もともとは木の表面に漆を塗り、その上に金箔が押し貼られていたのであろう。

細い目に、女性のようなふくよかで柔和な顔立ちをしており、一枚の布を体全体に巻き付けるかのように羽織り、非常に細かく彫られた楽器を抱えている。丸い部分が竿で繋がれているため、台座が瓢箪のようなかたちになった弦楽器だ。弦の数は、七本だろうか。竿の上のほうには二十六個のフレットが細工されており、その先端には、長い髭を生やした蛇のような生き物の首が象られている。これは、旧人類の時代に龍と呼ばれた想像上の動物だろう。

アルビルダは両手で像をしっかりと持ち、下から、横から、真上からと、さまざまな角度からじっと眺

めている。そのまま、

「……ほら、リョウ君。横から見ると、縦に一本、細い筋が入っているでしょう？　それで、腕の付け根のところに、小さな金具がある」

アルビルダは、ヴィクトリアの机の上に置かれた照明がちょうど当たる位置に、像を持っていった。

リョウはようやくその金具をみつけ、

「あ、たしかにそうですね」と、低い声で呟いた。

「こういう像を一本の木から作ることもあるらしいんだけれど、普通はいくつかの部品に分けて作って、それを繋ぎ合わせるの。だから、この細い筋は木に罅《ひび》が入っているわけではなく、部品と部品との繋ぎ目なのよ。おそらく、この金具を上手く外せば、解体できるわ」

「そうか。こういう像の中はだいたい、空洞になっているんでしたね」

「ええ。いろいろなものが隠されているの。表から見える木製の像が偽装《ダミー》で、中に金属で作られた本

物の像が入っていたり。あとは、人間の骨や髪の毛、人間の肉体を木乃伊《ミイラ》化したものの一部だったり」

「先に、X線CTで撮影してからのほうが、良いんじゃないでしょうか」

「そうね。もしかしたら、レムリアの遺物が入っているかもしれない……」

アルビルダはそこまでいって、「あっ……」と声を出し、思い出したように周囲を見渡した。ヴィクトリア、エルランド、マティの三人は、揃って乾いた笑いを浮かべている。

「ふたりだけの世界でお取り込み中のところ悪いんだけれど……ヴィーナを探してもらうための依頼料は、二〇〇万ノウンとその神像ということでいいかい？」

アルビルダは、気を取り直したようにわざとらしく咳払いをし、

「よ、よろしいですわ」と、吃《ども》るようにいった。

「なんでアンタがリョウにこだわっているのか、

よくわかったよ」

ヴィクトリアはニヤリと笑って、机の上に山のように積まれている書類から、いちばん上にあった紙を二枚手に取る。その両方に、インクを付けた羽根ペンですらすらと自分の名前を書き、割印を捺して、アルビルダに差し向けた。


オーストラフ市立博物館の修復室にある机の上には、ずらりと工具が並べられていた。そのかたわらに、あらゆる角度から撮影された神像の写真が、綴じられた状態で積まれている。これは、神像を解体、修復したあと、元の状態に組み直すときに重要な資料になる。

「膠《にかわ》と漆で部品を繋げて、鉄製の金属を埋め込むかたちで補強しているだけだから。解体するのは簡単なほうね」

化粧《メイク》を落として鬘《ウィッグ》を外し、ラフな服装に着替えたリナは、そう言葉を弾ませた。

「リナさん、なんだか楽しそうですね……」

リョウは、写真のかたわらに紙を敷いた上に置かれた神像を覗き込んだ。金具は檜の木材を押し分けるように埋め込まれており、そう易々と抜けるとは思えない。たとえ抜けたとしても、神像の繋ぎ目を剥がす度胸は、自分にはないように思えた。無理に力を加えれば、それだけで木を傷めてしまいそうだ。

「ほら、誰かが作ったジグソーパズルをグチャグチャにするのって、楽しいじゃない。それと一緒で、こういうのは解体作業がいちばん楽しいのよ」

リナはもはや、ヴィーナを助けてほしいというヴィクトリアの依頼をすっかり忘れているようにすら見える。

もっとも、リナはヴィクトリア座を出たときに、

――マティとエルランドに、ヴィーナちゃんを狙いそうな勢力がないかどうか、調べてもらうわ。いずれにしても、ふたりから情報が入るまでは動けないわよ。

と、いっていた。だから、自分の仕事はこちらだと、割り切っているのだろう。だから心の底では、ヴィーナのことを案じているに違いない。

……そう思いたかった。

けれども、いつもは冷静《クール》なリナがまるで悪戯をするための獲物を発見した猫のように目を輝かせている様子を見ていると、どうしてもリョウの内心には疑いの心が入り込んでくる。しかも、博物館にあるCTでX線撮影をしたときの画像を見ると、神像のなかには予想もしなかったものが埋まっているらしいのだ。

「像の中に入っている指輪……これは、リウ・ミンファが持っていたものだと考えて、間違いないと思うの」

リナはいった。

彼女がそのように考える根拠が、リョウにはわからなかった。もしかすると、自分が翻訳しているナタル・アルタミラーノのロシア語版写本とは違って、

リナが読んだスペイン語版の手記のほうには、指輪に関する情報が書かれているのかもしれない。

リョウはそのことを、リナに確かめようと思った。

けれども、

「じゃあ、はじめましょうか」と、彼女が急に真剣な目つきになったため、込み入った話をすることに気が引けてしまった。

リナが簡単なものだといっていたのとは裏腹に、神像の解体は非常に地味で、時間のかかる作業だった。

鉄製の金具が像に打ち込まれると、その金具が入り込んだ方向とは逆向きに、木目に傷ができる。その傷を金具の周囲にできる錆が埋めることで、像の部品どうしの繋ぎ目はより強固に固定される。金具を抜くにはこの錆を落とせば良いのだが、そのためには、木材が傷まないギリギリの強さで、工具を使って金具を叩いていく必要がある。少し叩くだけで木から離れ、手前のほうに動いたものはすぐに抜け

る。だが、なかなか動かないものも少なくない。

「小さい像でよかったわ……でも、ちょっとおかしいわね」

リナは手を動かしながら、口を覆っているマスク越しに呟いた。

「なにかありました?」

リョウが訊ねた。リナは作業の手を止めず、像に視線を落としたまま、

「つい最近、修復されたことがあるみたい。ほとんど仮留めみたいな状態だから、金具があまり埋め込まれていないの」と、答えた。

リナによれば、この種の像は時を経るあいだに、何度も修復されているのが普通なのだという。そのとき、解体をせずに、金具や釘を単純に増やして補強されることが少なくない。こういった金具は強引に木材にねじ込む形で入れられているので、特に抜けにくくなっている。これを抜くのに手間がかかるため、大きな木像だと、解体の作業だけで一カ月ほどかかることもあるらしい。

しかしヴィーナが持っていた神像は、その逆だった。つい最近いったん解体して、ごく簡単につなぎ止めただけの状態なのだという。

「よくこれで、像がバラバラにならなかったわね」

リナはさかんに首を傾げながらも、黙々と手を動かし続けていた。


作業は順調に進んだものの、結局、深夜にまで及ぶことになった。

前の晩ほとんど眠ることができなかったせいか、気が付くとリョウは、意識を失ってしまっていたらしい。

ハッと気が付き、周囲を見渡した。窓もない修復室であるため、時間がどれだけ経ったのかもわからない。

ぼんやりとした頭のまま時計に目を向けると、午後十一時を回っていた。すでに十時間以上、この部

屋にいたことになる。博物館の職員用出入口は午後十時には鍵が閉められてしまっているから、警備員に頼んで開けてもらわなくてはいけない。

……そこでようやく、右脚が妙に重いことに気が付いた。

ハッとして見下ろすと、リナがリョウの太股を枕にして体を丸めるようにソファに横たわり、寝息を立てていた。深く呼吸をして肩を上下させている。目を覚ます気配もない。

顔を覗き込むと、目を閉じたリナの表情は、いつもよりもやや幼いように感じられた。二十代半ばというよりは、十代の終わりから二十代のはじめくらいの女性に見える。

さて、どうしたものかと、リョウは息を吐いた。

下手に体を動かせば、リナを起こしてしまうことになる。彼女が仕事をしているかたわらで眠ってしまった手前、それは申し訳ない。けれどもだからといって、ずっとこうしているわけにもいかない。


幸い、そうした時間は長くは続かなかった。

リナはうーんと小さく呻り声を出すと、

「あっ、ごめんなさい」と、小声でいった。そのままむくりと起き上がり、「白雪姫みたいに、王子様のキスで目を覚ますような歳でもないのよね」と、頻りに目を擦っている。

「また、自虐的な……」

リョウは力なく笑った。

「むしろ、唇くらいなら、奪ってくれても良かったのよ」

「ただのセクハラじゃないですか」

「あら、セクハラっていうのは、行為をおこなう主体が誰かという問題だわ。嫌じゃない相手からされるのであれば平気なのよ。もっとも、そんなのはひとりの女につき、男性数人限定だけれど」

リナは冗談めかしていいながら立ち上がり、両手を頭の上で組んで、大きく体を伸ばした。そのまま、「解体、終わったわ。覗いてみてちょうだい」と、いった。

　リョウはソファから起き上がり、さっきまでリナが作業をしていた机のところに歩み寄った。

　紙の上に、バラバラにされた神像の部品が、ずらりと並べられていた。台座、左右の胴体、腕、手、脚、像が抱えていた楽器と、部品ごとにまとめて置かれている。膠を使った接着面も、ほとんど木を傷つけることなく剥がされていた。

「膠の劣化がけっこうひどかったから、簡単に外れたほうかな。右手の指と楽器の軸が少し割れているから補修しないといけない。あとは、表面の漆と金箔をどこまで再現するかだけれど……このあたりは、持ち主が帰ってきてからよね」

　リナはあくまで修復士として、淡々と状況を説明した。けれども、

「これよ、これ」と、像の部品の脇に置かれていた指輪を手にしたとき、空賊が宝物を発見したときのように、目を輝かせた。

「像の中に隠されていた指輪。ほら、私の読み通りでしょう？　まあ、ＣＴで見たときに飾りを見て、間違いないだろうと思っていたんだけれど」

　リョウはリナから、その指輪を受け取った。

　細かい細工を施された金製のリングには、たしかに緑水晶《プラシオライト》が嵌め込まれていた。

　リナはいった。

「レムリア王室の指輪。これがきっと、私たちを幽霊塔の地下に導いてくれるはずよ」

18

N.V. 148

迷路

サラスはまた体調を崩して、寝込んでいるということだった。

このところ、少しずつこういった日が増えている。だから、肖像画を描くためのデッサンの続きは無理だとしても、それを口実にサラスのところまで見舞いに行きたくもあった。けれども、ぼくはそれより先に、ひとりで幽霊塔に向かうことにした。

建物の中に入ったぼくは、時計塔ではなく、左手にある母屋のほうに足を向けた。洋燈《ランプ》のあかりを頼りに慎重に歩を進め、右側の壁にある六つ目の扉の前で立ち止まる。

——この扉を開けると、中が階段になっていて、地下に入ることができます。

ミンファはそういっていた。

そして、彼女がぼくに託した指輪。そこ嵌め込まれた緑水晶《プラシオライト》に、幽霊塔の地下空間についての秘密が隠されているのだという。

けれども、ぼくが上海異人娼館《チャイナ・ドール》を訪ねた翌日、ミンファはすでに姿を消していた。建物はまるではじめから誰も住んでいなかったかのように閑散としており、娼婦たちも誰一人として残っていなかった。

レムリアの街を取り囲むように作られた高い城壁の外に出るには、南の街の外れにある門を潜るしかない。その際、門のかたわらにある役所に赴き、もし外の世界に移住をするのであれば、詳細な手続きをすることが必要となる。それには数日を要するため、通常であれば、このように数十人の人間が一斉に街から姿を消すということは起こり得ない。

——ミンファさんのことですから、もしかするとあらかじめ街を出られるように準備をしていたのかもしれません。

　サラスが寝込む数日前に訪ねたとき、彼女も頻りに首を傾げていた。ぼくたちにとってリウ・ミンファという女性は、最後まで謎に包まれた女性だった。だから、ぼくは結局、この指輪をどのように使えば幽霊塔の秘密が明らかになるのかについては、まだわからないままだった。一方で、ミンファがどのようにしてこの指輪を手に入れたのかについては、ほとんど確信に近い考えを持っていた。それは、ミンファがこの緑水晶《プラシオライト》の指輪を、地下空間で手に入れたのだろうということだ。なぜなら、この幽霊塔はレムリア王室の管轄下にある。レムリア建国以来、足を踏み入れた者はほとんどいないということだが、その地下に王室の秘宝が眠っていてもなんら不思議はないのだ。

　ぼくは意を決して、ドアノブに手を掛けた。右に捻り、ぐっと押し込む。

扉は、ガチャリと低い音を立てて開いた。

　その向こうには、たしかにミンファがいっていたとおり、地下に向かって長く続く階段があった。

　地下に向かう階段は大きく弧を描くようにカーブしていた。迷路というよりは、迷宮と呼ぶべきだろうか。人がやっとひとり通ることができるくらいの幅しかないため、ぼくは左手に洋燈《ランプ》を持ち、右手で壁に軽く触れながら、慎重に下っていった。

　歩くたびに靴音が幾重にも反響し、ぼくの耳に届く。階段は、どこまでも終わらないのではないかと思えるほど、長く続いていた。

　五分ほど歩いたところでようやく、終着点が見えた。

　ちょうど最後の一段を取り囲むように、壁と天井とがアーチ状になっている。その向こう側は、空間が開けているように見える。

　ぼくは早足に、そこへ向かった。

最後まで下りきったところで洋燈《ランプ》を前方に掲げた。そこは、一〇〇インチ四方くらいの小さな部屋だった。左右にそれぞれアーチ状の入口があり、その奥が通路になっている。ここからが、巨大な迷路になっているらしい。

ぼくは右側の通路に曲がり、右手を壁に当てながら進むことにした。

ミンファは七層まであるといっていた。通常の迷路であれば、この方法なら最悪でも壁を最後まで辿りきれば次の層《フロア》に向かう階段にたどり着くはずだ。たとえ迷ったとしても、左手を壁につけて反対の道を戻れば、確実に元の場所に戻ることができる。

まっすぐ進み、右に折れ、行き止まりがあってもひたすら壁に沿って歩く。

地上に見えている幽霊塔の建物に較べ、地下に広がる迷路のほうが圧倒的に巨大であることは、あらかじめ想定していたとおりだった。それでもいっこうに次の階層に向かう階段までたどり着かないまま一時間ほどが経ったとき、さすがにぼくの心には不安が生じた。

もしかするとこの地下に広がる迷宮は、レムリアの街全体に広がっているのではないだろうか。

そう思いかけたとき、ようやく、小さな空間が見えた。

ぼくはそこに向かって走った。

……けれどもその空間に入ると、ぼくは愕然とした。右手に見えたのは、地下へと向かう階段ではなかった。地上に向かう昇り階段だったのだ。

つまりぼくは、巨大な迷路を一周回って、もとの場所に戻ってきたことになる。

そう思った瞬間、急に徒労感に襲われた。

考えられる可能性は、ふたつある。

ひとつは、迷路の内部に下り階段があるケース。

もうひとつは、迷路が立体的に作られているというケースだ。いずれにしても、どこかのタイミングで壁を離れるリスクを負わなくてはいけないのだろう。

壁から離れるということは、同時に、いつ迷って地上に戻れなくなってもおかしくない状態に陥ることになる。少なくとも、なんらかの目印を作っていかなければ、この迷路を解くことは難しいようだった。

ぼくはその場で、ズボンのポケットをまさぐった。中から出てきたのは、ミンファから渡された指輪だ。

——私が今度、地下に入るための方法を教えてさしあげますわ。

ミンファはそういっていた。

やはりこの指輪に、なにか秘密があるのだろうか。

ぼくは洋燈《ランプ》のあかりを頼りに、まじまじと指輪をみつめた。けれども、どんなに目を凝らしても、なんの変哲もない指輪にしか見えなかった。

仕方なく、ぼくはこの日の探索を諦め、地上へ向かうことにした。

……けれども階段を昇るうち、ぼくは違和感を覚えた。

足音の聞こえ方が、さっきと違っているような気がする。

階段を下っていたときは、もっと幾重にも響いていたのだ。けれども今は、まったく反響してこない。音が壁に吸い込まれでもしているのだろうか。

ぼくは、ゴクリと唾を飲み込んだ。

それでも階段は地下とは違い、迷路ではなく迷宮になっている。弧を描くようにカーブはしているものの、一本道だ。だから、どう考えても、道に迷うはずがない。

心のなかで自分にそう言い聞かせてはみるものの、ぼくの足の動きは自然に速くなった。

心臓の鼓動が早まる。息があがる。

それでもぼくは、一心不乱に階段を昇る。

おかしい。

ぼくは、立ち止まった。

明らかにぼくが階段を昇りはじめてから、五分以上が経っていた。

階段を昇るより、降りるほうが時間はかからないだろう。けれどもそのことを差し引いても、明らかに時間がかかりすぎている。

背中に、冷たい汗が流れた。

吹き出た汗が冷えてしまったということもあったかもしれない。けれどもそれだけではなかった。体躯の震えとともに滲み出る、冷たい、いやな汗だった。

ぼくは脚の震えを止めようと、太股を何度も強く叩いた。そのまますうっと大きく息を吸い込み、階段を駆け上がった。

途中で脚があがらなくなり、躓《つまづ》きそうになった。それでも、バランスを崩しながらも、次の一歩を無理矢理高く踏み出して、昇り続けた。

そのとき――

ぼくはハッと息を呑んだ。

心臓が強く、早く鼓動を打つ。

自分を落ち着かせようと、深く、何度も呼吸をする。

けれども、ぼくの体は、もうぼくの意志で制御することができなかった。

足下に、白骨化した人間の死骸が転がっていた。

ここは、ぼくが最初に降りた階段ではなかったのだ。

ぼくは慌てて踵を返し、階段を駆け下りた。

……それからのことは、よく覚えていない。

何度も同じような通路を行ったり来たりするうち、およそ半日ほど経った頃、ようやく元の階段を探し当てることができ、ぼくは息も絶え絶えに幽霊塔を後にした。


「それは災難でしたね」

部屋を訪れると、サラスはそういってクスクス笑っていた。

ナナによれば、ぼくが幽霊塔の地下に潜っていたあいだ、彼女はかなり体調が悪かったらしい。まるで体の内側から刃物かなにかで刺されているような痛みと痙攣があったようで、起きていることもままならなかったのだという。

ぼくがここに来なかった数日のあいだでだいぶ良くなったとはいうものの、顔から耳にかけてまるで蝶が翅を広げたようなかたちをした紅斑の跡が残っていた。首の周りには、丸い発疹も見られる。痛みなどはないというものの、その中心だけが肌の色を残しているため、とても痛々しく見えた。

詳しい病気の原因は、わからないのだという。けれども、慢性的に良くなったり悪くなったりを繰り返すうち、全体としてはしだいに悪い方向に向かっている。そのことだけは、ぼくにも見て取ることができた。

「私を置いてひとりで幽霊塔に行ってしまった罰だったのです。今度はちゃんと、私も連れて行ってくださいな」

サラスは軽口をいうような調子だった。すると背後から、

「それは、もう少しサラス様の体調が良くなってからでないと、お許しすることはできませんね」と、ナナの声が聞こえてきた。両手で銀色のお盆を抱え、その上にはポットとカップが乗せられている。お茶を淹れてきてくれたらしい。

「あら、私はもう平気ですわ。少なくとも、『秘匿の王室』の続編をナナが書いてくれるのを待ちわびるくらいには」

サラスがツンと顔を逸らすと、ナナは、

「そっち方面だけは、体調に関わらずお読みになっているでしょう」と、ため息を吐く。

いつものナナであれば、このままサラスとのやりとりを続けるところだ。けれどもこの日は、

「ナタルさん。サラス様はさきほどお茶を召し上がったばかりですので、少し私にお付き合いしてくださいませんか」と、ぼくに向かって微笑みかけた。

サラスは少し不満そうにしていたけれど、ナナに促されてぼくは部屋を後にした。そのまま、すぐ隣

にある使用人《メイド》たちが使っている広い給湯室に通された。

部屋の中央に木製の四角いテーブルが置かれており、四方を取り囲むように椅子が並べられている。奥のほうの壁には、流し台のほか、暖炉と調理器具とが一体になった古い器具が見える。

「どうぞ、お坐りになってください」

ナナはテーブルの上に両手で抱えていたお盆を置くと、先に椅子に腰掛けた。相手によっては失礼に当たるのだろうが、ぼくと彼女とがふたりでいるときは、最近ずっとこういう雰囲気になっている。遠慮されてもこちらのほうがかえって気が引けるし、ナナのほうでも、ぼくが相手ならそれほど気を遣わずに済んでいるらしい。

ぼくが彼女と向かい合うようにして坐ると、

「絵の進み具合はいかがですか?」と、お茶を注ぎながら訊ねてきた。

「そろそろ完成させないと、いい加減、ここを追

い出されるかもしれませんね」

ぼくが返事をすると、

「ナタルさんは、王女のお気に入りですもの。それはないと思います」と、ナナは笑いながら、紅茶を注いだティーカップをこちらに差し出して続けた。

「本来でしたら、若い女性の肖像画は、お見合いのために描くものですわ。……でも、王女はあのとおりですから、そういう使い方はできないと思います。ただ、少し急がれたほうが良いかもしれません」

「それはつまり……」

それ以上のことを口にするのが、ぼくには躊躇われた。

ナナのほうでもぼくの内心を察しているらしく、小さく頷く。

「今日はナタルさんがいらしたので、無理にいつもと変わらないように振る舞っているのです。最近は、私が書いた小説もまともに読んでいられないことが多いですから」

ナナは両肘をテーブルの上に付き、両手で顔を覆った。そのまま指先で、瞼の上から目を押さえつけている。胸元が動いたので、大きく息を吐き出したことがわかる。

四六時中一緒にいるサラスとナナとは、ぼくの目には少なくとも、レムリアの王女と使用人《メイド》という関係を超えているように見えていた。まるで母親が自分の娘を案じるかのように、サラスのことを想っているのだろう。

「それからもうひとつ、良くない知らせがあるのですよ」

ナナは顔から両手を離し、ティーカップに手を伸ばして紅茶を口に含んだ。

「サラスの体にですか?」

「いえ。教会のことです。近頃、この城に神官がやってくることが増えています。なんでも、ぜひお聞きしたいことがあるので、王女に面会をさせてほしい、と」

その言葉を、ぼくの体には緊張が走った。

腕組みをして、口を固く結ぶ。

……間違いない。

リウ・ミンファがいっていたとおり、教会はサラスの命を狙っているのだろう。

マルグリット・フロストとダリア・マイヤーを殺したのが教会の神官だという証拠は、まだ揃っていなかった。殺害事件が起きた日の彼の行動についても調べられていないし、たとえばマルグリット・フロストを殺したときに使ったと思われる鉞状の凶器がみつかったわけでもない。ダリア・マイヤーの事件については、その証拠を手に入れることさえも難しい。

さらにいえば、神官が自身の手を汚して殺害を犯したという保証もなかった。もしかしたら裏で手を引いて、誰かに殺害を依頼していたという可能性もある。

けれども、ぼくたちはそれ以上、調べを進めることができていなかった。というのも、王室と教会とは、互いに不可侵であることを旨としている。そのため、王室警備隊保安室に捜査に入ってもらうこナナから手配してもらうこともできない。

ナナはいった。

「本来であれば、教会が王室に手を出すことはできないはずなのです。……けれども、もしナタルさんやミンファさんが考えているとおり、一連の事件を教会が起こしているとしたら、次にサラス王女を狙う可能性は十分にあると思います」

つまり、教会が遵守しようとしている古いレムリアの律法は、教会と王室との不可侵という原則を打ち崩すだけの理由になるということだろうか。あるいは他になにか、教会がサラスを狙わなくてはいけない理由があるのだろうか。

「ですから、私からひとつ提案があるのです」

ナナはぼくをまっすぐにみつめ、はっきりとした口調でいった。


「提案、ですか?」

ぼくは鸚鵡返しに訊ねた。

「ええ」ナナは表情を変えることもなく、ぼくのほうにグッと顔を近づける。「サラス王女の体調がもう少し良いときを見計らって、レムリアの街の外に連れ出してほしいのです。せめて、教会が今回の事件に関わっているという確信が得られるまでで構いません。外の世界へ移住するためには煩雑な手続きが必要ですが、数カ月程度の短い旅行でしたら、簡単に外に出られるはずですから」

「……なるほど」

ぼくは唸った。

ナナがいうことは、筋が通っている。たしかに街の外に出てしまえば、教会の権力は及ばないはずなのだ。

けれども、ぼくにはひとつ気になることがあった。

「そのあいだにサラスが体調を崩したら、どうしますか?」

ぼくの問いかけに、ナナはあらかじめ準備していたかのように即答した。

「もちろん、私も同行します。それから、アリス先生にも病院を休んでご一緒して頂こうかと思っています。いかがでしょう……女三人に男ひとりのハーレムですよ」

「それは、楽しみですね」

ぼくは頭を掻いた。

一介の王室画家にすぎないぼくがそのような旅に同行して、周囲の理解が得られるのだろうか。

その疑問を先取りしたかのように、ナナは口を開いた。

「今の王女にとって、ナタルさんは欠かせない方ですもの。それは、王や女王も含め、レムリア王室の誰しもが認めるところですわ」

19

N.V. 651

廃墟

「リナさん、本当に良かったんですか？」

リョウが発した問いかけはエンジン音にかき消されてしまい、隣に坐っていたリナの耳にやっと届くくらいだった。

「別に構わないわ」

リナは、涼しい顔で答えた。今は赤い鬘《ウィッグ》をして、空賊の格好をしている。だから、リナというよりはアルビルダと呼んだほうが正確かもしれないと、リョウは思った。

アルビルダは続ける。

「展示の準備さえ終わってしまえば、今さらどうしてみようもないからね。なにかトラブルでも起きなければ、他のみんなに任せておいても問題ないよ」

アルビルダとして話すときの口調で、リナとしての言葉が放たれている。そのことに、リョウは奇妙な違和感を覚えた。

前方の座席には、いつものように操縦席にエルランドが、副操縦席にマティがいる。

銀色の飛行機が向かっているのは、レムリアの遺跡だ。


マティがリョウの部屋に駆け込んできたのは、リナが神像の解体を終えた日から、二日後の朝だった。

「ボクたちと一緒に、アルビルダさまのお屋敷に来てください！」

マティは返事も聞かないうちにリョウの手を取り、予想以上に強い力で、半ば引きずるように連れ出した。そのためリョウは、やっと簡単に荷物をまとめて部屋の鍵を閉められただけで、ほとんど寝起きの状態のままアルビルダの屋敷に連れて行かれることになった。

その様子を見て、まだ化粧《メイク》をする前のリナは、

「なあに、寝間着のままじゃない。着替えて、顔を洗うくらいの時間ならあったのに」と、おかしそうにクスクス笑っていた。

ようやく着替えたリョウが居間《リビング》で聞いたところによると、リナの屋敷に一通の書翰が届いたのは、早朝か、夜中のうちだったという。差出人も、宛名すらも書かれていない封筒が、郵便受けの中に入っていたらしい。その中に入っていた紙には、

――明日の午前零時、ヴィーナ・ヘルツェンバインの身柄と、レムリアの指輪との交換を要求する。場所はレムリアの遺跡。幽霊塔。

と、書かれていた。

リナはその紙をリョウに渡し、

「こちらの状況は筒抜けだってことかしらね」と、平然とした様子でいった。

「罠ということはないですか?」

リョウが訊ねた。リナは含み笑いを浮かべて、

「そうかもしれない。……でも、これしかヴィーナちゃんを取り戻す手段がないというのも事実だわ」と、答えた。

「やっぱりあの指輪に、なにか秘密があるんでしょうか?」

「そうね。それに向こうは、レムリアのお宝を手に入れるためには、別にその末裔の体はいらないみたい」

「それじゃあ、ヴィーナの身が危ないってことでは……」

「どうかしら。少なくとも、指輪と交換するまでは、安全は確保されていると考えられると思うけれど。それに、ヴィーナちゃんを殺したところで、彼らにはなんの利点もないもの」

「いえ、それが……」

リョウはおずおずと、リナに声をかけた。そして、先日の博物館での一件――マハーの博物館を訪れたとき、ヴィーナのネックレスがレムリアの水晶に反応して輝いていたことを説明した。

「はぁっ!? なによ、それ!」

リナが目を見開き、声を荒らげた。彼女がこうして動揺している様子を見るのは、リョウにとって初めてのことだった。

「すみませんっ!」

「ふうん」リナはソファに坐ったまま腕組みをし、「そういうことするんだ……」と、目を細めてリョウを睨んだ。

「いつかは伝えようと思っていたんですが……」

リョウは言葉を濁らせる。

「そっか……リョウ君は、私のことを信頼してくれていなかったのね。お姉さん、悲しいなあ。くすん」

わざとらしく泣き真似をするリナに、リョウはどこかホッとしながら、

「そういうわけじゃないです！」と、語気を強める。

するとリナは、途端に上から見下ろすような視線をリョウに向けて、

「じゃあリョウ君には誠意を示してもらうためにも、罰として、これから一カ月間、空賊アルビルダ様の奴隷として働いてもらわないといけないわ。まず手始めに、今から私がお風呂に入るから、体を洗ってもらおうかしら」と、艶めかしい視線をリョウに投げかけた。そのときの態度はすでに学芸員のリナではなく、空賊アルビルダとしてのものだった。

「無理ですよ、そんなの」

リョウは慌てて頭を振った。頬がかあっと赤くなっているのが、自分でもわかった。

「もう、冗談よ」リナはニヤリと笑って、ソファから立ち上がる。「まあ、私に隠し事をした罰はあとできっちり受けてもらうけれど、今はそれどころじゃないでしょう。すぐにレムリアに向かうから、準備しなさい」

リョウは結局、リナにいわれるがまま、マティとエルランドが飛行機の整備《メンテナンス》をするのを手伝うことになった。


遺跡というよりも、廃墟と呼んだほうが正しいかもしれない。

レムリアの街に入る門を見上げて、リョウは思った。

かつて街の周囲を取り囲んでいたという高い城壁は、そのほとんどが崩壊していた。そのため、わざわざ門を潜らなくても、城壁のあいだから通り抜けることもできそうだった。

「ナタル・アルタミラーノの手記にはきちんと書かれていないけれど、街の通りも、迷路みたいに入り組んでいるから。ここから入らないと、けっこう迷子になってしまったりするのよ」

アルビルダは腰に手を当てて門を見上げ、声を弾

ませた。

レムリアに近づくにつれて、彼女は口数が多くなった。やはり、レムリアに眠っているといわれる財宝を狙う空賊としての血が騒ぐのだろうか。

「リナさん……」リョウは慌てて、「アルビルダさんはやっぱり、何度もここに来ているんですか？」

と、いい直した。

「そうね。初めて来たのはヴィーナをみつけたとき。それから、幽霊塔に入ってナタル・アルタミラーノの手記をみつけたとき、幽霊塔の地下に入ったとき。あとは……もう二、三回くらいかな」

「意外に来てないんですね」

リョウが率直な感想を口にすると、マティが横から、

「幽霊塔の地下で迷子になって、アルビルダさまは半泣きになっていましたから。もう、幽霊塔の謎が解けるまで来ないーっ！　って、子どもみたいに叫んで……痛たたたたっ！」

マティがいい終える前に、その頬をアルビルダの手が捉えた。ぐにっと引っ張ると、マティの頬は綿のように柔らかく、よく伸びる。

「余計なこといううんじゃない！」

アルビルダは、顔を真っ赤にして声をあげた。

「だって、ホントのことですよぉ」

「これ以上いったら叩くよっ！」

「ふえーん。エルランドぉ……アルビルダさまがいじめるー」

マティはすたすたとエルランドのところに駆け寄り、身を隠すようにして背中に張り付いた。

エルランドが、

「まあ、まあ……アルビルダ様。こんなところで身内どうしの争いをしていても、仕方がないですよ」

と、いつもと変わらない冷静《クール》な調子でいう。

けれどもリョウはその瞬間に、マティがペロリと舌を出し、アルビルダに隠れて不敵に笑ったのを見逃さなかった。……もしかするとマティは、可愛ら

しい少女のような見た目を利用して、わざとこういった言動をしているのかもしれない。

四人はそのまま、レムリアの遺跡に入った。

道を歩いていくと、南の街には家々が建ち並んでいた。ほとんどの建物は、一階が商店、二階が住居になっているようだ。ところどころ崩れ落ちているところもあるものの、まだ建物として十分に形が残っているものも多く見られる。これは、街全体が石造りでできているためだろう。地面の石畳も、五百年前にレムリア新王国が滅亡した当時のものが、少なからず残っているようだ。

さすがに、建物の中の調度品などは、まったく残っていない。それでも、ここにかつて多くの人が住んでいた痕跡は、あちらこちらに感じられた。

「南の街は、だいぶ街の状態が良いかな。中心部から西の街にかけてはほとんど壊滅的な状態で、王城はもちろん、水晶加工協会《ギルド》の建物や街の奥にあったっていう蒸気プラントは、見る影もなくなっているわ。もしかしたら王国滅亡のときに破壊したのかもしれない」

アルビルダは歩きながら、リョウにそう説明した。

たしかに、街の中央にある王城の跡地は、ほとんど平地になっていた。草が生い茂り、中に入ることもできない。ナタル・アルタミラーノの手記によれば相当に大きな建物だったらしい。だから、なんらかの人為的な処置が施されたのはたしかだ。けれども、ところどころに落ちている石の破片は、まるで粉砕されたかのように崩れている。もしかしたら、兵器かなにかによって、破壊活動が行われたのかもしれない。

中心部の状態に対して、北の街には、南の街と同じように多くの建物が残されていた。特に教会とそのかたわらにある巨大な階段井戸は、五百年以上も前の建造物であるというのが嘘のように、ほとんど壊れていないように見える。井戸の壁面に彫られた幾何学模様も、はっきりと残っていた。宗教的な建築物は一般的な住居よりも強固に造られていることが多いことを考えれば、それも当然だといえるだろうか。

「手記に書いてあったとおりですね」

リョウは感嘆の声をあげた。

「さすがにステンドグラスは割れているし、内装の壁画はだいぶ状態が悪くなっているけれど、きちんと修復すればウチの博物館よりもお客さんが集まるんじゃないかな」

アルビルダは軽口をいったが、リョウにはその発言が、あながち間違ってもいないように聞こえた。

マティとエルランドを残して、ふたりは階段井戸を見下ろしながら進んだ。長く生い茂った草を掻き分けるようにして、教会の中に入る。

左右に設置された座席は、まるで巨大な機械で踏みにじられたかのように、ボロボロになっていた。

中央の通路に残されたわずかな隙間を縫うようにして進む。この最奥には祭壇があったはずだ。けれども、そこには木材や石材が積み重なるように散乱しており、容易に近づくことはできそうもなかった。

「例の本の翻訳は、マルグリット・フロスト殺害事件の犯人が書かれているところまでは、たどり着いた？」

確認をするように、アルビルダがリョウに訊ねた。

「はい。教会の神官が犯人だと書かれていました。ちょうど、サラス王女を城壁の外に連れ出すという話を、ナタル・アルタミラーノと使用人《メイド》のナナがしているところです」

「あら、けっこう進んだじゃない。……そうね。そこは、私が持っているナタル・アルタミラーノ自身の手帖でも一緒よ。そして、当時のレムリア新王国の王とその娘のサラス王女は、少なからず国民には好かれていた」

「つまり、サラス王女が難病を抱えていることを理由にその命を狙うようになった教会が国民の反発を買って内乱が起き、こんなふうに破壊されたということですか?」

「それが、レムリア新王国滅亡のきっかけのひとつにはなったかもしれない。……でも普通に考えれば、娘の病気を隠し続けていた王の咎《とが》を西の街の水晶加工協会《ギルド》が責め立てて、教会に味方をして、王室を潰せばそれで終わりだったはずだわ。協会《ギルド》としては、新たな王を選べば良いのだもの。一方で王室は、警察組織と軍隊とを兼ねた王室警備隊保安室を管轄しているから、強硬な手段に出ることもできた。教会は人民と律法を、王は警察権を、協会は王の任命権を握ってそれぞれに権力を持つことで、レムリア新王国は形を成していたのではないかしら。だから、いくらレムリアンの教義に忠実で、それを実行しようとする神官だったとしても、王として選ばれた者の娘を狙うことは、それなりの危険性《リスク》を伴っていたはずよ」

「たしかに、ぼくもそう思います。だったらどうして……」


アルビルダの言葉に、リョウはじっと考え込んだ。もしかするとレムリアでは、マルグリット・フロストやダリア・マイヤーのように、教会の手で私刑にされた人物が、少なからずいたのかもしれない。おそらく、警察権を持つ王室は、それを黙認していたのだろう。

しかし、サラス王女が狙われるとなれば、話は別だ。

するとアルビルダは、

「私は、教会のほうが焦っていたのだと考えているわ」と、いった。

「焦っていた?」

「ええ。ひとつ鍵になるのは、サラス王女がクマリだったということよ」

クマリ——女神が人間の体を借りて現世に生まれ落ちてきた者。

リョウが翻訳を進めている本には、たしかにそのような記述があった。けれども、サラス王女がクマリであるというのがどういうことなのか、ほとんど説明はなかったように思える。

　アルビルダは続けた。

「旧人類の南部大陸にいたとされるクマリと同じように、レムリアのクマリにも決まった選ばれ方があったの。健康である。菩提樹のようにしなやかな体を持っている。すべての歯が揃っている。血を流したことがない。透き通った声をしている。黒い髪と目を持っている……それ以外にもある数々の条件をすべて満たした女の子が、選び出されていたと考えられているわ」

「つまり、王室にいる王女である必要はなかったということですね」

「逆なのよ」アルビルダは真剣な表情で、「N・V・《ニルヴァーナ》暦一四〇年代まで、レムリアのクマリはすべて、民間の女の子から選ばれていたわ。初潮を迎えると条件を満たさなくなってしまうから、だいたい五年くらいで入れ替わるの。王室からクマリが選ばれてしまうということが、むしろ異常な事態だった」

「だって、サラス王女は明らかに、十代の半ば過ぎですよね？」

　リョウは目を見開いた。

「十八歳まで月経を一度も迎えない、原発性無月経だった可能性はあるわね。あるいは、月経があったのを、隠していたのかもしれない」

「もともと珍しい選ばれ方をしたのに、さらに珍しい状況が続いた、と……」

　たしかにそれは、教会が焦燥感を抱いた要因になるだろう。

　けれども、サラス王女は自分がクマリであると呼ばれることを、否定的に捉えていたように思える。

　それに――

「これまで翻訳してきた部分を読む限りでは、クマリであることが、政治上、宗教上、それほど大きな意味を持つとは思えませんでした」と、リョウは素直な感想を口にした。

「そうね。たしかにクマリは、人々に幸福をもたらす存在であり、その行為のひとつひとつが予言として位置づけられていたとされているわ。その部分は、旧人類のクマリと変わらない。でも私は、レムリアのクマリの場合、それはあくまで表向きのものだったと思っているの」

「なにか別に、隠された役割があったということですね」

「ええ。だから教会としては、サラス王女の病気につけ込んで、できるだけ早く次のクマリを探したかった。そうでなければ、王室と教会との均衡が保てなかった」

「なんだったんですか？　その役割というのは」

アルビルダは、意味深な笑いを浮かべた。そして、

「そろそろはじまるんじゃないかしら」といった。

その直後、ドーンという大きな音とともに、堅強な教会の建物の中にいるにもかかわらず足下が揺れるほどの地響きが伝わってきた。


「来たわね。行くわよ、リョウ君」

アルビルダは張りのある声を出すと、教会の外に向かって駆け出した。

リョウは慌てて、彼女のあとを追った。

「アルビルダ様、リョウさん。こちらに来ては駄目です！」

ふたりが階段井戸を走り抜けて通りに出るなり、エルランドの怒号が響き渡った。

彼とマティの向こう側には、八フィートほどの高さのある巨大な機械《ロボット》が立っていた。先端にザリガニのハサミのような手が付いたホース状の長い両腕をだらりと前に提げ、背中を丸めたような姿勢で二足歩行している。角が丸く縦に伸びた長方形の顔の中心には丸いレンズがついており、これがカメラか、あるいはセンサーとして周囲の状況を視覚的に捉える働きをしているらしい。体は液体を保存するための貯蔵庫《タンク》のように丸みを帯びており、その下に太く

て短い脚が付いている。見た目よりも、巨大な体を維持することを優先した形状に見える。

スカートの裾をはためかせながら走っていたマティは、機械《ロボット》の右側に回り込み、地面に片膝を突いて小さな拳銃を構えた。

立て続けに三発、銃弾を放つ。

けれども、機械《ロボット》の胴体に当たったそれらは、ガキッ、ガキッ、ガキッという鈍い音を立てて、すべて弾かれてしまった。相当に厚い鋼《はがね》かなにかでできているのだろう。

ゆっくりと機械《ロボット》の顔がマティのほうを向いた。

「マティ、逃げなさい！」

リョウのすぐ隣で、アルビルダが叫ぶ。

次の瞬間、機械《ロボット》はすさまじい勢いで、マティのほうに向かって進みはじめた。

「あっ、ああ……」

マティは体を震わせて、その場で動けずにいる。

機械《ロボット》の腕がまっすぐ彼のほうに向かって伸びた。

ハサミのような形状のあいだから、銃口が見えている。

しかし、幸いなことに弾が切れているらしい。その腕は、カチッ、カチッと空しく音を立てた。

そのことに気付いたのか、今度は機械《ロボット》が大きく腕を振り上げた。

そのまま、マティに向かって振り下ろす。

「危ないっ！」

駆けつけたエルランドがマティの体を抱きかかえ、そのまま地面に押し倒した。

間一髪、機械《ロボット》の腕を避け、ふたりは地面を転がる。

エルランドはそのままマティを抱え、アルビルダのほうに走った。

「私たちも行くわよ、リョウ君！」

アルビルダはリョウの右手を掴み、走り出し、

「このまま迂回して、幽霊塔に向かいましょう」

と、早口にいった。

四人はそのまま、北の街の街道をまっすぐに走った。

どうやら機械《ロボット》は、追いかけてはきていないらしい。

そこで、いったん街道から外れ、農地に立っていた廃屋のなかに潜り込んだ。

床に坐り込み、肩で深く呼吸をする。

「……はい、リョウ君。飲んでおきなさい」

アルビルダが、水筒をリョウに向かって差し出した。

リョウはそれを受け取り、ゴクリゴクリとふた口だけ飲んで、アルビルダに返しながら、

「なんですか、あれは?」と、訊ねた。

「レムリア王室の機械衛兵よ。たぶん胴体の中に内燃機関を持っていて、それで今でも動けているんだと思う」

「そんなのがあったんですか……」

「これが、リョウ君が翻訳しているロシア語版には書いていない部分。ナタル・アルタミラーノ本人の手記には、幽霊塔の地下に眠る旧人類の遺産のひとつとして書かれているの」

「ええっ!? つまり、レムリアの遺産って……」

「そう。旧人類が次々と死滅していく中で失われてしまった古代科学技術《ロスト・テクノロジー》を、幽霊塔の地下に隠し持っていたのよ。水晶の製造技術も含めてそれを引き継いでいたのが、富の源泉だったんだわ」

アルビルダはそう説明をすると、立ち上がり、かつて窓が嵌め込まれていたであろう穴から外を覗き込んだ。

そしてふたたび坐り込み、ホッとしたように息を吐いた。

「だからといって、ロシア語版のほうを翻訳する意味がないとは思わないでね。リョウ君が翻訳しているものには、ナタル・アルタミラーノ自身の手記には書いていない情報も、かなり多く書き込まれているんだから」

「それは、小説として書き直されているからでは

ないんですか？」

リョウが訊ねる。

すると、その問いかけに答えたのは、エルランドだった。

「小説に書かれていることが、すべて嘘だとは限りませんよ。後世になってレムリアについて調べ直した上で書いているということもありますから」

その言葉に、アルビルダが付け加える。

「そうね。歴史について調べるときにいちばん信じてはいけないのは、当事者自身による手記だわ。本人が見られることなんて、自分の身の回りほんの数インチのところだけだもの。錯誤だってあれば、意図的に事実と異なることが書かれることだってある」

「……なるほど。つまり、後世になってからもっと大きな視点で調べ直した上で書いたもののほうが、少なくとも当事者の手記よりは信じられるということですね」

リョウはそういって、頷いた。

そこでようやく、なぜアルビルダ――リナが、自分にロシア語版の本を翻訳させようとしていたのか、理解できた気がした。

アルビルダは満足そうに微笑むと、胸元のポケットから金色の懐中時計を取り出した。針は、午後三時を少し過ぎたところを指している。彼女のところに送られてきた手紙にあった約束の時間まで、まだ九時間ほどあった。

「本当はもう少し、リョウ君にレムリアを案内してあげようと思ったけれど……しばらくここで休んで、暗くなったら幽霊塔に向かいましょう」

20

N.V. 148

逃亡

　数日前から、明け方や夕方になると、空気が急に冷え込むようになっていた。

　マハーの街からさらに北に向かって二〇〇マイルほど離れた場所にある村なので、レムリアよりも雨季が終わるのが一カ月以上も早い。ナナによると、周囲に広がる麦畑の収穫が終わる頃には、白い綿で包まれたような姿をした小さな虫が飛びはじめる。これは雪虫と呼ばれ、間もなくやってくる冬の訪れを知らせるのだという。

　——もう二度と、この村に戻ってくることはないと思っていたのですが。サラス様のためなら、仕方がありません。

　ナナは口では、故郷に戻りたくないといっていた。けれども、彼女の実家近くにあった空き家に実際に住みはじめてみると、満更でもなさそうだった。その証拠にぼくとサラス、アリス女医の三人は、ナナの昔馴染みだという人たちを、この小さな村で七人も紹介されたのだ。

　一方で、ぼくにはひとつ気になることがあった。

　かつての旧人類が深刻な食糧不足で次々に死滅したとき、生き残った人々の大半はマハーをはじめとした都市部に集住していたはずだ。人類再興を願うN・V・《ニルヴァーナ》暦が新たに制定されて一四八年経つが、こうして都市部以外に村を作っている人々がいるというのは、聞いたことがない。

　いったいこの村は、どういう人たちの集まりなのだろう。

　ぼくはいつかナナに聞いてみたいと思いながらも、その機会を逸してしまっていた。

ナナがみつけてきた家は、石で土台を造り、木造の柱や梁に土を固めて壁を造った質素な建物だった。けれども古くから建っているだけあって、見た目以上に頑丈そうだ。半年のあいだ住むくらいであれば、十分だろうか。二階建てで、一階にキッチン、リビングとその他に三部屋、二階には屋根裏のような部屋がある。だから、女性三人が下の階にそれぞれ部屋を持ち、ぼくは二階にある屋根裏のような部屋を宛てがわれた。ここなら広さもそれなりにあるから、床に布を敷いて画架《イーゼル》を置き、絵を描くことができる。

澄んだ空気が幸いしたのか、村に移ったばかりの頃は、サラスの体調も良さそうに見えた。アリス女医によれば、村の上空がいつも薄い雲に覆われているためにこの土地の日差しが弱いことも、彼女の体に合っているのだという。

ぼくたちは毎日昼前まで、途中のまま放置されていた肖像画を描く作業の続きをした。午後になると、村の近くに流れる川や、一マイルほど離れたところにある小さな山や、村に広がっている麦畑まで、四人でティーセットを持って出掛けていった。

——私、一度で良いからこういうところで生活してみたかったのです。生まれたときから、一度もレムリアを出たことがありませんでしたから。

サラスはそういって、軽やかな足取りでぼくのあとについてきた。

ここにやってくるときに持ってきたのは、移住手続きなしでレムリアの外に出ていることができる半年分の生活費だけだ。だから、レムリアの王城にいたときの生活そのままというわけにはいかない。それでも、一日三回の食事をし、近くにある市場で買い物をし、ときどき二日かけてマハーの街に買い物にいくくらいであれば、不自由はしない金額だった。アリス女医には半年分の給料を払い終えていたから、医療費の心配をすることもなかった。

——今まで一日に十八時間くらい働く生活だったから、こんなにのんびりしているとなんだか申し訳ない気がするわね。

アリス女医はそういいながらも、夜になるとナナとふたりでワインを開け、夜遅くまで話し込んでいた。どうもこのふたりは、馬が合うらしい。もっとも、ぼくは自分の部屋にいることが多かったから、下の階でナナとアリス女医がどんな話をしているのかを聞くことはできなかった。

……けれどもそんな暢気な生活も、そう長くは続かなかった。


サラスが体調を崩したのは、村に移り住んでから二十日ほどが経ったときだった。

全身が倦怠感に襲われ、膝や指などが腫れて炎症を起こしている。彼女が体調を崩したときにいつも現れる顔の紅斑も、触れると少し盛り上がっているのがわかるくらいに、はっきりと出ていた。脚の脛の筋肉に痙攣があるため、まともに歩くこともできない。そして、火傷を負ったときのような痛みが全

身にあるのだという。

サラスはその痛みをこらえるように体を丸め、ベッドの上でずっと横たわっていた。それでも、足の裏をずっとマッサージしていると、痙攣だけは少し収まるらしい。だから、ぼくたちは交替でその役割を担った。

サラスの体調には波があったが、少し体調が良い日になっても、部屋にひとりでいることがしだいに多くなった。

ぼくと一緒にいるときは、彼女も今までと変わらず、明るく振る舞っている。けれども、ナナやアリス女医の前では、話しかけても生返事があるばかりで、ほとんど口を利かないのだという。もしかするとサラスは、少なからず無理をしていたのかもしれない。そう思うと、ぼくもだんだんと自分の部屋に籠もったり、ひとりで周辺に出掛けたりして、絵を描いていることが増えていった。

それからさらに一週間ほどが経った頃、ぼくはア

リス女医とナナから呼び出された。

部屋のドアを開くと、中央にある小さなテーブルの周囲に置かれた椅子に、アリス女医が坐っていた。そのかたわらでお茶の準備をしていたナナが、

「どうぞ、こちらへ」と、声をかけてくる。

ぼくは、「失礼します」と頭を下げて椅子に腰掛け、周囲を見回した。

半年しか住まないことを前提にしているためか、アリス女医の部屋はひどく殺風景だった。着替えや荷物は隅に置かれたトランクのなかに収められている。あとは、仕事用に使っている机の上に、書類の束と数冊の本とが置かれているくらいだった。

「あまり女性の部屋を、まじまじと眺めるものではありませんよ」

ナナは冗談交じりにいったが、

「……先ほど、王室警備隊保安室から手紙がありました」と、すぐに真剣な表情になった。

「マルグリット・フロストと、ダリア・マイヤーの事件のことですか?」

ぼくが咄嗟に訊ねると、ナナは首を縦に振った。

「マルグリット・フロストの事件で凶器として使われた大きな鍼《ニードル》が、教会の神具保管庫の中から発見されたそうです。血痕が残っていたらしいので、おそらく今頃は、その分析結果が出ているのではないかと思います」

「神官を逮捕できるということでしょうか……?」

ぼくの問いかけに、ナナはほとんど間をおかず、

「いえ、その可能性はほとんどないと思います」

と、答えた。

「なぜです?」

「レムリア王室はもともと、教会に権力が集中しないよう、警察権と裁判権、外交権を割譲するかたちで作られたのです。けれども実際には、教会のやることには手を出さないというのが、不文律のようになっています」

「つまり、今までも古い律法にしたがって、同じ

ように国民を私刑にするということを、教会はやってきたということでしょうか……？」

「いえ、そういう表立ったことを、教会はしてきませんでした。向こうにも、少なからず焦りがあるのだと思いますわ」

「……焦り？」

そこで声をかけたのは、アリス女医だった。ナナはチラリと彼女に目配せをしてから、ふたたびぼくのほうを向いた。

「サラス様が、クマリになってしまったということです」

ナナによれば、女神の化身であるクマリは、これまで一般の国民の中から選ばれていたのだという。そのため、クマリの身を管理することで、教会はレムリアの信仰を創り出してきた。しかしこのたび、国民にも人気のある王女サラスがクマリになってしまった。このことで地位が失墜し、王室に国民の心が向いてしまうことを、教会は恐れているのではないかという。


ナナはいった。

「サラス王女がクマリでなくなってしまえば、教会は新たにクマリを探すことになりますわ。けれども、教会がいきなり王室に手を出すことはできませんし、現状では、サラス様からクマリの地位を剥奪することもできない……。それで、治る見込みのない病を患った者は一刻も早く家族から外し、家族の負担を減らさなくてはならないという古い律法を復活させた事件をあらかじめ起こして、サラス王女が殺されても仕方がないという状況を作り出そうとしたのではないでしょうか」

ナナの説明は、たしかに筋が通っているように聞こえた。

けれども、ぼくにはどういうわけか、彼女の説明のすべてを聞き入れることができないように思えた。それがなぜかは、わからなかった。ただ、まるで喉の奥に刺さった魚の小骨のように、どこかずっと引っかかるところがあった。

ぼくが黙り込んでいると、

「それでは、今の状態が続く限り、サラス王女はレムリアに戻れないということになるのかしら?」と、アリス女医がいって、顎に手を当ててじっと考え込んだ。

その言葉にナナは、

「サラス様がクマリである限り、状況は変わらないと思いますわ」と、ため息を吐いた。

アリス女医は、

「それはちょっと、まずいわね……」と、呟いた。

「なにがですか?」と、ぼくは訊ねた。

アリス女医は椅子から立ち上がり、机の上に積まれていた紙の束を手に取った。どうやらそれは、サラスの病状を記録した診療録《カルテ》らしかった。アリス女医は立ったまま、説明をはじめた。

「サラス王女の病状は、だんだん不安定になっているの。もしこれが腎臓や心臓、肺に症状が出てしまったら、ここではどうにもならない。だから、マハーの大きな病院に移るのは無理だとしても、少なくともレムリアの病院には、戻ってもらったほうが良いと思う」

アリス女医の言葉に、ぼくとナナは言葉を失った。どうやらぼくたちには、あと五カ月間ここにサラスをかくまっておくだけの猶予はなさそうだった。

なおもアリス女医は、言葉を継いだ。

「もっとも昔ならとにかく、今の私たちの医療では、レムリアに移ったところで彼女の病気は治せないのだけれど……」

その言葉に、ぼくは顔をあげる。

「昔は治せたってことですか?」

「ええ」アリス女医は頷いた。「今はもうその技術が失われてしまったのだけれど、旧人類の時代には薬があったらしいわ。完全に治すことはできなくても、ほとんど症状が出ない安定した状態を維持することはできたんだって。せめて、薬の作り方くらい残っていたら良かったのだけれど……かつて旧人類が次々に死んでいったときに、文字情報や書籍がものすごく軽視された時期があって、保存することを怠ってしまったから」

アリス女医はそこまでいって、じっとナナをみつめていた。どうやら、ナナにいいたいことがあるらしかったが、彼女はそれきりなにも口に出さなかった。

アリス女医とナナを残して部屋を出たぼくは、すぐ隣にあるサラスの部屋に向かった。

ぼくはしばらくのあいだ、扉の前に立ち尽くしていた。

もしかするとさっきの会話は、サラスの耳にも届いているかもしれない。というのも、ぼくたちが住んでいる建物は、壁がけっして厚くないのだ。

……けれども、と、ぼくは思い直した。

アリス女医とサラスとの関係を考えれば、おそらくサラスは自分自身の病気がどういう状態なのかを把握しているのではないだろうか。そう考えれば、さっきの会話を聞かれたところで、別に問題はないはずだ。

そこまで考えて、ぼくはようやく、扉を二度ノックすることができた。

「……どうぞ。鍵は開いています」

サラスのくぐもった声が、部屋の中から響いてきた。

ぼくはゴクリと唾を飲み込んでから、ゆっくりと扉を開いた。

室内を覗くと、サラスはベッドで横になっていた。

「今、ちょっといいですか?」

ぼくが声をかけると、サラスは半身を起こして笑顔を作った。

「ええ、もちろん。ちょうど痛み止めの薬が効いて、少し気分が良くなったところです」

そんな言葉とは裏腹に、サラスがベッドから起き

上がろうとして一瞬だけ顔を顰《しか》めたのを、ぼくは見逃さなかった。慌てて、

「寝たままでいいですよ。気を遣わないでください」と、声をかける。

「いえ。たまには体を動かさないと、鈍《なま》ってしまいますから」

ぼくは、サラスの性格を失念していた。彼女はこういうとき、妙に強情なのだ。

サラスに駆け寄り、ベッドから起き上がろうとする体を支える。そのまま、ベッドの隣にある背凭れのある椅子に、ゆっくりと坐らせた。

サラスは寝間着姿だった。いつもは服の中に隠すようにして身に付けているネックレスが、今日は胸元に出てしまっている。その先には、レムリアの王室にいるものだけが持つことを許された、緑水晶《プラシオライト》が取り付けられている。

「……あの、男の方が下心を持つというのは理解しているつもりなのですが、あまりジロジロと見られると、少し恥ずかしいです」

サラスは胸元を右腕で覆い隠した。

「す、すみません！」

ぼくは慌てて、視線を逸らす。

サラスはクスクスと笑って、

「うふふ、冗談です。ナタルには、スケッチのときにいろんなところを見られていますもの。もう、ちょっとくらい見られたところで、恥ずかしいことはありませんわ」と、ぼくをからかうようにいった。

そのときの様子は、彼女の体調が良いときと変わらなかった。けれどもこのときばかりは、そんなサラスの態度に、ぼくの心はむしろ締め付けられるような気がした。サラスが苦しみを抱えている姿をぼくに見せまいとしていることが、ありありと見て取れたのだ。

ぼくとサラスはしばらくのあいだ、取り留めもない話をした。

マハーに買い物にいったこと。村でみつけた店。

最近書いている風景画のこと。

このところほとんど外に出ることができていないサラスにとっては、そのひとつひとつが、外の世界との繋がりを保つための貴重な手がかりであり、同時に、この世界にまだ生きていることを実感するための縁《よすが》だったのだろう。サラスはぼくが話すことひとつひとつに、大げさに声をあげたり、羨ましがったりしている。

ぼくがひととおり話を終えると、サラスは、

「体調が少し良くなったら、私もぜひ連れて行ってくださいな」と、笑った。

「そうですね。きっと、良くなります」

気休めの言葉でしかないという自覚はあった。それでもぼくは、そうした言葉をかけることで、少しでもサラスを元気づけようと思っていた。

言葉には、力がある。

言葉は世界を規定する。

きっと良くなるといい続けていれば、その言葉のとおりに現実も動いていく。

そう信じたかった。

……けれども、そうした気遣いは、サラスにとって無用のものだったのかもしれない。

彼女はにっこりと微笑むと、

「可哀想だなんて、思わないでくださいね」と、いった。

ぼくはハッとした。自分の心は、いともあっさりとサラスに見透かされていたのだ。

サラスは、ぼくをまっすぐに見て、目を輝かせた。

「わたしはこうして病気を持った自分が不幸だなんて、これっぽっちも思っていませんから。両親のおかげでレムリアでは不自由なく暮らしていくことができ、ナナや、アリス先生、そしてナタルさん。こんなに素敵な人たちと一緒に暮らせている。こうしてレムリアを出て、静かな村に旅をすることもできています。これほどの贅沢者は、他になかなかいないと思うのです。だから、少しくらい体の調子が

悪いからって鬱ぎ込んだりしていたら、神様の罰が当たってしまいます。そう思えば、病気のことなんて、へっちゃらなんですよ」

もしかするとぼくは、サラス・レムリアという女性について、大きな勘違いをしていたのかもしれない。

彼女が病気のためにずっと部屋にいることで、彼女が不幸を背負っているものだと、勝手に思い込んでいたのかもしれない。

サラスは、そんなぼくの想像とは、まったく違うところにいた。

本が好きで、好奇心が旺盛で、ちょっとしたことにも心を動かす。興味を持ったことにはとことんのめり込み、けっして負の感情を表に出さず、いつも喜びに満ちている。

それが、サラス・レムリアだった。

たとえクマリ——女神の化身という身分がなかったとしても、サラス・レムリアという存在そのものが、まるで女神のように輝いていた。

——レムリアの女神。

だからこそレムリアの国民は、彼女がクマリであるかどうかに関わりなく、そう呼んでいたのかもしれない。

「ナタルさんにふたつ、お願いがあるのです」

サラスはそういって、首に提げていたネックレスと、右手の薬指に嵌めていた指輪を外した。

「このネックレスと指輪、ナタルさんが持っていてください」

「……えっ？」

ぼくは目を丸くして、声をあげた。

「別に、形見とかそういうわけではありませんよ」サラスは笑いながら、続ける。「約束です。もし私の体が良くなったら、返してくださいな。……そうですね、願掛けのようなものです。私は必ず、良くなってみせますから」

サラスがあまりにはっきりといい切るものだから、

ぼくはなにもいわず、そのネックレスと指輪を受け取るしかなかった。

そのとき、ぼくは初めて気が付いた。

サラスがつけていた、指輪。それは、リウ・ミンファから託されたものと、まったく同じ形状だったのだ。

ぼくが息を呑んでいると、今度は衣擦れの音がした。

顔をあげる。

サラスはすでに、寝間着を脱ぎ捨てていた。

「どうしたんです、急に!?」

ぼくは慌てて体を翻し、彼女に背を向けた。

「あら、美術学校にいらしたときに、女性の裸は見慣れているのではなかったのですか？」

サラスは笑いながら、下着まで脱いでいるらしい。

そのまま、

「ちゃんと私を見てください！」と、はっきりとした口調でいった。

ぼくはゆっくりと、サラスに向き直った。

そこには、一糸纏わぬ姿になったサラスが立っていた。

胸から腰にかけてのラインは、女性らしい曲線を描いている。

腕や、膝の関節には、炎症の跡が痛々しく残っていた。皮膚にはところどころに潰瘍があり、手や足に紅い斑点が見られる。

けれども、そんな彼女の体を、ぼくはむしろ美しいとさえ思った。

「ふたつめのお願いです」床に散らばった寝間着と下着とを踏みしめ、サラスはいった。「私の裸体《ヌー》画《ド》を描いてほしいのです」

「……それは」

以前、断ったはずだ。

ぼくがそう言葉を発する前に、サラスは畳みかけた。

「私のことを王女と呼ばなければ描かせてさしあ

げると、以前にお約束したというのもあるのですが……それ以上に、ナタルさんには、生まれたままの姿の私を、そして、今こうして病気と闘っている私のありのままの姿を、描いてほしいのです。もちろん、私の体が病気で朽ちてしまったときのため……などということはいいません。だって、私には秘策があるんですもの」

「秘策？」

ぼくはすかさず、問い返した。

「ええ、秘策です」

サラスは胸を張って、にっこりと、自信に満ちた表情を浮かべた。

それはちょうど、ぼくが王室画家として初めてサラスに謁見したとき、彼女が見せた笑顔を思い起こさせた。

サラスはいった。

「幽霊塔がなぜ王室の直轄になっているのか、ナタルさんはご存じないでしょう？　あそこには、旧人類が残した遺産が眠っているのです。……つまり、今の私たちが失ってしまった古代科学技術《ロスト・テクノロジー》が隠されているのです」

「それはつまり……」

「そう。もしかしたら、私の体を治す薬の作り方も、地下に眠っているかもしれません。だから、裸体画《ヌード》のデッサンが終わったら、私を教会から護って、すぐに幽霊塔に私を連れて行ってください。よろしいですね？」

「え、ええ……」

ぼくは、ぼんやりと返事をすることしかできなかった。

考えてみれば、レムリアが旧人類の古代科学技術《ロスト・テクノロジー》を引き継いでいるという可能性は、十分に想定しておくべきだったのだ。

西の街で加工されている水晶、西の街の電力を保持している蒸気プラント。

これらはすべて、ぼくたちの世界では見たことがない技術だった。これらが他の国々に住む人類が失ってしまった古代科学技術《ロスト・テクノロジー》だったとすれば、レムリアが今の世界でほとんど唯一といって良いほど富み栄えているというのも、いわば当然のことなのである。

「声が小さい！　ちゃんと返事をしてください」

サラスは不満そうに口先を尖らせた。

その様子は、あの、ぼくがいつもレムリアで目にしてきた、サラス王女だった。

「は、はい。わかりました！」

ぼくは、絞り出すように大きな声をあげた。

サラスは満足そうに、

「よろしい」と、微笑んだ。そして、そのまま床にへたり込む。

「大丈夫ですか!?」

ぼくは慌てて、彼女を抱きかかえた。

その反応に、サラスは力なく笑った。

「本当は、このまま抱いていてほしいのですが……関節が痛むので、それはもう少し我慢してくださいね。体が良くなったら、私は身も心も、ナタルにすべてを捧げるつもりですから」

ぼくはその言葉に、

「待っていてください。必ず、幽霊塔の地下で、サラスを助ける方法を見つけ出しますから」と、答えた。

「期待して待っていますわ」

サラスはホッとしたように、ぼくに微笑みかけた。けれどもそこで、力が尽きてしまったらしい。胸を大きく膨らませて息を吐くと、ぐったりと、ぼくの両腕に全体重を預けた。そのまま深い眠りに就いてしまい、翌日までサラスは目を覚まさなかった。

21

N.V. 651

末裔

「こんなところに来てもお仕事だなんて……リョウ君って、ほんと真面目ね」

廃屋の片隅でリョウが洋燈《ランプ》のあかりを頼りに翻訳の作業を進めていると、アルビルダが上から覗き込んできた。

「こうしていたほうが、落ち着くんですよ」

床に坐り込み、背中を壁に預けて作業をしていたリョウは、ペンを動かす手を止めて苦笑した。

「つまり、リョウ君はこうして学芸員の仕事に携わることで、お姉さんに人生も捧げてしまう決心をしたということね！」

「今の話、聞いていなかったんですか!?」

「冗談よ。リョウ君って、からかうと面白いんだもの」

アルビルダはリョウの右隣に坐って、彼と同じような姿勢をとった。そして、「でも、仕事をしていたほうが落ち着くっていうのは、ちょっとわかるかも」と、いいながら、急に学芸員として修復室で働いているときに見せる目つきになって、リョウの翻訳に視線を走らせた。

「アルビルダさんの予想は、当たっていましたよ」

リョウはチラリと右に目を向けた。アルビルダの顔がすぐ近くにあった。そのため気恥ずかしくなって、ふたたび紙の上に視線を戻してしまう。

「予想って？」

平然とした様子で、アルビルダが訊ねた。

「レムリアのクマリのことです。ロシア語版の本文だと、サラス・レムリアの使用人だったナナも、教会ができるだけ早く次のクマリを探したがっているんじゃないかといっていました」

「それは、ナタル・アルタミラーノ自身の手記には、なかった記述だわ」

「……そうでしたか。よかったです」

リョウがホッとして肩の力を抜いた次の瞬間、頬にふわりと、柔らかい感触があった。リョウが驚いて体を左に傾けると、どうやらアルビルダの唇が、そこに触れていたらしかった。

「リナさん⁉」

動揺したリョウは、思わずアルビルダのことを本名で呼んでしまう。アルビルダは、

「お仕事をがんばったご褒美よ」と、クスクス笑っている。

「もう、からかわないでくださいよ」

リョウは肩を落として、大きく息を吐いた。

「あら、嬉しかったクセに」

アルビルダは、ニヤリと口許を歪めた。

「それは、否定しませんけど……博物館にいるときは、リナさんがこういう性格だとは、思いませんでした」

「いったでしょう？ 化粧《メイク》っていうのは、別の人格を演じるだけじゃないの。化粧《メイク》をしているからこそ、本当の人格を出せることもある。それに、こういう状況でずっと緊張の糸を張っていたら、疲れてしまうわ。リラックスすることは重要よ」

リョウはそれ以上、アルビルダに反論しなかった。

というよりも、反論することができなかった。

こうしてアルビルダが身を寄せるようにして坐っているだけで、心臓がドキドキと高鳴って止まらない。ましてや、冗談とはいえ頬にキスをされてからというもの、リョウは冷静さを完全に失っていた。

リョウはずっと、自分にとってアルビルダ――リナという女性は、職場の先輩であり、学芸員として尊敬し、憧れを持つべき対象だと思っていた。そうして二年間、ずっと同じ部屋で働いてきた。

けれども、アルビルダとしての正体を知ってから

というもの、彼女はこうして今までに見せなかったような表情をリョウに見せてくる。そんな態度に接しているうち、リョウは彼女に対して抱いている心境をどう位置づけるべきなのか、自分自身でもわからなくなりはじめていた。それは、ヴィーナに対して持っている感情とどこか似通っていると同時に、どこか異なっている。

「あっ、ここの綴《スペル》り間違ってる。それに、ここの翻訳、たぶん少し文章がおかしい。これは、さっきのご褒美を取り消さないといけないわ。むしろ、ヴィーナちゃんを助けたら、ちょっとおしおきしないと」

アルビルダはわざとらしく不機嫌そうな表情を見せながらも、声を弾ませていった。

午後十一時。アルビルダの屋敷に投函された手紙で指定された午前零時の、一時間前になった。話し合いの結果、ここからリョウとアルビルダ、マティとエルランドの二組にわかれることにした。

「手紙に書かれた指示は、ヴィーナちゃんの身柄と、レムリアの指輪とを交換するという条件だから、四人揃って向かうことはないわ。さっきの機械衛兵のこともあるし、マティとエルランドは幽霊塔の近くまで、飛行機を持ってきてちょうだい。あそこなら、周りにある麦畑の跡に駐めることができるはずだから。ヴィーナちゃんを確保したら、そのまま飛び立ってオーストラフに戻りましょう」

それが、アルビルダの判断だった。そのため、リョウはアルビルダとふたりで、幽霊塔に向かうことになった。

マティとエルランドを見送り、ふたりきりになったところで、リョウはアルビルダに呼び止められた。

「ねえ、リョウ君。あなた、銃は使ったことある？」

アルビルダの問いかけに、リョウは、

「すみません……使ったことないです」と、頭を下げた。

「謝ることないわよ」アルビルダは笑いながら、

「はい、これ。持っていなさい」と、腰に付けていた鞄の中から、三インチほどの小さな拳銃を取り出した。

「護身用よ。一発しか装弾できないから、慎重に使うこと。いざとなったら、リョウ君は私に構わず全速力で逃げるの。いいわね？」

アルビルダは真剣な顔つきで念を押した。

リョウは拳銃を受け取った。大きさのわりに、掌にずしりとくる重みがある。それだけでリョウの手は少し汗ばんでいた。護身用とはいっても、十分に人間を殺傷する能力くらいはあるだろう。リョウは、自分自身がこういうものを手にする機会があるとは、想像したことすらなかったのだ。

リョウとアルビルダは、そのまま廃屋を後にした。

五百年前に栄えていたとはいえ、今はすっかり廃墟となった遺跡である。周囲は闇に包まれており、頼りとなるのは空に輝く月や星の光と、リョウが手にしている洋燈《ランプ》のあかりばかりだった。

レムリアの機械衛兵が近くにやってくれば、足音が響いてくるはずだ。そうは思いながらも、リョウとアルビルダのふたりは、洋燈《ランプ》を周囲に翳《かざ》しながら、慎重に歩を進めた。

西に向かって歩き、いちばん近道になる坂を登って幽霊塔に向かうと、その頂上からいきなり見える形になってしまう。それでは、もしヴィーナを捕らえた者たちに上から攻撃されたりしたら、格好の餌食となり得る。だからふたりは、いったん北の街の北端に広がる海に面した森に入り、やっと人がひとり通れるくらいの獣道を歩いた。これは、アルビルダが以前ここに来たときにみつけたもので、幽霊塔の裏手に出ることができるのだという。ぬかるんだ土の上を、リョウとアルビルダは声も出さず、ただひたすらに歩いた。

木々の隙間から幽霊塔の建物が見えてきたのは、約束の午前零時があと十分ほどに迫ったときだった。洋燈《ランプ》のあかりを消し、息を潜めて進む。目が慣れてくると、月と星の光だけでも視界を確保することができた。なにより、幽霊塔の入口のところはあかりをともしているらしく、青白くぼんやりと光っている。携帯用の瓦斯燈を使っているのだろうか。

リョウは、その光が発せられているところを覗き込んだ。

そこには、三人の人影があった。

ひとりは顔を布で覆い、頭から大きな布のような服をかぶっている。そして、両手は縄によって腰のところで縛られており、その縄を握られている。これが、リョウの翻訳している本に書かれていたレムリアの服装であることは、すぐに見て取ることができた。しかも、西の街で女性が身につけていたという、古い律法に基づいたものだ。背格好から考えても、もし別の誰かと入れ替えられたりしていなければ、これがヴィーナであることは間違いないように思われた。

その左右に、ふたりが立っている。ともに六フィートほど身長があるから、おそらく男性だろう。同じようにすっぽりと顔と体とを布で覆っているのは、レムリア新王国でも失われていたはずの服装だ。たしか、旧王国があったというレムリア大陸で着られていたものとして、記述されていたはずである。

……つまり、レムリア新王国の関係者というだけでなく、さらにその教えを原理主義的に守っているということだろうか。

緑水晶《ブラシオライト》のネックレスを持っているヴィーナがレムリアの王族の末裔だということは、リョウも考えたことがあった。けれども、他にもレムリアの民が生き残っているという可能性については、想定していなかった。よく考えてみれば、ヴィーナだけが生き残っているということのほうが不自然なのだ。

「行くわよ、リョウ君」

アルビルダが囁き声でいって、リョウのほうに振り向いた。

リョウはコクリと頷き、服の上から自分の胸を触った。中には、さっきアルビルダから預けられた拳銃が隠してある。

するとアルビルダはすうっと前に歩を進め、朗々とした声を出した。

「待たせたねえ、アンタたち。アタシが見ていた目の前でヴィクトリア座の女優を攫った上に、差出人もない手紙を送ってくるなんて、なかなか良い根性をしているじゃないか」

彼女の態度からは、学芸員のリナとしての雰囲気は完全に消え失せていた。空賊アルビルダとして振る舞うときのものである。その口ぶりと、軍服のようなデザインのワンピース、外套《マント》、海賊帽《トライコーン》とが非常に良く似合っているように、リョウには思えた。

リョウはゆっくりと前に進み出て、アルビルダの背後に立った。

するとアルビルダは右手を伸ばし、リョウの姿を隠すように外套《マント》を広げた。

「こっちの子には、手を出さないでおくれよ。ご所望の指輪を今管理している持ち主だから、ここについてきてもらったんだ。……もっともアンタたちじゃ、人殺しをするような度胸もないだろうけど」

アルビルダは続けて、

「……そうだろう? デニス・フィロワ。それから、ユーリ・ベロワ」と、ニヤリと笑う。

ふたりの男は動揺したように顔を見合わせた。けれども、お互いに頷き合うと、リョウたちから見て右側に立っていた男が、

「よくわかりましたね」と、顔を覆っていた布を取り外す。それはたしかに、オーストラフ市立博物館のフィロワ准教授だった。

「今のこの世界でレムリアについてまともに調べているのなんて、アンタたちくらいだからね。しかも、アタシたちが神像のなかから指輪をみつけたことを知っている人間なんてあまりにも限られているから、鎌をかけただけさ。もっともアタシも、アンタたちがグルになっていると確信したのは、このあ

いだヴィクトリア座で新作の芝居を見たときだったけれど。あの内容は、ナタル・アルタミラーノの手記を読んでいないと書けない。しかも、ナタル自身が書いたスペイン語のものでも、今、リョウが翻訳しているロシア語のものでもない。おそらく、ロシア語版のもとになった、タミル語で書かれたものだ。違うかい？」

アルビルダは肩を竦め、フウと息を吐いた。

「たしかにそうですね」フィロワは鼻で笑って、続けた。「すでにそこまで感づかれているのだったら、こんな回り諄《くど》いことをする必要はなかったのかもしれません。……アルビルダ、いや、イリーナ・コトフと呼んだほうが良いでしょうか？」

イリーナ・コトフ。それは、アルビルダがリナという名前でいるときの、正式な名前だった。

それを聞いたアルビルダはムスッとして、

「知ってたのかい」と、舌打ちをする。

「学芸員として雇用するときに、当然、身辺調査くらいはしているはずでしょう？」

フィロワは薄い笑いを浮かべたまま、表情を変えずにいった。

「そうか……空賊と知っていて、利用しようとしたわけだ」

「イリーナ・コトフを雇ったのは、学芸員と修復士としての能力を純粋に評価したからですよ。僕の下で働いてくれるのなら、能力さえあれば出自なんて問題ではありません。それに、あなたの父親が空賊としての仕事で入った幽霊塔の地下で行方不明になっていると知ったのは、そのあと……このヴィーナ・ヘルツェンバインをこの幽霊塔で拾ってきたと知ってから、改めて調べたことです」

「……なるほど。それからは、私が父親を探すために勝手にレムリアについて調べるのだろうと踏んで、泳がせていたわけだ」

「ええ。私たちレムリアの末裔が引き継いでいるのは、遺跡についての断片的な知識だけですから。

レムリアについての展示をしたいと持ちかけてきたので、きっと、それなりの情報を得たのだろうと」

リョウはアルビルダとフィロワとの会話についていくのに精一杯だった。

フィロワとユーリが、ヴィーナと同じようにレムリアの関係者であること。アルビルダがレムリアにこだわっている理由。マティがいっていた、アルビルダの私情。

……けれども、今こうして向き合っているのは、いってみれば身内どうしだ。それなら、協力し合って幽霊塔の地下に潜ることはできないのだろうか。

そんなリョウの考えは、フィロワによってすぐに打ち消された。

「幽霊塔の地下に入ることが許されているのは、レムリアの人間だけです。あなたたちのように無関係な人間を、入れるわけにはいかないんですよ」

その言葉に、アルビルダはククク……と、おかしそうに笑う。


「なにがおかしいんですか?」

フィロワは初めて、険しい目つきを見せた。

「当たり前だろう。それは傲慢というものだよ。幽霊塔に入れるのは、緑水晶《プラシオライト》を持っている王族と、それに許された者だけ。つまり、今その権利を持っているのは、ヴィーナとリョウだよ。それに、レムリアの中枢にいたのは、ヴィーナみたいに褐色の肌を持つ人種だからね。アンタみたいな白色人種は、新王国の成立後、難民として受け入れられた連中にすぎない。その子孫なんかが、レムリアの遺産について教えられているはずがないだろう?」

「けれども、今はもう、レムリアの末裔はほとんど残っていません。それなら私たちにも、それを受け継ぐ資格はあるでしょう?」

「そうか。それで、ヴィーナが邪魔なわけか……」

アルビルダがやれやれといった調子でいうと、フィロワは、

「そう。だから、私たち白色人種が、レムリアに

五百年越しの革命を起こすといっているのですよ」と、胸元に手を入れた。出てきたのは、回転式の拳銃である。その銃口を、ヴィーナの頭に押し当てる。

それを見て、すかさずアルビルダも、腰から銃を抜いた。

銃口をフィロワに向け、上から見下ろすような視線で睨み付ける。

「目的は？　幽霊塔の地下に眠っているレムリアの遺産……古代科学技術《ロスト・テクノロジー》か？」

アルビルダが、声を張り上げた。

「あなたたちも見たでしょう？　レムリアの機械衛兵を。あれは間違いなく、旧人類が持っていた古《ロス》代科学技術《ト・テクノロジー》です。きっと、地下に眠っているのは、あんなものではない。私たちが想像もしないような、高度な技術があったはずですよ」

フィロワが起伏のない声で答えた。

「まさか世界征服なんていうんじゃないだろうね？　旧人類が作った安っぽい物語じゃああるまいし」

「そんな下らないことはしませんよ。……ただ、高度な技術であれば当然、持つべき人間は選ばれて然るべきだとは思いますがね」

「おや、それだけじゃないだろう？　アンタはレムリアの遺産について調べるため、マハーにいる空賊の手を借りていた。条件は、三十億ノウンの金額を支払うか、あるいは、レムリアの古代科学技術《ロスト・テクノロジー》によって作られた兵器が発見されたときに、それを提供するかだ。今、空賊はクレームの連中との抗争が頻発しているから、レムリアの兵器は魅力的だろうね。……つまり、自分の知的好奇心を満たし、権力を手にするために、死の商人になることを選んだ。そのために、同じようにかつてレムリアに住んでいた人間の子孫だったユーリを巻き込んだ。でも、今、博物館でやっている展示の品を全部売り捌いても、五〇〇〇万ノウンにもならないもの。そりゃあ、焦るよねえ」

アルビルダの言葉を聞き、フィロワが鼻で笑う。

「あなただって、同じ空賊でしょう？　どうですか？　私に手を貸してくれるというのなら、こうして争うこともない」

「それはお断りするよ、フィロワ先生」アルビルダは即答した。「ワタシは人間を生かすために、仕事をする主義なんだ。抗争で人が殺し合うことで生まれる金なんかを手に入れてまで、自分の懐を肥やす気はないよ」

「別に、空賊の抗争にだけ使うわけではありませんよ。レムリアの技術は、さまざまなところに応用できる。それで地上の人類は、もっと快適な生活が送れるかもしれない」

「詭弁だね。それは、自分の目の前で人が死なないのを良いことに、それによって死ぬ人間がどこかにいることに目を向けずにいるだけさ。そこで死ぬ人間に対する、決定的な想像力の欠落だ」

「とんだ理想論ですね」

「ありがとう。良い褒め言葉だよ」

アルビルダは相手を小馬鹿にしたような目つきになり、「それに、レムリアの遺産がほしいなら、ヴィーナを殺したらいけないよ」と、フィロワを見た。

「どういうことですか、それは？」

フィロワの表情は、急に真剣なものになった。

「アンタが考えている仮説のとおり、レムリアの緑水晶《ブラシオライト》には古代科学技術《ロスト・テクノロジー》を使った特殊な機能が埋め込まれている。けれどもそれは、クマリにだけ反応するんだ」

「そんな、まさか……」

「やっぱり……知らなかったみたいだね」アルビルダは不敵な笑みをフィロワに向けて、続ける。

「クマリとして選ばれるための条件に、透き通った声をしているというのがあっただろう？　それがヒントだ。緑水晶《ブラシオライト》の中には小さな音声識別装置が埋め込まれていて、それがある一定の周波を持った声にだけ反応する。つまり、レムリア新王国のクマリは、必ずしも旧人類のクマリのように身体的な細かい条件によって選ばれていたわけじゃない。緑水晶《プラシオライト》が反応し得る声を持つ少女にその地位を与えることで、幽霊塔の地下に眠る古代科学技術《ロスト・テクノロジー》の管理を行っていたっていうことさ」

「バカな！　そんなことはどこにも……」

「タミル語版には書いていなかったみたいだね。けれども、ワタシが持っているナタル・アルタミラーノ直筆の手記には、ちゃんと書いてある。なんだったら、もう一日時間をくれれば、取ってきてあげようか？」

リョウはそのとき、アルビルダの脚が微かに震えていることに気が付いた。そして、彼女が口にしている内容が、ヴィーナに危険が及ばないようにするための言動に違い《ハッタリ》ないと確信していた。暗がりのなかにいるため、フィロワたちにはそれが見えていないのだろう。

そう思うと、リョウにも緊張感が走る。

口が渇き、唾液を飲み込むだけでも、喉にヒリヒリと痛みを感じる。

「さあ、どうする？　ヴィーナを解放してアタシたちと手を組むっていうなら、考えてあげなくもない。これでも、アタシはアンタのことを、上司としてそれなりに尊敬していたつもりだよ。丁重に扱ってあげようじゃないか」

アルビルダの言葉には、明らかに挑発が含まれていた。

すると、それまでじっと黙っていたユーリが、顔を覆っている布をとることもなく、くぐもった声をだした。

「そんなこと、迷うまでもないだろう？」

「なに？」

アルビルダは顔をフィロワに向けたまま、視線だけでユーリを見た。

ユーリが答える。

「こっちにはもう、緑水晶《プラシオライト》のネックレスとヴィーナが揃っているんだ。それに指輪は、サラス・レムリアが持っていたものと、リウ・ミンファが持っていたものの、少なくともふたつがある。もしここで君たちがその指輪を渡してくれないのなら、ヴィーナを拷問にでもかけて、もうひとつの指輪の在処を聞き出すだけだからね。どちらか片方があれば、きっと幽霊塔の地下に入れるに違いないさ」

「なるほど、腐っているのは、アンタのほうだったってことかい……ユーリ・ベロワ」

「なんとでもいうがいいさ。君たちには、ここで素直に指輪を渡してヴィーナの身の安全を守るか、指輪を持ち帰ってヴィーナが拷問にかけられるのを見過ごすか、ぼくたちのどちらかひとりを撃って、それと引き替えにヴィーナが殺されるのを目の前で見るか……それしか道はないんだからね」

そういってユーリは拳銃を取り出し、ヴィーナに押し当てた。ヴィーナの頭は、左右から銃口が向けられたことになる。しかし――

「ヴァプルニタヌラヴィ　エン　カンヴィータ！」

そのとき、ヴィーナが叫んだ。

次の瞬間、フィロワの胸のあたりが、緑色の強い光を発する。

「ネックレス!?　あんなところに……」

アルビルダがハッと目を丸くしたそのとき、ヴィーナの腰を結んでいた縄がするりと抜けた。隠し持っていたナイフで切断したらしい。

そのまま、フィロワとユーリのあいだから器用に抜け出し、幽霊塔に向かって走る。

「リョウ、アルビルダ……ふたりとも、塔の中に入って！」

ヴィーナが声を張り上げた。

リョウとアルビルダは一瞬だけ視線を合わせ、フィロワとユーリのふたりを避けて大きく弧を描くように走り出す。

「……ふざけた真似を！」

ユーリはすかさず振り返って、ヴィーナにふたたび銃口を向けようとする。

けれども、先に銃声を放ったのは、アルビルダの拳銃だった。

狙い澄ましたかのようにユーリの手を掠め、その衝撃でユーリの銃は十フィートほど吹き飛ばされる。

「クソっ！」

フィロワは慌ただしく、アルビルダ、リョウと、ヴィーナとを交互に見た。そしてリョウたちには目もくれず、ヴィーナの後を追った。先に幽霊塔に入り、リョウたちを締め出してしまうつもりなのだろう。

しかし、そんなフィロワの意図はすぐに頓挫した。ドスドスと地響きを伴った音が、近づいてくる。幽霊塔の中から、一体の機械衛兵が姿を現したのだ。

ヴィーナは衛兵とすれ違いざま、

「ルラッカ　ヴィ　ユン　セヴャータ」と、ふたたび声を張り上げる。その直後、機械衛兵はすさまじい勢いで、フィロワとユーリに向かって走り出した。

「ひぃぃぃっ……！」

ユーリはそれを認めた瞬間、全速力で逃げ出した。

「ま、待ちなさいっ！」

フィロワもユーリの後を追う。

リョウとアルビルダはそのふたりを尻目に、幽霊塔へと向かうスピードをあげた。そして、ヴィーナと同じように機械衛兵の脇をすり抜け、建物の中に駆け込んだ。

「うわぁ……すっごいドキドキしたぁ」

ヴィーナは幽霊塔の入口に内側から閂を挟み込むと、すぐに床にへたり込んだ。そのまま、

「これでしばらく、あいつらは中に入れないはずよね。……もう、ふたりとも遅いんだから。待ちくたびれて、あたしだけ先に地下に入っちゃおうかと思ったわ」と、息を弾ませた。

「前から思っていたけれど、アンタってけっこう度胸あるよね」

アルビルダは肩で息をしながら、呆れたように苦笑する。

すると、ヴィーナは顔を覆っていた布を取り外し、アルビルダに向かってニヤリと笑う。

「リナさんって……ちょっと演技下手ですよね。空賊らしい口調を演じようとしても無理しているのがバレバレでしたから。今なら、普通にしていていいですよ」

「やっぱり、気付いていたんだ……」

「当然です。これでも、演技はプロとしてやってますもん。正直、リナさんには空賊って、向いてないと思います」

「はっきりいうのね」

「そういう性格ですから」

ヴィーナは涼しい顔をして、頭からかぶるように着ていたレムリアの服をふわりと脱ぎ捨てた。その下には、白いチュニックの上に袖のない緋色の上衣を重ねた、いつもの服を着ていた。

「そうね。父親がここで行方不明になったりしていなければ、空賊の家を引き継いでなんかいなかったから、学芸員として普通に働いていたと思うわ」

アルビルダはそういって、フウと息を吐く。

「だったら、ここは休戦ですね。リョウの前で喧嘩しても、良いことはないですし」

「……え、ええ」

ヴィーナの言葉に、アルビルダは返事をしたまま、しばらくのあいだキョトンとしていた。けれども、すぐに気を取り直したように、

「その服、ちょっといいかしら?」と、早口にいった。

アルビルダはヴィーナからレムリアの服を受け取ると、門にグルグルと巻きはじめた。そのまま、きつく縛り付けている。これで少しでも、扉を開けにくいようにしているのだろう。

その様子を見て、

「マティとエルランドはいいんですか？」と、ようやくリョウが声を出した。

「ええ。あの子たちなら状況を察して、入口の守りを固めてくれるはずよ。それに、幽霊塔の地下には、レムリアの王族が認めた人間しか入ってはいけないのでしょう？」

アルビルダの問いに、

「あ、そうですね……まあ、あたしたちが地下に入ってしまえば、追って来ることはできないと思いますけど」と、ヴィーナが答えた。

「そうなの？　じゃあ悪いけれど、二分だけ待っていてもらえるかしら？」

アルビルダはそういって、幽霊塔の母屋のほうに歩を進めた。そのまま慣れた様子で、いちばん手前にある扉を開け中に入る。おそらく、以前この塔に入ったときに、母屋についてはひととおり調べてあるのだろう。


リョウとヴィーナが待っていると、短く切った黒い髪に、博物館で仕事をするときのようなブラウスとパンツ姿になったリナが出てきた。どうやら靴の中に、着替えを詰め込んでいたらしい。

「……器用ですね。あんなに小さい鞄に詰め込むなんて。ちょっと畳み方、教えてほしいです」

そういって、ヴィーナは目を瞠《みは》った。

「赤い服と外套《マント》は、中に置いてきたのよ。ヴィーナちゃんも、こっちのほうが話しやすいでしょう？」

リナはなにごともなかったように、返事をした。

「まあ、そうですけど……」

「じゃあ、案内してもらいましょうか。幽霊塔の地下世界に」

リナはヴィーナとリョウとを交互に見た。

ヴィーナはコクリと頷き、

「やっぱり、リナさんが持っていたんですね？」

と、訊ねた。

リョウには、ヴィーナがなんのことをいっているのか、わからなかった。けれどもリナのほうは、そのさっぱりとした表情から、ヴィーナの問いかけを理解していることが窺われた。

ヴィーナはなにもいわず、そのまま母屋の奥に歩を進めた。

そして、右側の壁にある六つ目の扉を開いた。扉の向こうには、地下に向かって長く続く階段があった。

22

N.V. 148

決意

「……新しい本が読みたいのですが」

一糸纏わぬ姿になったサラスはそういって、子どもが父親に甘えるときのような視線をぼくに向けた。

「こうしてモデルになってさしあげているんですもの。ご褒美のひとつくらい、あっても良いと思うのです」

もしレムリアの王城にいたときだったら、ぼくはこうしたサラスの我が儘を、少しくらいは窘《たしな》めていたかもしれない。けれども今は、モデルとしてじっとしている時間ですらも、サラスにとっては少なからず体の負担になるはずなのだ。

サラスはいった。

「せっかく、まだ生きているんですもの。命があるうちは少しくらい苦しくても、辛《つら》くても、私たちには人間らしく生きることが許されていると思うのです。そうしていると、体の節々に走る痛みこそが、私がまだ生きていることの証だと思えてくるのですよ」

そうして、悪戯っぽい微笑みをぼくに向けた。

たったそれだけのことが、彼女にとってはどれほどの苦痛を伴っているのだろう。

ぼくにはそれを、想像することさえできない。

それでも、せめてこうした小さな願いくらいは、叶えてあげよう。そう思って午前中で絵の作業を切り上げ、建物の外に出た。

雪の季節が近づいているとは思えないほど、この日は暖かかった。

ナナとふたりで出掛けたぼくは、彼女に案内されながら、村の街道をまっすぐ西に向かって進んだ。

道沿いに並ぶ家々は、ぼくたちが住んでいる建物と同じように、土を固めた壁に覆われている。ここにやってきた当初は粗末な造りだと思った。けれども、こうして土で作った壁は断熱性と保温性が高く、夜になっても室内の温度が高い状態で保たれる。どうやら土地の気候に合わせて、必然的に選び取られているものらしい。ナナによれば、夏になったら窓を開ければ十分に涼しいから、真冬に降る雪さえ乗り越えられれば、快適に住むことができるのだという。

……それならどうして、ナナは、わざわざこの村を出て、レムリアに移り住んだのだろうか。

その疑問をぶつけると、

「だって……なにもないですもの。若い人たちにとっては、退屈でしょう?」と、笑っていた。

今日のナナは、亜麻のブラウスの上に赤と黒の原色で彩られた肩紐つきのワンピースを着ている。この村に伝わる衣装だということだったが、使用人服《メイド》を着た彼女を見慣れているぼくにとっては新鮮に見えた。顔立ちがいつもよりも少し幼く感じられたのも、そのせいかもしれない。

するとナナが、

「今度は私をモデルにして、描いてみますか？」

と、すました表情でいった。

「すみません……あまりジロジロと眺めたら、失礼ですよね」

「いえ。ナタルさんなら、構いませんよ」

ナナはぼくに微笑みかけて、髪をかきあげた。赤い服には、金色の髪がとても良く似合っている。

ぼくはなんとなく気まずくなって、

「……それにしても、レムリアやマハーみたいな都市部以外に、こうして人が住んでいる村があるというのは意外でした」と、半ば強引に話題を変えた。

「あら、そうですか？」

「旧人類の大半が死滅したときに生き延びた人たちは、都市部に住んでいたと聞いていますから」

かつての旧人類が深刻な食糧不足で次々に死滅したとき、生き残った人々の大半はマハーをはじめとした都市部に集住していた。都市だけが、そこに住んでいる人々が生きていくだけに足る物資を確保できたからだ。人類再興を願ってN・V・《ニルヴァーナ》暦が新たに制定されて一四八年経つが、今でもこうして都市部以外に村を作っている人々がいるというのは、聞いたことがない。

いったいこの村は、どういう人たちの集まりなのだろう。

ぼくが抱いた疑問に対して、ナナはひとことだけいって、多くを語らなかった。

「なにごとにも、例外というのはあるものですわ」

しばらく歩くと、この村では珍しい石造りの建物が見えてきた。その外観に、ぼくは目を疑った。レムリアの街でリウ・ミンファが営んでいた図書館にそっくりだったのだ。

「ここも図書館ですもの。こういう建物はだいたい、どこも似たような作りになるものでしょう？」

ナナは表情を変えずにいったが、それにしても似すぎている。玄関の作りから、その天井にある庇の装飾、入ってすぐ左手にあるカウンター、書架の作りと配置まで、まるでレムリアにあった建物をそのまま移築したのではないかと思えるほど、そっくりだった。違いといえば、人が多くいることだろうか。数十人が書架の周辺におり、閲覧席は埋まっていて坐る場所もない。

ぼくとナナは人と人とのあいだを縫うようにして、書架に足を向けた。分類表を見ると、どうやら小説が、蔵書の半分を占めているらしい。さらに三分の一が思想や哲学、芸術に関するもので、残ったわずかな場所に、実用的な知識が書かれた本が排架されている。この村の人々は、およそレムリア新干国に住む人たちとは真逆の発想を持っているようだ。また、この書架を目にして、この村の出身であるナナが趣味で小説を書いているということが、ようやく理解できた気がした。レムリア出身の人間では、そうはいかない。

サラスが読む小説はぼくにはわからないので、そちらはナナに任せて、芸術に関する本を集めた書架を覗いた。画集に理論書、作法書、評論と、それぞれの領域ごとに整然と本が並べられている。少なくともマハーの美術学校にあった図書館とは蔵書が大きく異なっていて、聞いたこともない画家や、今まで読んだこともないような理論書が多い。扉に書かれた年号から、それらは旧人類の時代に書かれたものだとわかった。

本を捲るうち、ぼくの背中にはゾクゾクと、震えるような感覚があった。

見えないはずのものを一枚の画布《キャンバス》に表現する理論。目の前にある対象をそのまま描くのではなく、画家がそれを見た主観だけを直接絵にする方法。絵画を立体的、抽象的に構成するための理論。複数の視点を一枚の絵に収めるための考え方。そのすべてが、今のぼくたちの世界では失われてしまったものだった。そして、それらの理論に基づいて描かれた絵を集めた画集に載っている作品に較べると、ぼくたちの絵など、まるで子どもが描いた落書きのようなものにさえ思えた。

ぼくは、そこにあった本を手当たり次第に書架から下ろし、両手に抱えた。そして、ちょうどひとりの客が立ち去って空いた席をみつけ、机に本をドンと載せると、脇目もふらずに読みはじめた。

思えば、ぼくは今まで、美術学校で先生から習った技術さえあれば、それで絵が描けると思っていたのだ。その技術を辿るように用具を使い、構図を決め、画布《キャンバス》に描き込んでいく。絵を描くというのはそうした作業の反復であり、より良い絵を描くというのは、その技術をより洗練させていくことだと思っていた。

……けれども、この小さな村の図書館でみつけた

本には、それとはまったく異なる世界があった。

構図ひとつ、技法ひとつ、道具の使い方ひとつにも、ひとりひとりの画家がどのように絵を考えているかという思考が表れる。その思考の積み重ねと選択が、その画家だけにしか描けない作品を形作っていく。それは、今の時代を生きるぼくにとって、自分の経験なんていうわずか半径数インチの世界にあるものに頼っていては、永遠に手に入れられない思想だった。

「旧人類の発想って、面白いでしょう？　ここにあるのはすべて、今の世界にいる私たちが、新しい生き方を手に入れることと引き替えに、失ってしまったものですから」

しがみつくように本を読んでいると、頭の上からナナの声が聞こえてきた。

いつもより少しくだけた口調だった気がしたが、それは気のせいではなかった。

「全部持って帰るのは大変ですから、何冊か気に

なるものを借りていくと良いと思います。本を借りられるようにする手続き、教えてさしあげましょうか？」

そのときのナナの表情は、レムリア王室の使用人として、王室画家であるぼくに向けるものではなかった。同じ年代の友人として、打ち解けて話しかけているように見えた。

ナナは抱えていた本を、ぼくが机の上に積んでいた本の上に重ねた。おかげでぼくは、高さ五十インチほどの本の塔に囲まれることになった。

その中に一冊、気になる本をみつけた。

「これは……」

ぼくが手に取ると、ナナは慌てたように、

「それは、秘密の本です！」と、声をあげた。

サラスとナナがいつもレムリアの部屋で見ているような種類の、恋愛小説である。けれども、ぼくが気になったのはそこではなかった。これと同じ本を、サラスの部屋で見かけたことがあったのだ。

「サラスの部屋にあったのと、同じもの？」

確認するように、ぼくは訊ねた。

「あっ、ええ」ナナは驚いたように返事をして、続ける。「背表紙に、Ⅷという数字があります。王女の部屋には、ⅠからⅦまでがあったので、その続きですね」

「あ、なるほど……」

ぼくはナナの説明に、ようやく納得をした。

「つまり、サラスの部屋では、Ⅷだけが欠けていたということですね」

「いえ……」

ナナは、どういうわけか視線を泳がせて、周囲を見ている。

「どうしました？」

ぼくが訊ねると、ナナは小声で答えた。

「実は、ⅠからⅦまでは、私がここから取り寄せて、借りっぱなしになっているものなのです。だから、やっと続きをお渡しできるんですが……これがバレたら、さすがに図書館の人に怒られてしまいます」

そういってナナは肩を竦め、ペロリと舌を出した。そのときの彼女は、この村に伝わる衣装を着ていることにも増して、幼い少女のように見えた。

「そういえば……」と、ナナは続けた。「ナタルさんは、小説の挿絵や絵本を描いたりはしないのですか？」

その問いかけは以前、サラスから向けられたのと同じものだった。あのときは、自分は本の挿絵は描かないと、断言していた気がする。けれども、

「今度、描いてみるのも良いかもしれません」と答えたのは、ナナやサラスとこうして日々を過ごしているうちに、心境の変化があったからだろうか。

するとナナは、

「でしたら、私が小説を書いて、ナタルさんが絵を描くというのはいかがでしょう？」と、声を弾ませた。


「そうですね。サラス王女が読んでいるような、男性どうしの恋愛小説の絵を描くのは無理だと思いますが」

ぼくが遠慮がちにいうと、ナナは、

「そのときくらいは、手加減してあげますわ」と、笑っていた。


けれどもサラスは、ナナとぼくが引きずるようにして持ち帰ったこの本や、ぼくとナナがふたりで作った本を、読むことはなかった。

その日、ぼくたちが帰ると、玄関前にアリス女医が駆け出してきた。

どうやら昼間のうちに、サラスの病状が急変したらしい。それがかなり深刻な事態であることは、差し迫ったアリス女医の顔つきから、すぐにわかった。

ぼくとナナは一階の居間で、サラスの部屋に向かったアリス女医が戻ってくるのを待った。たとえぼ

くたちがサラスの部屋に向かったところで、なにもしてあげることはできないのだ。

　ナナは、話しかけられるのを拒絶するような雰囲気を漂わせていた。テーブルの脇にある椅子に腰掛けたまま腕組みをして、考え込むように俯いている。

　だからぼくたちは会話をすることもなく、ただ黙っていた。

　落ち着かない。

　椅子にじっと坐っていることもできず、意味もなく立ち上がったり、所在なく室内を歩き回ったりしている。そんなふうにぼくがウロウロしていても、ナナは表情ひとつ変えることすらしなかった。

　アリス女医が戻ってきたのは、それから一時間近くが経った頃だった。彼女はドアを開くなり、深いため息を吐いた。

「体に痙攣が出てから意識を失っていたんだけれど……ちょうど今は落ち着いたところかしら」

　これだけなら、サラスにはしばしば起こることだ。けれどもアリス女医は、深刻な表情で言葉を継いだ。

「蛋白尿が出ているので、間違いなく腎炎が進行していると思う。かなり機能が低下しているから、このまま放っておくと、体に溜まった毒素が排出できずに全身に回っていくことになるでしょうね……レムリアの病院できちんと検査してみる必要があるけれど、最悪の場合も想定しておく必要があるかもしれないわ」

「どうにかならないんですか？」

　ぼくの問いかけに、アリス女医は首を横に振る。

「今の私たちの技術ではなんとも……。レムリアの病院に行けば、応急の処置くらいならできるのだけれど」

「おそらく、教会はそこを狙ってくるでしょうね」

　それきり、ぼくたちは黙り込んでしまった。

　このままこの村に居続けようが、レムリアに向かおうが、結果は同じだろうか。

　そんな考えが、ぼくの頭によぎった。

サラスがみずから死に行くのを待つか、教会が彼女を殺しに来ることを警戒するか。

それだけの違いだといえば、そうなのかもしれない。

だったら、せめて人間らしく最期のときを過ごさせてあげるというのが、ぼくたちに残されたほとんど唯一の道なのだろうか。

「ひとまず、サラス王女が目を覚ましたら、少し話をしてみましょう」

アリス女医は淡々といった。

おそらく彼女は、今まで何度もこうした状況を目の当たりにしてきたのだろう。

医師にとって、ひとりの人間の死というのは、日常的にいつでも起こり得る出来事なのだ。たとえ少しくらい心を動かされることがあったとしても、それを引きずっていては仕事にならない。

頭では、そうしたアリス女医の感覚を理解することもできた。けれども感情的に、ぼくはアリス女医のそうした態度に納得することはできなかった。少なくとも、まだわずか十八歳の少女にその選択を迫ることは、あまりにも酷なように思えた。

ぼくたちはその場でいったん解散し、それぞれの部屋に戻った。

二階にあるぼくの自室は、入るとすぐに画架《イーゼル》がふたつ置かれている。ひとつは服を着ているサラスで、もうひとつは裸体画のほうだ。両方とも、まだ半分くらいしかできあがっていない。

ぼくは画架《イーゼル》の前に置いた丸椅子に腰掛け、しばらくのあいだじっと眺めた。

紅斑、関節炎の痕、発疹。

彼女を蝕んでいる病の痕跡をひとつひとつ、できる限り正確に写し取っている。

はじめのうちは、これらをすべて描かないでおこうかとも考えた。せめて絵のなかのサラスだけは、こうした苦しみを伴わない体でいさせてあげたほうが、彼女にとって救いになるのではないだろうか。

そういう考えが浮かびもした。

けれどもぼくは、そうしなかった。

彼女が抱えている痛み、苦しみ。

それをも含めた彼女のすべてを描くことが、彼女がこの時代、この世界に生きていたことを示す証となる。

そして絵の中にいるサラスは、死に至る病を抱えていることをものともせず、まっすぐに、生への意志が籠もった目でこちらをみつめ返している。これこそが、ぼくが感じ取ったサラス・レムリアという少女なのだ――そう思っていた。

絵と向かい合っているうち、不意にぼくは、不安になった。

本当にこれが、サラスなのだろうか。

なにかが違う。

毎日のようにぼくが目にしてきた彼女と、どこかがずれている。

言葉では上手く説明できないのだけれど、ここに描かれているのは、サラス・レムリアではない。別人だ。

そんな考えが、浮かんできた。

失敗作？ いや、そうではない。

ぼくはサラスという少女にとっての、大切ななにかを見落としているような気がした。

そう思うと、絵の前にじっとしていることができなくなった。

ぼくは部屋を出ると、早足に梯子段を下りていった。そして、サラスの部屋の前で立ち止まった。

ノックをする。

……返事はなかった。

おそらく、まだ眠っているのだろう。

そう思って、ゆっくりと扉を開いた。

洋燈《ランプ》にあかりさえともしていない部屋の中は、薄暗かった。窓から入ってくる月明かりだけが、青白く室内を照らしていた。壁沿いには書架が一台あり、レムリアの王城から持ってきた本が並べられている。そのかたわらに机があって、まだ読みかけの本が、栞を挟んだ状態で置かれていた。けれども、ぼくの視線はすぐに、ベッドのほうに向いた。

ぼくは、息を呑んだ。

サラスが坐っていた。

寝間着を着て、窓の外を見ている。月光に照らし出された彼女の体は、青白く、まるでこの世ならざる者のように見えた。

「起きていて大丈夫なんですか?」

ぼくは訊ねた。

サラスは涼しい顔つきで立ち上がったが、その言葉には返事をしなかった。その代わり、

「私、決めました」と、はっきりとした口調でいった。

「なにをです?」

「この病気がもう少し良くなったら、ナタルさんと結婚しようって」

サラスはぼくに微笑みかけて、続ける。

「身分なんて、気にすることはありません。レムリアの王族は、水晶加工協会《ギルド》に選ばれただけの存在ですから。……それに、ナタルと結ばれて私が破瓜の血を流せば、クマリの地位からも解放されると思うのです」

血を流したことがない。たしかにそれは、クマリであるための条件のひとつだ。

しかし——。

ぼくはその言葉に、返事をすることができなかった。

きっと、すぐに答えなければいけなかったのだ。人間にとって病は平等に、いつか降りかかってくる。それがたまたま早くなってしまった彼女と、心をひとつにするべきだった。たとえぼくが同じような病を背負ったことがなかったとしても、同情するのではなく、せめて同じ心を持たなくてはいけなか

った。

それなのに、どうしても言葉が出てこなかった。

そんなぼくを見かねたのか、サラスはふたたび口を開いた。

「ナタルに出会えて良かった。あなたは、私がこの場所、この時代にたしかに生きていたということを、絵というかたちで残してくれましたから。そしてナナ。彼女はきっと、私のことを文章で、残してくれると思います。……そう考えると、私はなんて恵まれていたのだろうと、どんなに幸せ者なのだろうかと、ときどき怖くなってしまいます。だってレムリアは、そうして人間が人間として生きることを、そしてその姿を形あるものとして残すことを放棄してしまった国ですから」

サラスは満面の笑みを浮かべた。

彼女が生きた姿と、こうして強い心を持って生きたことは、これからもずっと残る。たとえそれを覚えている人がいなくなったとしても、ぼくが絵を描き、ナナが文章として書けば、それは未来を生きる人たちでも目にすることができる。このことは、本をこよなく愛した彼女にとって、きっとどこまでも幸福なことに違いなかった。

それなのに……。

そんな言葉とは裏腹に、サラスの目からは一筋の涙がこぼれ落ちていた。

そしてサラスは、ほんのわずかに口を動かそうとした。

けれども、サラスはその瞬間ふわりと体を翻し、ぼくに背を向けてしまった。

だからぼくは、最後に彼女が残そうとした言葉がなんだったのか、知ることができなかった。


翌朝。ぼくはサラスの部屋に向かった。

そこにサラスの姿はなかった。

ベッドのシーツはきれいに整えられ、机の上に置かれた読みかけの本も、書架に戻されている。そこはおよそ誰かが住んでいるとは思えない、整然とした空間になっていた。窓が開け放たれているために、昨日まで部屋の中に漂っていたサラスの匂いも、すっかりなくなってしまっていた。

ぼくの胸は、ドキリと高鳴った。

慌てて踵を返し、ナナの部屋をノックする。

ドンドンと激しい音を立て、何度も叩いた。

返事はない。

ぼくは咄嗟に、ドアノブを握った。

……鍵は、空いていた。

右手を捻り、ゆっくりと押し込む。

室内を覗くと、ナナの部屋も、サラスの部屋と同じような状態だった。

ぼくは呆然とその場に立ち尽くしていた。

すると――

「今朝早く、出て行ったのよ。ナタルさんにせめてひとこと挨拶くらいしたらどうかっていったんだけれど、サラス王女がどうしてもって。あなたに会ってしまったら、決意が揺らいでしまうと思ったのかも……」

ぼくはアリス女医の言葉が最後までたどり着かないうちに、踵を返した。

「待ちなさい！　ふたりがどこに行ったか、わかっているの⁉」

アリス女医の声が、背中からぼくを追いかけた。

……そんなことは、わかっている。

ふたりが向かった先、それは――。

ぼくは走った。村の中を走って、走って、長距離馬車の運行に携わっている馭者の自宅へ駆け込んだ。

……それから後のことは、よく覚えていない。

村からレムリアまでの道のりはあっという間のようでもあったし、どこまでも長く続く道のりのようでもあった。

ぼくはただ馬車のなかで、脇目もふらずにこの手記を書いていたような気がする。

それは、せめてぼくが見聞きしたことを、ナナがいつかサラスについての文章を書くときの資料として残しておきたかったからだ。

そしてぼくは、たどり着いた。

ちょうど夜中だったから、寝ぼけた衛兵を振り払うようにしてレムリアに入り、追いかけてくる彼らを振り切って、まっすぐ北の街に向けて走った。

行き先は、幽霊塔だ。

鬱蒼とした森を背景にした暗闇のなかに、塔は聳えていた。

馬車から出て、何度も躓きそうになりながら、草を掻き分けて進む。

ぼくが目指す場所には、ぼんやりと、洋燈《ランプ》のあかりがともっていた。その暖色の光に照らし出された人影が、ひとつ。肩まで伸ばした黒い髪。色白の肌。厚く深紅に塗った唇。

「……リウ・ミンファ」

ぼくは、肩で何度も深く息をしながら、ぽつりと名前を呼んだ。

彼女は、

「思ったより、早かったですのね」と、塔の中で初めて会ったときと同じ、微笑を浮かべた。そのまま、

「さあ、お約束通りご案内いたしましょう。幽霊塔の地下世界へ」と、艶めかしい右手の指先を、ぼくに差し伸べたのだった。

23

N.V. 651

地下帝国

「そんな中途半端なところで終わっているの⁉」

ロシア語版のナタル・アルタミラーノの手記は、ナタルがリウ・ミンファに誘われ、幽霊塔に入るところで本文が途切れている。リョウがそう説明すると、リナは目を見開いた。彼女の声は、リョウが冷たい空気の振動を全身で感じられるほど、幽霊塔の地下通路に何度も反響した。

「最後まで目を通していなかったんですか？」

リョウが訊ねた。リナは、

「だって私、ロシア語は読めないもの」と、ふて腐れた子どものような顔つきになった。

すると脇からヴィーナが、

「リナさんってしっかりしているように見えて、実はけっこう詰めが甘いですよね」と、皮肉をこめていった。

リナはチラリとヴィーナに視線を送り、

「幽霊塔に登る途中で指輪をひとつ落として、地下に入れなくなったあなたにはいわれたくないわ」

と、不機嫌そうに目を細めた。

「だって、同じ形の指輪ふたつですよ！　ひとつくらいなくなったからって、わからないです。せめて、違う形のリングに石を嵌めてくれればよかったのに」

「それくらい、自分でちゃんと管理してよ……まったく。左右の手に嵌めておけばよかったでしょ？」

ため息を吐くリナに、ヴィーナは、

「だって、薬指にしか入らないんだもの。左右両方の薬指に指輪をしているって、変ですよね？」と、小さな子どもが駄々をこねるように眉間に皺を寄せ、唇を尖らせた。

神像の中からリナが見つけ出した指輪――リウ・ミンファの指輪は、ヴィーナの右手の薬指に嵌められている。そしてもうひとつ、サラス・レムリアがナタル・アルタミラーノに託した指輪は、今、ヴィーナの左手の薬指にある。これは、二年前にリナが幽霊塔の入口近くの叢でみつけて、隠し持っていたらしい。

――……やっぱり、リナさんが持っていたんですね？

ヴィーナが階段のところでいっていたのは、このことだった。

指輪をヴィーナに手渡しながら、リナはいった。

――レムリア王族の末裔で、ふたつの指輪を引き継いでいたあなたは、二年前まで幽霊塔の地下に入ることができていた。でも、ひとつを落としてしまい、入れなくなってしまった。それでまずは仏像の修復士を探して、せめて残ったひとつの指輪をなくさないように、神像の中に隠したのね。そして、もうひとつを探して途方に暮れていたところを、ここに来た私……空賊アルビルダに拾われた。違うかしら？

けれどもヴィーナは、リナの問いかけには返事をしなかった。

なにもいわないまま、左右に指輪を嵌めた手を正面に掲げる。そして、階段の終着点が見えてきたところで、

――トッティ　クルッカ
と、呟いた。

その声に反応するように、ふたつの指輪に嵌められた緑水晶《プラシオライト》が、ともに輝きはじめる。その光景だけを見れば、マハーの博物館や、さきほど機械衛兵をヴィーナが呼んだときと同じだった。けれども今回は、そのふたつの光に呼応するように、洞窟の全体が同じように緑色の輝きを放っている。どうやら、

通路のあちらこちらに同じ緑水晶《プラシオライト》が埋め込まれているらしい。

……やがて、指輪の光は収まった。

しかし、洞窟の壁に埋め込まれたいくつかの石が、まだ光を放っている。それはちょうどリョウたちが歩くべき方向を指し示すかのように、一本の道筋を作っていた。

「……つまり、指輪ひとつだけでは、もともと使い物にならなかったってことね」

幽霊塔の地下第三層で脚を止めたリナは、壁に埋まっている緑水晶《プラシオライト》を覗き込んだ。ぼんやりと淡い緑色の光を放っている。けれども、石が直接光っているわけではもちろんない。どうやら、中心に小さな機械が埋め込まれており、そこから発せられた光が、石によって乱反射して外に放たれているらしい。その機械は地下に入ったときにヴィーナの指輪に反応してから、まだ効力を失っていないようだった。

「それだけじゃないですよ」ヴィーナはいった。


「緑水晶《プラシオライト》に埋め込まれた旧人類の古代科学技術《ロスト・テクノロジー》は、特定の周波数帯にある声にだけ反応します。その声を持っている女の子が、レムリアではクマリとして選ばれていたわけですが……今でもそのシステムは、保持されています」

「つまり、ヴィーナちゃんがいなければ、どんなにこの地下通路に入ろうとしても道に迷うだけってことか……」

「そうですね。だから正直にいうと、あたしはフィロワ先生、ユーリ、空賊アルビルダには、勝手にここに入ってもらって、中で餓死してもらおうと思ってました」

「私もその中に入っているの?」

リナが呆れたように肩を落とすと、ヴィーナは、「当然です」と、しれっと返事をした。「アルビルダに売られそうになった恨みは、まだ忘れていませんから」

「あなたって、けっこう執念深いのね。だからさっき、ちゃんと説明したじゃない」

地下第一層を歩いているとき、リナはリョウに話したときと同じように、競売会《オークション》にヴィーナを売りに出した経緯、そして、もともとヴィーナを自分で手に入れるつもりだったことを話していた。けれどもヴィーナは、

「だったら最初から、アルビルダとしてではなく、リナさんとして正式に依頼をして、指輪のひとつを拾ったことを教えてくれればよかったんです。それだったらあたしも、指輪のことや、ネックレスのことをちゃんと教えましたもん」と、まだ納得していない様子でいる。

ヴィーナによれば、指輪はこうして幽霊塔の地下に潜るための機械、ネックレスは機械衛兵を操るための機械が埋め込まれている。この他にも、ヴィーナはイヤリングや腕輪、髪飾りと緑水晶《プラシオライト》のついたさまざまな宝飾を持っており、それぞれに異なる機能がついているのだという。

リョウはなんとかして、ヴィーナを宥《なだ》められないかと考えていた。けれども、リナとヴィーナの会話に、入っていける雰囲気ではなかった。

「あんまりそうやって意地を張っていると、いつかリョウ君に嫌われちゃうわよ」

リナは、ヴィーナをからかうような口調でいった。その言葉に、

「リョウは関係ないです!」と、ヴィーナが声を荒らげる。

「ふうん……まあいいわ。じゃあ、ひとつだけ教えてくれる?」

「なんですか?」

ヴィーナは警戒するように、眉を顰めた。

するとリナは急に、修復室で作業をしているときと同じような、真剣な顔つきになった。

「ヴィーナちゃんがどうして、レムリアの遺跡と緑水晶《プラシオライト》の使い方についてこんなに詳しく知っているのか。緑水晶《プラシオライト》を受け継いでいるということは、やっ

ぱり王族の末裔と考えて良いのかしら？　あるいは、あなたの声に緑水晶《ブラシオライト》が反応するということは、現代にまでレムリアのクマリが続いているということになる。……でもレムリアは、N・V・暦《ニルヴァーナ》一四九年、ちょうどナタル・アルタミラーノとサラス・レムリアがおよそ一カ月の逃亡生活を経てレムリアに戻った直後に滅亡している。クマリを引き継げるような体制を残していたなんていう記録は、どこにもない。じゃあ、どうしてあなたが、今、ここにいるの？」

リナの問いかけに、ヴィーナもじっと視線を返して歩みを止めた。

リョウが持っている洋燈《ランプ》と、地下道を照らし出す緑水晶《ブラシオライト》の淡い光の中で、ふたりはじっとみつめ合っていた。

やがてヴィーナは、

「最下層まで行けばわかりますよ。もちろん、リナさんのお父さまのことも」と、いって、それきりほとんど言葉を発しなかった。

二時間近く迷路を彷徨い、リョウたちはようやく幽霊塔の地下第七層にたどり着いた。

緑水晶《ブラシオライト》の光に導かれて迷路を進むと、一本の細い道に入った。左右の手を伸ばすこともできないほど狭く、天井も、場所によっては腰を屈めなければ通れないほどの低さだ。幽霊塔の階段と同じように、弧を描くように左のほうにカーブしている。

三人は縦一列になって、その通路を進んだ。

五分ほど進むと、ようやく道がまっすぐになった。いちばん奥にアーチ状になった出口が見えた。しだいに天井が高く、左右の壁が広くなっている。いちばん奥にはまるで太陽が出ている地上のように、明るい光が見える。

そして、通路の出口についた瞬間、リョウとリナは目を丸くした。

そこには、巨大な地下都市が広がっていた。

半球状《ドーム》の天井は、一〇〇フィートほどの高さがあるだろうか。屋根には一定間隔で巨大な電球が据え付けられており、それらがまるで太陽のように、都市全体を光で覆っている。まともに正視することもできない。だから、地下空間の広さは見当もつかなかったが、少なくとも遠方の天井部分は霞んでいて、いちばん向こう側まで見通すこともできなかった。それくらいの奥行きがあるということだろう。

視線を下ろすと、見たこともない材質でできた高層建築が建ち並んでいた。

「なんなの……これは」

呆然としたまま、リナが漏らすように声を出した。

「八〇〇年前、旧人類が地球温度の急速な下降と、それに伴う食糧危機に瀕している中で、その難から逃れるために作った都市です。かつてインド洋に沈没したという幻の大陸から名前をとって、レムリアと呼ばれています」

「レムリア!? ……ということは」

リョウの言葉に、ヴィーナはくだけた口調になって、

「そう。こっちがレムリアの本体よ」と、いった。

ヴィーナによれば、地上にできたレムリア新王国は、この都市の人口が過密になったために、地上に戻った人たちが建てたものらしい。その人々がナタル・アルタミラーノの手記にあった西の街の住人と、そこから選ばれる王族、そしてレムリアの宗教に関わっている人々だという。それ以外の住人は基本的に、レムリアの街を頼ってマハーをはじめとした他の都市国家から移住してきた難民だったということだ。つまり、レムリアが古代科学技術《ロスト・テクノロジー》で栄えていたのは、ここから旧人類の技術を持ち出したからだということになる。そして、レムリアの宗教と王族とは、地下から外に出た人々がここに戻ってくることがないよう、国民を管理する役割を担っていたのだという。

「もっとも、レムリアの西の街は律法が厳しかったから、自由を求めてさらに街の外側に移り住んだ

人たちもいたみたいね。たとえば、ナタル・アルタミラーノの手記に、ナナっていう女の子が出てきたでしょう?」

ヴィーナが確認をするようにいうと、

「サラス・レムリアの使用人のことだね」と、リョウが答えた。

「ええ。彼女の村はもともと、レムリアの価値観――特に、功利主義的な考え方に馴染まなかった人たちが作ったものなの」

なるほど、それでナナが生まれた村の図書館には、旧人類が書いた本が大量に所蔵されていたのか。リョウはようやく、手記の記述に納得することができた。

すると、

「今はどれくらいの人が、ここに住んでいるの?」

と、リナがヴィーナに訊ねる。

「人口を抑制する政策が施行されているから、だいたい三十万人くらいに収まっています」

「じゃあ、あなたは……」

「ええ。地上に出たおかげで戻れなくなって、リナさん――アルビルダに拾われるまで、あたしはここで暮らしていました」

ヴィーナの言葉に、リョウとリナは唖然とした。それではなぜ、ヴィーナはわざわざ地上に出るようなことをしたのか。

リョウはそう訊ねようとしたが、

「行きましょう。リョウとリナさんに、見せたいものがあるの」と、ヴィーナが先に口を開き、歩きはじめた。

地下都市レムリアの街は、リョウとリナにとって、目を瞠《みは》るものばかりだった。

建物のあいだを縫うように、ひとり乗りやふたり乗りの小さな車と、多くの人々が往来している。排気ガスの臭いはしないから、化石燃料を使っているわけではなさそうだった。電気か、あるいは別の動力で動いているのだろうか。

　道はきれいに舗装されており、通りに沿って建つ建物のほとんどは、一階が商店になっている。ガラス張りの店舗からは電気によるあかりが漏れ出しており、黄色や赤や、青といったさまざまな光で、街は満たされていた。この電力はどうやら、街の中心部にある巨大なプラントで作られているらしい。

　街を歩く人々の服も、リョウたちにとって見たこともないものだった。光沢のある奇妙な素材で編まれており、肌に張り付くようになっているために、体の線がはっきりと見える。リョウはこういった服を、たしか大学で受講した旧人類の文化についての講義資料で、見たことがあったような気がした。

「レムリアの西の街も、こんな感じだったのかしらね」

　リナが訊ねると、ヴィーナは、

「どうかな……」と、呟くようにいってから、首を傾げた。「地上に出た人々は、旧人類の技術をほとんど持ち出しませんでしたから。地上で生き延びていた人類に、自分たちが旧人類なんだということを気付かれないようにしていたんだと思います。だから、地上に残った人たちと、同じような街を作り、同じような生活をしたのではないかと」

「なるほど……気付かれたら、レムリアは狙われていたかもしれないものね」

「レムリアも、戦争をしているほどの余裕はありませんでしたから。それに、地下に入ってから八〇〇年のあいだにも、この街での技術革新は大きなものがあったといいます」

「たしかに、そうでなければ緑水晶《ブラシオライト》も、もうとっくに使えなくなっているはずよね」

「あれは、地上の新王国のものよりも、汎用性がありますよ。クマリの声に限定したものではなく、最初に登録した声に反応するようになっています」

「ずいぶんと、知ったような口を利くのね」

　リナはそういって、目を細めた。なにか思うところがあるらしい。

けれどもヴィーナは、

「この街では、そういうふうに歴史を教えられています」と、淡々とした様子で答えた。

ヴィーナが向かったのは、街の中心部にあるプラントに近い一角だった。

高層ビル群のあいだを通り抜けていくと、植物が生い茂った一角があった。木々のあいだに埋もれるようにして白い建物が建っていた。

入口は、鉄柵で閉ざされていた。

右側の門に呼び鈴があり、そこに画面がついている。

ヴィーナはリョウとリナを柵の前に残し、その画面に向かった。どうやら、中にいる人間と対話ができるらしい。

三分ほど待っていると、建物からひとりの女性が出てきた。

黒い髪を長く伸ばし、一重瞼の目をしている。透き通るようにという比喩がぴったりと当てはまるほど、肌が白い。

その女が近づくにつれて、ゆっくりと鉄柵が右のほうに動いていった。そして彼女はヴィーナの前に立ち、

「おかえりなさい。二年ぶりくらいかしら」と、まるで学校から帰ってきた自分の娘を迎え入れる母親にも似た、何気ない調子でいった。しかしそれにしては、まだ若いように見える。おそらく、二十代の半ばといったところだろうか。

「もう少し、感動の再会くらいあっても良くない？」

ヴィーナはリョウに向かって話しかけるときと同じような、くだけた調子でいった。

「だってあなたは昔からこうして、外に出たがることが多かったじゃない。二年くらいいなくなったところで、今さら驚きませんわ」

女はホホホと笑って、リョウとリナのほうを向い

た。そして、

「いらっしゃいませ、ようこそレムリアへ」と、妖艶な笑みを浮かべた。

24

N.V. 651
N.V. 148

女神

ヴィーナに案内されて、リョウとリナは白い建物の中に入った。ふたりに見せたいものというのは、どうやらここにあるらしい。

そこは、病院か、あるいは研究所のような施設らしかった。殺風景な白い壁に囲まれた廊下には冷たい空気が漂っている。大理石に似た材質の床は、歩くたびに、靴音が深く響き渡った。

左右を見ると、大きな取っ手のついた引き戸には、取っ手のところにそれぞれ、紫水晶《アメジスト》や紅水晶《ローズ・クオーツ》、黄水晶《シトリン》が嵌め込まれている。おそらく、ヴィーナが持っている緑水晶《プラシオライト》と同じように中に機械が埋め込まれていて、それが扉を開くための鍵になっているのだろう。

「もし興味がおありでしたら、あとでそれぞれの部屋もご案内しましょうか？」

女はリナとリョウに訊ねた。するとヴィーナは、「そうね。じゃああたしは、あれを取ってくるから」と、部屋のひとつに入っていった。中は物置になっているらしい。そこで彼女は、ごそごそとなにかを探しているようだった。

「では、私たちは先に行きましょうか」

女がいって、歩を進めた。リョウとリナはそれに続き、間もなく、廊下のいちばん奥にたどり着いた。

正面に、大きな扉がある。

ここだけ他の部屋にある引き戸とは異なり、厚い金属製の扉が備え付けられていた。鍵も、五種類の水晶がずらりと並んでいる。

女が五本の指に嵌めた指輪に取り付けられている同じ色の水晶を次々に近づけると、扉は自動的にゆっくりと開いた。


リョウとリナは、息を呑んだ。

扉の奥は、すべてが金属で覆われたカプセルの内部のような空間だった。

右側に、八〇インチほどの幅の金属製の扉がずらりと並んでいる。ちょうど顔の高さに透明な窓があり、中を覗けるようになっていた。そこから見ると、ちょうど人間がひとり収まるくらいのスペースがある。右側の壁からベルト状のものが垂れ下がっているから、これで固定することできそうだ。左側の壁には一〇インチ四方の小さな機械があり、そこから何本ものチューブが張り巡らされている。

「三年前に機械を止めたきり、今はもう誰も使っておりませんので。動くかどうかはわかりませんわ」

女の声が、リョウの背後から聞こえてきた。

――どういう機械なんですか？

リョウがそういいかけたところで、

「ヴィーナちゃん、それは……」と、リナの声が聞こえてくる。

「どうしました？」

リョウは振り返った。

そのとき思わず、あっと声をあげそうになった。

ヴィーナが、二枚の絵を持って入ってきた。

そこに描かれていたのは、少女の姿だった。

一枚は服を着てベッドの上に横たわっている。そしてもう一枚は全裸の状態で、同じ姿勢をとっていた。

そしてそこに描かれた、褐色の肌をした少女。

それはどう見ても、ヴィーナ自身なのだ。

「……こんなところに残っていたなんて」

リナはため息を吐きながら、絵を覗き込んだ。

リョウもそれにしたがう。

近くで見ると、描かれた少女の関節には炎症の痕があり、顔や手足には、紅斑や発疹が浮き出ている。それはまるで人間の肌をそのまま画布《キャンバス》に貼り付けたと表現してもおかしくないほど、本物らしく描かれていた。

そして、絵の右下には赤い字で、署名が施されている。

「Natal Altamirano《ナタル・アルタミラーノ》……」

リナが呟くと、

「そうです」と、消え入るような声で返事をした。

「これはナタルがあたしを描いた肖像画です」

「そういうことだったのね」

リナはそういって、顔をあげた。彼女の視線の先には、金属製の扉があった。

ヴィーナはリョウとリナを交互に見て、頷いた。

「そうです。あたし、ヴィーナ・ヘルツェンバインの本当の名前は、サラス・レムリア。N・V・《ニルヴァーナ》暦一四八年から六四八年までちょうど五百年間、この装置の中で眠り続けていました。あたしの病気を治療する方法がみつかるまで。そして、ここにいるリウ・ミンファは、あたしと一緒に眠っていた、大切な友人です」

*

ぼくはリウ・ミンファに導かれて、この施設にたどり着いた。地下都市の天井から降り注ぐ光は、夜になると青黒い色になる。それが、室内にまで差し込んでいた。

「ごめんなさい。こうするしかなかったのです」

すべて金属に覆われた奇妙な部屋にぼくを導くと、光沢のある布でできた服に身を包んだナナは項垂れて、窓の中を見るように促した。

その中で、すでにサラスは眠りに就いていた。

右側の壁から伸びた帯《ベルト》で、彼女の体は固定されている。これは、ぼくたちが中に入っていないあいだ、カプセルを動かして低重力状態を保っておくためらしい。そうしないと、眠っているあいだに筋肉が衰えてしまうのだという。だから、こうして彼女の姿を見ていられるのは、ごくわずかな時間に限られるということだった。

左側の壁から伸びた管は、サラスの口を覆うマスクと、腕、そして鼻に繋がっている。口からは空気が吸入され、腕に繋がれた管からは定期的に栄養分が補給される。そして鼻に入った管から冷却剤の吸入が行われることで、体温が低く保たれる。そうした冷凍状態で代謝を抑制することで、人工的に冬眠状態を作ることができるのだという。

「次にサラスが目覚めるのは、一七九五日後かしら。一八〇〇日に一日だけ目を覚まして、体の検査とメンテナンスを行うことになるわ」

リウ・ミンファが、説明をした。

「どうしてこんなことに……？」

ぼくは訊ねた。

リウ・ミンファの説明は、ほとんど理解することができないものだった。

それでも、ぼくがなんとか理解したところでは、サラスの病気を完治させることが目的だということだ。

彼女の病気は、地下都市レムリアでも、まだその根本的な原因がわかっていない。どうやら、彼女の体が持っている体を護る機能が、彼女の体そのものを外敵と同じように認識し、攻撃してしまっているのだという。

レムリアには薬があるため、初期の段階であれば、症状が出ることを抑制して他の人間と同じように活動することもできる。しかし、サラスはすでに手遅れだった。このまま薬による治療を施しても、長く生きることはできない。だから、病気を治療する方法が確立するまで、こうして人工的に冬眠状態を作ることにしたのだという。

「ナタルさんをここに迎え入れたら、私も彼女と一緒に眠ることになっていますわ。それ以降は、彼女と同じ日に目覚めるようにするつもりです」

リウ・ミンファの言葉を聞いて、ぼくはようやく、彼女も病を抱えていたことを思い出した。

「でも、どうして……」

どうしてぼくに、せめてひとことくらい相談してくれなかったのだろう。

どうして、レムリアの国民の一部やあの村の人たちが、もともとはこの地下帝国の出身だと教えてくれなかったのだろう。

どうしてナナとサラスは、ぼくを村に置いて先にここに来たのだろう。

ぼくの頭には、次々と疑問が沸き上がってきた。けれども、混乱したぼくの頭は、どうしてもそれを言葉にして、ナナとリウ・ミンファに訊ねることができなかった。

すると、ナナが一枚の封筒を、ぼくに差し向けた。

——親愛なるナタル・アルタミラーノ

そこに書かれていた宛名は、明らかに、サラスが書いた筆跡だった。

親愛なるナタル・アルタミラーノ

あなたが私の前に突然現れたのは、去年の秋のことでした。

送られてきた絵を見た瞬間、私の胸の鼓動はドキドキして止まらなくなりました。

なんて綺麗な絵を描くんだろう。

あなたが描いた透明感のある碧い空の色を見た瞬間、きっと、私はもうあなたのことが好きになっていたのかもしれません。

おかしいでしょう？　絵を見ただけで、あなたがいったい何歳なのかはもちろん、男性なのか女性なのか、それさえもわからなかったというのに。

けれども、絵は描いた人自身が、そのまま画布《キャンバス》の上に表されるものだと思います。

こんな綺麗な絵を描く人が、綺麗な心を持っていないはずがない。

私はそう確信して、あなたをレムリアに招きました。

そして初めてあなたを見た瞬間、私はきっとこの人に身を捧げて、クマリの地位を解かれるものだと確信していました。

それからのことは、あなたも知っているとおりです。

毎日何時間も一緒にいました。

いつもちょっと困った顔をして、それでも私に寄り添ってくれるあなたを見ているうち、あなたのことがどんどん好きになりました。

大好きです！

このひとことがいえたら。

たったこのひとことを口に出すことができたら、どんなに私は、幸せだったことでしょう。

ナナから見たら、そんな私はもしかして、ずいぶんと滑稽だったかもしれません。だって、私があなたのことを好きだというのは、最初にあなたに会った日から気付かれていましたもの。

でも、たったそのひとことが、いえなかった。

その理由を、あなたはもう知っていると思います。

ちゃんとあなたに伝えればよかった。

一緒に食事をして。一緒に街を歩いて。あなたが絵を描いているときに寄り添って。私の絵を描いてもらって。

そのときにたったひとこと、声に出せばよかった。あなたは優しい。温かい。才能がある。

そういい換えるだけでもよかった。

本当に、たったそれだけのことだったのです。

けれども間もなく、私の体はもうほとんど、普通に生活することも叶わない状態になりました。

死んでもいいかな。それなら、教会に殺されるよりは、病気のほうがいいかな。

何度もそう考えました。

けれども、私は、もう少し生きてみることにしました。

私はこれから夢のなかで、あなたと過ごしたどこまでも濃密な時間を、何度も反芻することにします。

あなたの姿と、言葉と、声と、あなたが描いた絵を私の脳裏に焼きつけて、眠りながらそれを眺めることにします。

ほんの短いあいだでもあなたと一緒に過ごせたことを、私の心の中にしまって、数十年、数百年の後に語りたいと思います。

そして今回は、私と同じ気持ちを持っている人に、その心が解き放たれる機会を譲りたいと思います。

もしかしたらこの手紙は、その人へのちょっとした意地悪なのかもしれません。

だから私は二度と、この気持ちを外に出すことはしないでおきたいと思います。

……けれども、ミンファさんによると、一八〇〇日に一度だけ、私は目を覚ますことができるのだそうです。

そのときはどうか、ほんの一瞬で良いから、あなたが幸せに暮らしているという姿を見せてください。

そしてひとこと、あなたがたくさん叶えてくれた私の我が儘に、ありがとうと御礼をいわせてください。

それでは、最後に一度だけ。

私はずっと、ナタル・アルタミラーノのことが大好きでした。

これからもずっと、あなたのことが大好きです。

でもそれは、この手紙の中だけに、そっと隠しておきたいと思います。

＊

「どうしてナナは、サラス・レムリアからの手紙を、ナタル・アルタミラーノに読ませたんでしょうか？」

博物館を出て歩きながら、リョウは博物館の修復室で読ませてもらった手記の内容についてリナに訊ねた。フィロワの部屋からみつかった最後の一冊、タミル語版の手記は、サラス・レムリアからの手紙で閉じられていたのだ。

リナは、

「えぇっ、そこを訊くの!?」と、目を丸くした。けれども、すぐに腕組みをして目を閉じ、天を仰いで続けた。「リョウ君はもう少し、乙女心のほうも勉強しないといけないわね」

「……そうなんですか」

リナの言葉に、リョウは愛想笑いを浮かべた。

「当然よ。ナナにしてみれば、自分もナタル・アルタミラーノに恋心を抱いていた。もちろん、それを伝えないでおくこともできたわ。でも、それはフエアじゃないと思ったのよ。たとえサラス・レムリアが一八〇〇日に一度目を覚ますとわかっていて、ナタル・アルタミラーノの心がそのためにサラス・レムリアに靡いてしまう可能性があったとしても、それを承知した上であえてサラス・レムリアの本心を伝えて、それでも自分に振り向いてもらえるようにしたかったんじゃないかしら。それを読んだナタル・アルタミラーノが、博物館にある風景画に、サラス・レムリアの姿を描き加えたんだと思う。きっと、あの風景画の中にいたのが、ふたりにとってのサラス・レムリアだったのよ。病気に苦しむこともなく、元気に街を駆け回って、女神のように周囲にいる人たちを照らし出す少女。たとえそれが現実には叶わないものだったとしても、せめて絵の中で実現させてあげたかったんじゃないかしら」

しかし結局、ナタル・アルタミラーノとナナが、サラス・レムリアとふたたび会うことはなかったようだ。

ふたりが地上に戻って間もなく、王室と教会とのあいだで内乱が起こった。そのなかで、王室はレムリアの地下帝国から大量の機械衛兵を手に入れて戦闘に投入したが、それを制御しきることができず、街は徹底的に破壊された。そのためナタル・アルタミラーノとナナのふたりはレムリアを離れることになり、マハーの街で暮らした。スペイン語版の手記は、そのときに完成したものであり、フィロワ准教授の部屋で発見されたタミル語版の手記は、彼の妻となったナナがそれを小説として書き直したものだと推測される。そして、サラス・レムリアが眠りに就いてから一八〇〇日後、三六〇〇日後とふたりはなんらかの理由でレムリアを訪れることはできなかったようだ。

——リョウ君が翻訳していたロシア語版も、ナナ自身が書こうとして、途中で途絶えてしまったものだと思うわ。タミル語版に書き込まれていたロシア語のメモと、筆跡が同じだったもの。

これが、リナによる鑑定だった。

リョウはリナの説明を聞きながら、サラス・レムリア——ヴィーナのことを想った。ナタル・アルタミラーノとナナが自分のところを訪れるのを心待ちにしながら、結局ふたりと二度と会うことはなかったのだ。一八〇〇日ごとに目を覚ますたび、彼女はどんな気持ちでいたのだろう。

そして、およそ五百年の時を経て地下帝国レムリアで病気を緩和させる方法がみつかり、目を覚ましてからリウ・ミンファとともに過ごしていた一年のあいだ、どんな気持ちで過ごしていたのだろう。地上に出てからの二年間は、どうだったのだろう。

リョウは結局、そのことをヴィーナに訊くことができずにいた。

「まあ、来月からはじまるイリーナ・コトフ先生の授業では恋愛小説を扱うから、リョウ君はちゃんと聴講しないとダメよ」

リナは眉を顰めながら、自分の顔をリョウの目の前にグッと近づけた。

彼女は今、レムリアの遺跡で機械衛兵に襲われて無残な屍体で発見されたフィロワ准教授に代わり、オーストラフ市立博物館と市立ΣΟΦΙΑ《ソフィア》ユニヴァーシティの正式な兼任講師となっていた。レムリアの地下帝国で彼女の父親がみつかり、引きずるようにして地上に連れ戻したため、空賊アルビルダとして働く必要がなくなったことが転機となった。リナが昇任したために空いた学芸員は、リョウが大学を卒業して資格を取るまで、そのままにしておくことになっている。


——まあ、そのあいだもリョウ君には正規の学芸員と同じくらい働いてもらうから、覚悟してね。

リナはそういって、不敵な笑みを浮かべていた。


リョウとリナは、ヴィクトリア座にたどり着いた。

劇場の入口には、多くの人だかりができている。

ふたりは人混みの中から、エリスの姿をみつけた。今日はスーツを身に纏い、男役だったときの雰囲気を漂わせている。どうやらこの姿で、公演のパンフレットを配っているらしい。

エリスのほうでもふたりの姿を認め、

「あら、いらっしゃい」と、声をかけてきた。

「今日は招待してくれて、ありがとう。ヴィクトリアは?」

リナは訊きながら、周囲を見渡した。

「今日はさすがに、忙しそうだからね。勘弁してあげてよ」

「あら、残念」

「そっちこそ、マティとエルランドは、今日は連れてきていないの？」

「あのふたりはもう私の部下ではなくて、父の部下だもの。連れてくる義理はないわ」

リナはクールな口調でいったが、

「なるほど。それで今度は、博物館の部下のほうをこうして可愛がっているわけですか。アンタ、昔から年下のカワイイ男の子が好きだったもんねぇ」

エリスがニヤニヤ笑うと、リナは、

「余計なことはいわなくていいの！」と、エリスからパンフレットを奪い取るように手に取り、「行くわよ、リョウ君」と、観客席に向かってすたすたと歩きはじめた。

観客席は、すでにほとんどが埋まっていた。外にいた客たちが入ってくるにつれてさらに人の密度は増し、ほどなく満席になった。

ベルが鳴る。

劇場の照明が、だんだんと暗くなっていく。


舞台前《ステージ》のピットから、交響楽団《オーケストラ》が奏でる音楽が響いてくる。

それに合わせて、ゆっくりと幕があがる。

その中央に、人影があった。

背後から照明を受け、ひとつの影として照らし出された女性。演じているのは、ヴィーナ・ヘルツェンバイン。彼女の役は、サラス・レムリア。

期せずして、ヴィクトリア座の座付作者だったユーリ・ベロワの遺作となった『レムリアの女神』は、十日遅れで予定通り上演されることになったのだ。

リウ・ミンファとの別れ際、地上に向かう階段の前で、ヴィーナはいった。

——サラス・レムリアとしてのあたしは、あのときにもう死んでいるの。地下の街に住んでいるときのあたしは、いってみれば、亡霊がただ生き存《ながら》えているようなものだった。……でも、リョウや、リナさん——アルビルダや、ヴィクトリアや、エリスに出会えて、あたしはもう一度この世界に生を受けることができた。だからあたしは、この地上の世界で、ヴィーナ・ヘルツェンバインとして生きていく。そうして精一杯生きていることで、やっとナタルに償いができるように思えるから。そしてナタルも、あたしがこうして自由に生きることを、祝福してくれると思うから。

そして彼女は、舞台に立った。

舞台の照明が紅に変わった。これは、レムリアの街の夕陽だ。

そこに、ナタル・アルタミラーノ役のカミラ・ロースが入ってくる。

ふたりの初めての出会い。

サラス・レムリアは彼に向かって手を差し伸べ、一編の詩《うた》を朗々と歌いあげる。

それは、サラス・レムリアが最後までナタル・アルタミラーノに隠し通すつもりだったはずの、秘めたる恋の詩《うた》だった。

〈了〉

大橋崇行（おおはし　たかゆき）

作家、文芸評論家、東海学園大学人文学部人文学科講師。上智大学文学部国文学科卒業後、上智大学大学院文学研究科国文学専攻博士前期課程を経て、総合研究大学院大学文化科学研究科日本文学研究専攻博士後期課程修了。小説の著書に『大正月光綺譚　魔術少女あやね』（辰巳出版）、『ライトノベルは好きですか？　ようこそ！　ラノベ研究会』（雷鳥社）など。評論の著書に『ライトノベルから見た少女／少年小説史』（笠間書院）、『ライトノベル・フロントライン』（山中智省と共編著、青弓社）などがある。

レムリアの女神
LA DIOSA DEL LEMURIA

二〇一六年九月十五日初版印刷
二〇一六年九月三十日初版発行

著者　大橋崇行
発行者　飯島徹
発行所　未知谷
東京都千代田区猿楽町二-五-九　〒101-0064
Tel.03-5281-3751 / Fax.03-5281-3752
〔振替〕00130-4-653627

組版　柏木薫
印刷所　ディグ
製本所　難波製本

表紙カバー・イラスト　防人
装幀　福ヶ迫昌信

Publisher Michitani Co. Ltd., Tokyo

ISBN978-4-89642-506-2　C0093